David Vann
Die Unermesslichkeit

Roman

Aus dem amerikanischen Englisch
von Miriam Mandelkow

Büchergilde Gutenberg

Die Originalausgabe erschien 2011 unter dem Titel
Caribou Island bei HarperCollins, New York.

Lizenzausgabe für die Büchergilde Gutenberg,
Frankfurt am Main, Zürich, Wien
www.buechergilde.de
Mit freundlicher Genehmigung
des Suhrkamp Verlags, Berlin

Druck: CPI – Ebner & Spiegel, Ulm
Printed in Germany 2012
ISBN 978-3-7632-6604-3

Die Unermesslichkeit

Meine Mutter war nicht wirklich. Sie war ein früher Traum, eine Hoffnung. Sie war ein Ort. Mit Schnee, wie hier, und kalt. Ein Holzhaus auf einem Hügel über einem Fluss. An einem verhangenen Tag, die alte weiße Farbe an den Gebäuden irgendwie heller durch das gefangene Licht, und ich kam gerade aus der Schule. Zehn Jahre alt, ich ging über schmutzige Schneeplacken im Hof, hinauf zur schmalen Veranda. Ich weiß nicht mehr, was für Gedanken ich damals hatte, weiß nicht mehr, wer ich war oder was ich fühlte. Das ist alles weg, ausradiert. Ich machte die Haustür auf, und meine Mutter hing von den Dachsparren. Entschuldigung, sagte ich, trat zurück und machte die Tür zu. Ich stand wieder auf der Veranda.

Das hast du gesagt?, fragte Rhoda. Du hast gesagt, Entschuldigung?

Ja.

Oh, Mom.

Das ist lange her, sagte Irene. Und selbst damals habe ich es nicht gesehen, also kann ich es heute auch nicht sehen. Ich weiß nicht, wie sie aussah, als sie dort hing. Ich kann mich an nichts mehr erinnern, nur an die Tatsache.

Rhoda rutschte näher auf der Couch und legte den Arm um ihre Mutter, zog sie an sich. Beide blickten ins Feuer. Davor ein Metallschirm mit kleinen Sechsecken, und je länger Rhoda hinsah, desto mehr erschienen ihr die Sechsecke wie die Rückwand des Kamins, flammenvergoldet. Als könnte die rußschwarze Rückwand vom Feuer freigelegt oder verwandelt werden. Dann löste sie den Blick, und es war wieder nur ein Schirm. Ich hätte sie gern kennengelernt, sagte Rhoda.

Ich auch, sagte Irene. Sie tätschelte Rhodas Knie. Ich muss ins Bett. Anstrengender Tag morgen.

Das Haus wird mir fehlen.

Es war ein schönes Zuhause. Aber dein Vater will mich verlassen, und der erste Schritt ist, dass wir auf diese Insel müssen. Damit es aussieht, als hätte er es noch mal versucht.

Das stimmt nicht, Mom.

Wir haben alle unsere Prinzipien, Rhoda. Und das wichtigste Prinzip deines Vaters ist, nie als der Böse dazustehen.

Er liebt dich, Mom.

Irene stand auf und umarmte ihre Tochter. Gute Nacht, Rhoda.

Am Morgen schleppte Irene einen Baumstamm nach dem anderen vom Pickup zum Boot. Die passen niemals zusammen, sagte sie zu ihrem Mann Gary.

Dann hobel ich sie ein bisschen zurecht, antwortete er schmallippig.

Irene lachte.

Danke, sagte Gary. Er trug bereits jenen grimmigen, besorgten Gesichtsausdruck, der all seine unmöglichen Projekte begleitete.

Warum nicht eine Hütte aus Brettern bauen?, fragte Irene. Warum muss es eine Blockhütte sein?

Doch Gary antwortete nicht.

Wie du meinst, sagte sie. Aber das hier sind nicht mal Baumstämme. Da ist keiner dicker als fünfzehn Zentimeter. Das sieht nachher aus wie eine Baracke aus Stöcken.

Sie waren auf dem oberen Campingplatz am Skilak Lake, das Wasser durch den Gletscherzufluss ein blasses Jadegrün. Flockig vom Schlick und so tief, dass es sich selbst im Spätsommer kaum erwärmte. Der Wind frisch und beständig, und die Berge, die am östlichen Ufer aufragten, hatten noch immer Schneeflecken. Über ihren Gipfeln, so hatte Irene häufig an klaren Tagen gesehen, die weißen Vulkanspitzen des Mount Redoubt und des Mount Iliamna auf der anderen Seite des Cook Inlet und im Vordergrund das breite Becken der Kenai Peninsula: schwammiges Grün und rotviolettes Moos, die verkrüppelten Bäume rings um die Feuchtgebiete und kleineren Seen und der eine Highway, der sich im Sonnenlicht silbrig wie ein Fluss hinschlängelte. Überwiegend Gemeindeland. Ihr Haus und das Haus ihres Sohnes Mark die einzigen Gebäude entlang des Ufers, und selbst die verschwanden zwischen den Bäumen, sodass der See noch immer urzeitlich wirken konnte, wild. Doch das Ufer war nicht genug. Sie zogen jetzt weiter, raus nach Caribou Island.

Gary hatte seinen Pickup dicht an die Stelle herangefahren, an der das Boot mit offenem Bug lag, einer Rampe zum Laden von Frachtgut. Mit jedem Baumstamm stieg er aufs Boot und ging bis hinten durch. Auf wackligen Beinen, weil das Heck im Wasser lag und schaukelte.

Bauklötze, sagte Irene.

Ich hab's kapiert.

Schön.

Gary zog den nächsten kleinen Baumstamm. Irene nahm ihn am anderen Ende. Der Himmel verdunkelte sich ein wenig, und das hellgrüne Wasser wurde blaugrau. Irene blickte auf die Berge und sah, dass eine Flanke weiß war. Regen, sagte sie. In unsere Richtung.

Wir laden weiter auf, sagte Gary. Zieh deine Jacke an, wenn du meinst.

Gary im Flanellhemd, langärmelig über dem T-Shirt. Jeans und Stiefel. Seine Uniform. Er sah jünger aus, gut in Form für Mitte fünfzig. Irene gefiel sein Anblick noch immer. Unrasiert, ungeduscht im Moment, doch echt.

Dauert nicht mehr lang, sagte Gary.

Sie würden die Hütte von Grund auf selber bauen. Ohne Fundament. Und ohne Pläne, ohne Erfahrung, ohne Genehmigung, bitte keine Ratschläge. Gary wollte es einfach machen, als wären sie beide die ersten Menschen in dieser Wildnis.

Also luden sie weiter auf, und der Regen kam auf sie zu, ein weißer Schatten über dem Wasser. Eine Art Vorhang, die Böenlinie, aber erste Tropfen und Wind waren immer kurz vorher schon da, unsichtbar, dem, was sie sehen konnte, voraus, und immer war Irene überrascht. Dieser letzten Augenblicke beraubt. Und dann brauste der Wind, die Böenlinie traf auf, und die Tropfen fielen groß und schwer, beharrlich.

Irene nahm ihr Ende des nächsten Baumstamms und ging, das Gesicht vom Wind abgewandt, aufs Boot zu. Regen jetzt von der Seite, mit Wucht. Sie trug keine Mütze, keine Handschuhe. Verklebtes Haar, tropfende Nase, sie spürte das erste Frösteln, als der Regen ihr Hemd bis zu den Armen durchnässte, eine Schulter, oberer Rücken, Nacken. Geduckt lief sie zurück, jetzt wurde die andere Seite nass, und sie zitterte.

Gary ging vor, ebenfalls geduckt, sein Oberkörper vom Regen abgewandt, als wollte er sich den Beinen widersetzen und seine eigene Richtung einschlagen. Gary griff nach einem weiteren Stamm, zog ihn heraus und trat zurück, da ging der Regen heftiger nieder. Es stürmte, und die Luft war voller Wasser, weiß sogar aus der Nähe. Der See verschwunden, die Wellen fort, der Übergang zum Ufer nur noch zu schätzen. Irene griff den Stamm und folgte Gary in die Vergessenheit.

Wind und Regen ballten sich zu einem Getöse, über dem Irene nichts anderes mehr hören konnte. Sie ging, taub, sie fand den Bug, legte ihren Stamm hin, drehte sich um und ging zurück, nicht geduckt. Es gab keine trockene Stelle mehr, nichts zu bewahren. Sie war vollkommen durchnässt.

Gary ging an ihr vorbei, eine Art Vogelmann mit angewinkelten Armen wie Flügel, die sich gerade erst öffnen. Im Bemühen, das nasse Hemd von der Haut fernzuhalten? Oder als instinktive Kampfhaltung, Arme in Position? Als er an der Ladefläche ankam, strömte ihm

Wasser von der Nase. Die Augen hart und klein, konzentriert.

Irene näherte sich. Sollen wir aufhören?, brüllte sie gegen das Getöse an.

Wir müssen diese Ladung auf die Insel schaffen, brüllte er zurück, dann zog er den nächsten Stamm heraus, und Irene fügte sich, obwohl sie wusste, dass sie bestraft wurde. Gary bekam so was nie direkt hin. Er überließ es dem Regen, dem Wind, der angeblichen Dringlichkeit des Projekts. Es würde ein Tag der Bestrafung werden. Er würde sie auskosten, sie stundenlang dehnen, sie beide verbissen antreiben wie das Schicksal. Es bereitete ihm Vergnügen.

Irene fügte sich, denn wenn es ausgestanden war, konnte sie ihn bestrafen. Sie würde schon zum Zuge kommen. Und genau das trieben sie jetzt seit Jahrzehnten miteinander, unermüdlich. Schön, dachte sie dann. Meinetwegen. Und das bedeutete: Wart's ab.

Eine weitere halbe Stunde Baumstämme verladen im Regen. Irene würde krank werden davon, sich erkälten. Sie hätten ihr Regenzeug anziehen sollen, das in der Fahrerkabine des Pickup lag, aber dazu waren sie beide zu stur gewesen. Wäre sie ihre Jacke holen gegangen, als Gary es vorschlug, hätte es die Arbeit unterbrochen, hätte sie aufgehalten, und das wäre registriert worden, missbilligt, mit einem kleinen Kopfschütteln, einem Seufzer vielleicht sogar, aber etwas später, sodass Gary vorgeben konnte, damit hätte es nichts zu tun. Gary war vor allen Dingen ein unduldsamer Mann: unduldsam mit seinem Leben insgesamt, mit sich und dem, was er gemacht hatte und was er geworden war, unduldsam mit seiner Frau und seinen Kindern und natürlich mit all den kleinen Dingen, allem, was nicht richtig gemacht wurde, jedem Wetter, das ihm nicht entgegenkam. Eine allgemeine, beständige Unduldsamkeit, in der sie seit über dreißig Jahren lebte, die sie atmete.

Der letzte Baumstamm endlich aufgeladen, und Gary und Irene klappten die Bugrampe hoch. Sie war nicht schwer, nicht vertrauenerweckend. Schwarzes Gummi, wo sie auf die Randplatten traf, eine Abdichtung bildete. Eine andere Verbindung zur Insel würde es für sie nicht geben.

Ich stell den Wagen ab, sagte Gary und stapfte über die Steine davon. Noch immer Regen, wenn auch nicht mehr so windgetrieben. Genügend Sicht, um die Richtung zu erkennen, wenn auch nicht genug, um von hier aus die Insel zu sehen, die ein paar Meilen weiter draußen lag. Irene fragte sich, was passieren würde, wenn sie in der Mitte waren. Würden sie überhaupt ein Ufer sehen oder nur Weiß ringsum? Kein GPS an Bord, kein Radar, kein Echolot. Ein See, hatte Gary dem Verkäufer gesagt. Das ist nur ein See.

Im Boot ist Wasser, sagte Irene, als Gary zurückkehrte. Es sammelte sich unter den Baumstämmen, vor allem am Heck, knapp dreißig Zentimeter von all dem Regen.

Darum kümmern wir uns draußen, sagte Gary. Ich will die Bilgenpumpe nicht anschmeißen, wenn der Motor aus ist.

Was ist denn jetzt der Plan?, fragte Irene. Sie hatte

keine Ahnung, wie sie das von Stämmen beschwerte Boot ins Wasser schieben sollten.

Also, ich bin ja hier nicht der Einzige, der das gewollt hat, sagte Gary. Das ist nicht nur mein Plan. Das ist unser Plan.

Das war eine Lüge, eine zu große allerdings, um ihr gleich hier zu widersprechen, jetzt gleich, im Regen. Schön, sagte Irene. Wie kriegen wir jetzt das Boot ins Wasser?

Gary blickte eine Weile aufs Boot. Dann ging er in die Hocke und gab ihm einen Stoß. Es regte sich nicht.

Die vordere Hälfte lag auf dem Trockenen, voll beladen, nach Irenes Schätzung mehrere hundert Kilo schwer. Gary hatte das ganz offensichtlich nicht bedacht. Er reagierte immer von Schritt zu Schritt.

Gary ging auf die eine Seite, dann auf die andere. Er kletterte über die Baumstämme zum Heck, zum Außenbordmotor, lehnte sich dagegen und drückte fest, versuchte, das Boot zu schaukeln, aber es hätte genauso gut aus Blei sein können. Keine Regung.

Also kroch er nach vorn, sprang an Land und sah eine Weile das Boot an. Hilf mir schieben, sagte er schließlich. Irene stellte sich neben ihn, er zählte eins, zwei, drei, und beide drückten gegen den Bug. Sie rutschten auf den schwarzen Kieseln aus, aber sonst tat sich nichts.

Nie kann es mal einfach gehen, sagte Gary. Gar nichts. Es kann nicht einfach mal so klappen.

Wie zur Bekräftigung nahm der Regen wieder zu, der Wind wurde stärker, blies kalt vom Gletscher her. Wenn man so töricht sein wollte, auszutesten, wie schlimm etwas noch werden konnte, war man hier gut aufgehoben. Irene wusste aber, dass Einwürfe Gary gerade nicht willkommen waren. Sie bemühte sich um Zuspruch. Vielleicht können wir morgen wiederkommen, sagte sie. Da soll das Wetter etwas besser sein. Wir könnten ausladen, schieben und dann neu beladen.

Nein, sagte Gary. Ich will das nicht morgen machen. Ich bringe die Fuhre heute rüber.

Irene hielt den Mund.

Gary stampfte zum Pickup. Irene stand klatschnass im Regen und wollte warm und trocken sein. Ihr Haus ganz in der Nähe, nur einige Minuten entfernt. Heißes Bad, ein Feuer im Kamin.

Gary fuhr den Pickup auf den Strand, setzte zu den Bäumen zurück, dann hinunter zum Boot, bis die Stoßstange dicht zum Bug aufschloss. Sag Bescheid, wie nah, brüllte er aus dem Fenster.

Irene ging hinüber und machte ihm Zeichen, und er rollte langsam vorwärts, bis die Stoßstange anstieß.

Okay, sagte Irene.

Gary gab etwas Gas, und Kieselsteine spritzten unter den Hinterrädern hervor. Das Boot regte sich nicht. Er schaltete in einen niederen Allradantrieb, gab mehr Gas, alle vier Räder griffen, Kiesel prasselten gegen den Unterboden des Pickup. Das Boot geriet ins Rutschen, glitt dann schnell ins Wasser und trieb in einem Bogen ab.

Die Bugleine!, schrie Gary aus dem Fenster. Irene rannte zur Leine, die lose am Strand lag. Sie schnappte sie, stemmte die Fersen in den Boden, legte sich auf den Strand und zog, bis der Druck nachließ. Dann blieb sie einfach liegen und blickte in den dunklen, weißen Himmel. Sie sah den Regen als Streifen, bevor er ihr Gesicht traf. Keine Handschuhe, die Hände kalt und die Nylonleine rau. Die Kiesel und größeren Steine hart unter ihrem Hinterkopf. Ihre Kleidung eine nasse, kalte Außenhaut.

Sie hörte, wie Gary den Pickup parkte, dann hörte sie seine Stiefel, große, entschlossene Schritte.

Okay, sagte er, über ihr aufragend. Fahren wir.

Eigentlich hätte sie gewollt, dass er sich neben sie legte. Sie beide an diesem Strand. Sie würden aufgeben, die Leine loslassen, das Boot treiben lassen, die Hütte vergessen, alles vergessen, was über die Jahre schiefgelaufen war, und einfach zu ihrem Haus zurückgehen und sich aufwärmen und neu anfangen. Das war nicht unmöglich. Wenn sie sich nur beide dazu entschlossen.

Stattdessen wateten sie ins kalte Wasser, die Wellen schlugen über den Rand ihrer Stiefel, und sie kletterten ins Boot. Irene hielt sich an den Baumstämmen fest, schwang die Beine herein und fragte sich, warum sie das tat. Was an Garys Seite aus ihr geworden war, was in Alaska aus ihr geworden war, woher diese Dynamik rührte, die es ihr irgendwie unmöglich machte, einfach innezuhalten und nach Hause zurückzufahren. Wie war das passiert?

Gary drückte den Balg für die Gasleitung, zog den Choke, riss am Starterseil. Der Motor sprang sofort an, tuckerte ruhig, spuckte seinen kühlenden Wasserstrom aus und nicht so viel Rauch wie sonst. Ein Viertakter, ein guter Motor, absurd teuer, aber jedenfalls zuverlässig.

Das Letzte, was Irene wollte, war, in einem Sturm in der Mitte des Sees zu dümpeln.

Gary ließ die Bilgenpumpe laufen, ein breiter Wasserstrahl über die Seite, und kurzzeitig schien alles machbar. Dann entdeckte Irene die Delle im Bug. Wo Gary mit dem Truck geschoben hatte, war vorne im Boot eine Delle. Nicht riesig, aber Irene kroch weiter vor, um die Abdichtung zu untersuchen, wo Klappe auf Randplatte traf, und sah Wasser hereintröpfeln. Sie waren so schwer beladen, dass ein Teil der Rampe unter Wasser lag.

Gary, sagte sie, doch er legte bereits im Halbkreis ab und schaltete dann in den Vorwärtsgang. Er war auf die Fahrt konzentriert und beachtete sie nicht. Gary!, rief sie und winkte mit einem Arm.

Er legte den Leerlauf ein und kam nach vorne. Knurrte mit zusammengebissenen Zähnen. Kehrte dann aber zum Motor zurück und legte den Gang ein. Kein Wort, keine Diskussion darüber, ob sie weiterfahren oder erst reparieren sollten.

Gary fuhr nicht schnell, nicht mehr als fünf oder zehn Meilen die Stunde, aber frontal in die Windwellen hinein mit flachem Bug, jede Welle eine harte Gischtwand.

Irene wendete sich weg von den Wellen, nach hinten zu Gary, doch der blickte ebenfalls nach hinten, orientierte sich beim Steuern an der Küste, die sie verlassen hatten, die langsam in die Ferne wich. Der Pickup noch immer zu sehen durch lichte Bäume. Niemand sonst auf dem Campingplatz. Normalerweise gab es einige Boote und Camper, aber wenn heute etwas passierte, gab es nur sie, das Donnern und Brausen von Wasser alle paar Sekunden, die aufgebockten Stämme, dunkel und durchnässt, die tiefen Seitendecks, den steten Strom von der Bilgenpumpe. Eine neue Art Planwagen beinahe, unterwegs in ein neues Land, um ein neues Zuhause zu errichten.

Rhodas klappriger Datsun B210 gehörte nicht auf unbefestigte Straßen. Sie sorgte dafür, bergauf das Tempo zu halten, spürte aber, wie die Räder im Matsch wegrutschten. Und sie sah nichts, nur den Regen, der an ihre Windschutzscheibe prasselte, dahinter unscharf grüne Bäume und die davonkurvende braune Kies- und Schotterstraße. Seit Jahren sah sie sich bei Autohändlern nach einem passenden neuen Pickup um, aber wenn sie dann alles unter Dach und Fach bringen wollte, hatte sie irgendwie nie genug Geld. Eigentlich hätte sie sowieso lieber einen SUV und keinen Pickup. Und da ihr eine Gehaltserhöhung bevorstand sowie die Hochzeit mit einem Zahnarzt, musste sie darauf wohl nicht mehr allzu lange warten.

Wobei Rhoda an Jim denken musste, der wahrscheinlich gerade Pfannkuchen aß, seine übliche Mahlzeit, und sich fragte, wo sie blieb. Pfirsichhälften aus einer Dose zog, um sie auf seine Pfannkuchen zu legen, und dabei unnötig mit der Gabel übers Blech klapperte. Doch Rhoda fühlte gute Laune aufkommen und wollte sie sich nicht mit dem Gedanken an Jim verderben.

Als sie das Haus ihrer Eltern erreichte, war der Pickup weg. Sie kam zu spät für den Transport der Holzstämme. Sie stieg trotzdem aus und lief an den Blumenbeeten vorbei zur Tür.

Rhodas Eltern wohnten in einem kleinen einstöckigen Holzhaus, an das sie über die Jahre an mehreren Stellen angebaut hatten, sodass es ausgebeult wirkte, zusammengestückelt. Rhodas Vater hatte den Traum von Waldläufern und Pionieren im Kopf gehabt, als er mit Mitte zwanzig von Kalifornien hergezogen war, und inzwischen besaß er alle alaskischen Accessoires. Geweihe von Wapitis, Elchen, Karibus, Rothirschen, Hörner von Bergziegen und Dallschafen hingen an Nägeln von der Dachkante und an den Außenwänden. Das erhöhte Beet rechts von der Haustür barg eine alte Handpumpe, eine kleine Wasserrinne und diverse rostige Tiegel, Pickel, Kübel, alte Waschbretter und dergleichen aus Goldgräbertagen, größtenteils heruntergeschleppt von der Hatcher Pass Mine nordöstlich von Anchorage, aber auch bei anderen Sammlern und dem ein oder anderen Garagenverkauf erstanden. Weiter hinten an der Wand, links von der Tür, hatte er Holz für den Kamin aufgeschichtet, daneben stand der antike Ofen aus Gusseisen und Nickel, und zwischen Holzstapel und Tür lagerte ein alter Hundeschlitten, dessen Holz und Lederriemen im üppigen Regen, Schnee und Wind und der gelegentlichen Sonne Jahr für Jahr vor sich hin rotteten. Das Gelände rund ums Haus hatte in Rhodas Augen schon immer beschämend nach Müllhalde ausgesehen. Allerdings mochte sie die Blumen und den Moosgarten. Zwölf Moosarten und alle möglichen Varianten alaskischer Wildblumen, selbst der seltenen. Ganze Beete mit Schatten-Schachblumen und Stauden-Feuerkraut und Lupinen in allen Farben von Weiß über Rosa bis zum tiefsten Blauviolett, wobei nur das Feuerkraut zurzeit in Blüte stand.

Rhoda klopfte noch einmal an die Tür, aber sie waren nicht da. Sie fuhr weiter zum Campingplatz und dem Bootsanleger. Vielleicht erwischte sie sie dort noch, wobei Rhoda nicht begriff, wieso ihre Eltern an einem solchen Tag an ihren Plänen festhielten. Warum blieben sie nicht einfach zu Hause?

Ihr Wagen kam auf dem Weg hinunter zum Campingplatz leicht ins Rutschen. Rhoda sah den Pickup und fuhr zum Anleger. Kein Boot. Keiner da. Ihre Eltern waren verrückt, bei diesem Wetter rauszufahren. Warum nicht auf einen schöneren Tag warten? Selbst wenn es die Hütte aller Hütten war, die Erfüllung eines Lebenstraums und dieser ganze Quatsch. Rhoda verstand einfach nicht, warum ihre Mutter das alles zuließ.

Egal, sagte sie und fuhr zurück in die Stadt.

Rhoda und Jim wohnten in einem großen Haus mit spitzem Dach und Blick auf die Mündung des Kenai River. Einer der Vorzüge ihrer Beziehung mit Jim. Das steile Satteldach erinnerte sie zwar an die Verkaufsbuden von Wienerschnitzel, ließ aber Schnee leicht abgleiten und schuf im Wohnzimmer und hinten im Schlafzimmer eine sieben Meter hohe Gewölbedecke. Die fünf Meter hohen Doppelglas-Fenster fingen die Sonnenuntergänge über dem Cook Inlet ein, und die freiliegenden Balken waren dunkel wie in einer Methalle, das Mobiliar vollständig aus skandinavischem Holz und Leder. Von einem solchen Haus hatte Rhoda früher geträumt.

Und jetzt wohne ich drin, dachte sie, als sie an der

Küchenanrichte kleine Proben Beagle-Kot in Reagenzgläser füllte.

Musst du das machen, während ich esse, sagte Jim. Er saß auf der anderen Seite der Anrichte vor seinen Pfannkuchen mit Dosenpfirsichen.

Hab dich nicht so, sagte Rhoda. Ist doch bloß Hundescheiße.

Jim lachte. Du bist Spitze.

Nein, du, sagte Rhoda. Sie wohnten erst seit einem Jahr zusammen, also egal. Rhodas Ex-Freund war eine ganz andere Nummer gewesen, ein Fischer, der täglich über die Naturgewalten, die Fischerei-Industrie und die Regierung gejammert und geklagt hatte, allesamt undurchdringlich und herzlos. In einem Jahr war der Preis für Heilbutt zu niedrig, im nächsten die Gebühren für eine neue Fischereizone zu hoch, und jedes Jahr hatte es das Meer persönlich auf ihn abgesehen. Öde Lamentos, zur Belohnung durfte sie in einem kleinen Trailer wohnen und gratis Heilbuttsteaks essen. Während es bei Jim unbegrenzt Dosenpfirsiche und so viel Pfannkuchenmischung gab, wie man sich nur wünschen konnte.

Rhoda lächelte. Eigentlich war sie glücklich, merkte sie gerade. Einigermaßen zumindest. Sie legte die Plastikspritze hin, näherte sich Jim von hinten und blies ihm leicht ins Ohr.

Am Ufer des Skilak Lake, kaum eine Meile von der Stelle entfernt, wo seine Eltern mit einer Ladung Baumstämmen durch die Wellen pflügten, zog sich Mark gerade mit seiner Freundin Karen und einigen Freunden vom Coffee Bus aus. Er schürte das Feuer, sie hüpften in die Sauna und schlugen die Tür hinter sich zu. Die Sauna stand direkt am See, und von der Tür ging ein schmaler Steg ab; sie war heiß und dunkel, fensterlos, hinter dem Holz mit Dachpappe isoliert, und Sitz- und Fußbank waren so hoch, dass sein Kopf die Decke streifte und größere Menschen sich ducken mussten. Mark hatte ein, zwei noch belaubte Erlenzweige zum Peitschen mitgenommen, und sobald sie ordentlich ins Schwitzen gekommen waren und der Dampf so dicht war, dass sie einander im roten Licht nur noch schwach erkennen konnten, beugte sich Karen vor, Kopf zwischen den Knien, Arme um die Unterschenkel gelegt, und Mark fing an, sie zu peitschen. Das brachte die Durchblutung in Gang. Außerdem machte es wach und wirkte irgendwie heilsam und läuternd. Es raschelte und klatschte laut, bescherte Mark Schweiß und Karen Schmerz, und beide hechelten.

Dann war Mark dran mit Vorbeugen. Seine Haut war jetzt so glitschig und salzig, dass er weder seine Schenkel greifen noch die Hände verschränken konnte, also klammerte er sich an die Bretter unter seinen Füßen, als Karen mit dem Peitschen begann. Sie fand einen Rhythmus, schwang, so heftig sie konnte, und setzte nach einer Weile auch die Stimme ein, bis sie mit jedem Hieb tief aus dem Bauch brüllte. Mit der freien Hand packte sie ihn im Nacken, und sie peitschte kräftig, bis die meisten Blätter und Triebe abgestreift waren, sie zusammenklappte und er wimmerte.

Dann wollten Carl und Monique es ausprobieren. Mark taumelte hinaus, um neue Zweige zu holen, und bot Monique bei seiner Rückkehr an, sie zu peitschen, aber sie nahm einen Zweig und sagte mit ihrer tiefen erotischen Stimme, nein, ich nehme Carl dran. Also beugte sich Carl vor, ein bisschen zögerlich vielleicht, Monique schlug einmal kräftig zu, und er schrie.

Hey, sagte er. Das tut scheißweh.

Vorbeugen, sagte Monique. Pack deine Fußgelenke. Dann fing sie mit einigen sanften Hieben an und verstärkte nach und nach den Druck. Zum Schluss half Mark auf Moniques Geheiß, indem er Carls Kopf nach unten hielt, bis Monique sagte, Gott, ich krieg keine Luft, die zerfledderte Rute fallen ließ, zur Tür hinaus stolperte, den Steg hinunter und kopfüber in den See sprang.

Die anderen stürzten hinterher. Wieder war Carl die Lusche. Er tauchte als Letzter ein, machte eine entsetzte Miene, die einen stummen Schrei ausdrückte, und paddelte panisch zum Steg zurück. Japsend und fluchend lag er auf den Holzplanken, wie unglaublich das sei und wie kalt, genau wie Eis und Gletscher und so, was in gewissem Sinne stimmte, denn tatsächlich führte ein Gletscher in den See.

Die anderen beachteten ihn nicht und schwammen gut hundert Meter raus, freuten sich an der Schönheit des schweren Regens, des stetigen Winds und des Bergs, der unsichtbar über ihnen aufragte.

Ich lebe, sagte Monique. Selbst die dümmsten Sachen sind wahr. Ich will nie mehr tot sein.

Dann aber mussten auch sie aus dem Wasser, sonst wären sie doch gestorben. Ihre Glieder waren bereits taub. Sie gingen zurück in die Sauna und beschlossen, sich vor dem zweiten Gang zu bekiffen.

Bestes Gras der Welt, sagte Mark und stieß endlich den Rauch aus. Höchster THC-Gehalt.

Karen wurde halb katatonisch, wie üblich. Sie war weit schwächeres Gras gewöhnt, und der alaskische Stoff haute sie um. Also nahm Mark Monique nach Herzenslust in Augenschein. Sie war groß und hatte kurzes dunkles Haar, das zu einem europäisch anmutenden Bob geschnitten war, wie bei der Frau, die für Clinique modelte. Mark bekam einen Steifen, davon, dass die Frau neben ihm mit den festen Nippeln und einer Haut, die den Vergleich mit Alabaster und Marmor und dergleichen verdiente, aussah wie ein Model. Er streckte die Hand aus, um ihr in den Nacken zu greifen.

Ja ja, sagte sie und schob seine Hand weg. Du bist ein Prinz.

Hey, sagte Carl.

Mund halten, sagte Monique. Wir brauchen jetzt keinen Mackerkram. Ich fühl mich gerade gut.

Ich bin so high, sagte Karen, hob die Arme und sackte nach hinten; der Kopf rumste gegen die Wand.

Mark half ihr auf, schüttete Wasser auf die heißen Steine, und in einer Dampfexplosion begannen sie ihren zweiten von drei Gängen des skandinavischen Rituals.

Irene zitterte, zähneklappernd, die nasse Kleidung wie ein Docht, etwas, das kühlte und den Wind leitete, mehr nicht. Und das Wasser gefror fast, ein Schock bei jedem Aufschlagen.

Ihr Land kam in Sicht, drei Viertel Morgen Ufergrundstück mit Blick auf den Berg und das Ende des Sees, wo sich der Kenai River aus dem Gletscher speiste. Hinter dem Grundstück Wald, aber auch Zwergsträucher vorn, Blaubeeren und Erlendickicht, Wildblumen und Gräser.

Gary steuerte das felsige Ufer an. Kein Strand, weder Sand noch Kiesel. Große abgerundete Steine. Baumknorren zu beiden Seiten, Wellen, die sich brachen, und Gary drosselte das Tempo nicht, hielt in voller Fahrt darauf zu. Irene rief, er solle langsamer fahren, aber dann krallte sie sich einfach nur fest, stemmte einen Fuß gegen die Rampe, und sie setzten auf. Die oberen Baumstämme rutschten nach vorn, Irene zog gerade noch rechtzeitig den Fuß zurück. Herrgott, Gary, sagte sie.

Aber Gary achtete nicht auf sie. Er kippte den Motor hoch, kletterte über die Stämme und hüpfte etwa drei Meter vor dem Ufer ins seichte Wasser. Hilf mir mit der Klappe, sagte er. Da Wind und Regen nachließen, konnte sie ihn jedenfalls hören. Sie kletterte vorne herunter, sank bis zu den Knien ein, bis über die Stiefel, kaltes Wasser, die Steine darunter glitschig, und half ihm beim Entriegeln.

Als sie den letzten Riegel löste, sprang ihnen unter dem Druck der Baumstämme die Klappe entgegen. Mann, sagte Gary, doch sie blieben unversehrt, fingen die Rampe auf und ließen sie herunter, während Wellen gegen ihre Schenkel schlugen und nun über das offene Bug ins Boot schwappten. Sie waren nicht weit genug an Land.

Wir müssen schnell ausladen, sagte Gary, und ich muss den Motor anlassen wegen der Pumpe. Er kletterte über die Stämme zum Heck, kippte den Motor herunter, zog am Seil, schaltete die Bilgenpumpe an. Jetzt aber ran, sagte er und eilte zum Bug. Er griff einen Baumstamm und ging rückwärts. Nimm dir einfach einen und schleif ihn an Land.

Also griff Irene einen Stamm und zog kräftig. Ihre Füße kalt im Wasser und der ganze Körper frostig, allmählich Magenschmerzen vom Frieren und dann Schuften.

Das Boot sinkt schon, rief sie Gary zu. Die Bilgenpumpe hielt nicht mit. Das Boot lief vom Bug her zu schnell voll und ruckte in den Wellen hin und her.

Scheiße, sagte Gary. Wir müssen die Klappe zumachen.

Schnell befestigten sie die Klappe, dann sprang er an Bord, das hintere Ende saß tief, jede dritte oder vierte Welle spritzte herein, und er jagte den Motor hoch, um das Boot näher ans Ufer zu bringen. Irene hörte, wie der Bug über die Steine schrappte. Das Boot bewegte sich eine Handbreit und saß fest. Das Heck sank jedoch noch tiefer, wegen des Winkels, und noch mehr Wasser schwappte herein. Verdammt noch mal, schrie Gary, griff den Eimer, schöpfte hastig, um die Wellen zu überholen, bückte sich, schnellte hoch, bückte sich wieder, schöpfte literweise. Irene wusste nicht, was sie tun sollte außer zusehen. Kein zweiter Eimer, kein Platz dort hinten. Aber sie kletterte auf den Bug, damit vielleicht ihr Gewicht half, das Boot nach vorn zu kippen.

Gary dunkel und durchnässt, schwer atmend und mit jedem vollen Eimer brüllend vor Anstrengung. Der Rauch vom Außenborder blies über ihn hinweg, die Bilgenpumpe spuckte, Wellen brachen übers Heck. Irene wusste, dass er jetzt Angst hatte, und sie wollte ihm helfen, aber sie sah auch, dass er es schaffte, dass sich das Heck zu heben begann und die Wellen jedes Mal weniger Wasser abluden. Du schaffst es, Gary, rief sie. Das Heck kommt hoch. Du schaffst es.

Er war entkräftet, das wusste sie. Seine Schöpfbewegungen langsamer und manchmal so kurz, dass ein Teil des Wassers im Boot landete. Ich kann dich ablösen, rief sie, aber er schüttelte den Kopf, tauchte weiter den Eimer ein und schöpfte, bis die Wellen endlich gegen den Heckspiegel schlugen, ohne hereinzubrechen. Da hörte er auf, ließ den Eimer fallen und beugte sich über Bord, um in den See zu kotzen.

Gary, sagte Irene, und sie wollte ihm beistehen, wollte aber das Gewicht aufs Heck nicht erhöhen. Die Bilgenpumpe schaffte das restliche Wasser, gemächlich allerdings. Gary, sagte sie wieder, alles in Ordnung, Schatz?

Schon gut, sagte er schließlich, schon gut. Tut mir leid. Das war eine dumme Idee.

Schon gut, sagte sie. Ist alles gut. Wir laden den Rest aus und fahren nach Hause.

Gary hing eine Weile über dem Außenborder, schaltete dann Motor und Pumpe aus, kroch langsam nach vorne und kniete sich im Bug neben sie auf Baumstämme. Sie nahm ihn in den Arm, und so blieben sie einige Minuten, hielten einander fest, während der Wind auflebte und der Regen wieder zunahm. So hatten sie einander sehr lange nicht mehr gehalten.

Ich liebe dich, sagte Gary.

Ich liebe dich auch.

Also, sagte Gary, was heißen sollte, weiter. Irene hatte gehofft, der Augenblick möge sich hinziehen. Sie verstand nicht, wie sich alles verändert hatte. Am Anfang hatte sie beim Schlafen mit einem Arm und einem Bein über ihm gelegen, jede Nacht. Sonntags waren sie im Bett geblieben. Sie waren gemeinsam auf die Jagd gegangen, im Gleichschritt, mit gezücktem Bogen, einem Ohr für Elche und einem Auge für jede Regung. Der Wald damals eine lebende Präsenz und sie ein Teil davon, niemals allein. Aber Gary ging nicht mehr auf die Bogenjagd. Sorge ums Geld, am Wochenende Arbeit, keine Sonntage mehr im Bett. Am Anfang, dachte Irene. So etwas gibt es gar nicht: am Anfang.

Sie ließen die Klappe geschlossen und nahmen je einen Baumstamm, zogen ihn über den Bug. Der Wind in

Böen aufbrausend, der Regen wie Nadelstiche in ihre Augen, wenn sie zum See blickte. Irene nieste, schnäuzte sich, indem sie ein Nasenloch zuhielt, wischte mit dem Handrücken nach. Erkältung bereits im Anzug.

Langwieriges Entladen, schwerfällig jetzt, beide müde. Gary schleppte einige von Irenes Stämmen weiter vom Wasser weg. Schließlich aber war das Boot leer und so leicht, dass sie es an Land ziehen konnten. Sie lehnten sich an den Bug, Rücken zum Wind und zum See, und blickten auf ihren Grund und Boden.

Das hätten wir vor dreißig Jahren machen sollen, sagte Gary. Hier rausziehen.

Wir waren am See, sagte Irene. Einfacher in die Stadt, einfacher für die Kinder, Schule und so. Hier draußen kann man keine Kinder haben.

Kann man schon, sagte Gary. Aber egal.

Gary war ein Meister des Bedauerns. Jeden Tag gab es etwas, und das mochte Irene vielleicht am wenigsten. Ihr gesamtes Leben in Zweifel gezogen. Das Bedauern etwas Lebendiges, ein Quell in ihm.

Na, jetzt sind wir ja hier, sagte Irene. Wir haben die Baumstämme hergebracht, und wir bauen das Haus.

Mir geht es gerade darum, dass wir vor dreißig Jahren hier hätten sein können.

Ich habe verstanden, worum es dir geht, sagte Irene.

Tja, sagte Gary. Die Lippen schmal, und er starrte geradeaus in ein Erlendickicht, blieb dort stecken, außerstande, sich von dem Gefühl zu befreien, dass sein Leben anders hätte verlaufen können, und Irene wusste, dass sie selbst Teil dieses großen Bedauerns war.

Irene versuchte darüberzustehen, versuchte, sich nicht darin zu verstricken. Sie betrachtete das Grundstück, und es war wirklich wunderschön. Schlanke weiße Birken am hinteren Ende, größere Sitkafichten, eine Pappel und mehrere Espen. Das Land hatte Profil, mehrere Anhöhen, und sie sah, wo das Haus stehen würde. Sie würden eine Terrasse vorne anbauen, und an schönen Abenden würden sie zusehen, wie die Sonne über dem Berg unterging, in goldenem Licht. Das würde schon alles hinhauen.

Wir schaffen das, sagte Irene. Wir können hier ein schönes Haus bauen.

Ja, sagte Gary schließlich. Dann wandte er sich vom Grundstück ab, blickte in Wind und Regen. Lass uns los.

Sie schoben das Boot ins Wasser und kletterten über den Bug. Gary am Motor und Irene auf dem Boden, Knie umschlungen im Bemühen, sich aufzuwärmen. Der Rückweg nicht so schlimm, die Wellen hinter ihnen, die Bugklappe jetzt über Wasser, das Boot kein Schleppkahn mehr. Sie schlingerten ein wenig auf jeder Welle, aber kein klatschendes Wasser, keine Gischt. Irene klapperte wieder mit den Zähnen.

Ein langer Weg von der Insel zum Campingplatz. Gary fuhr langsam, die Pumpe arbeitete. Endlich kamen Campingplatz und Pickup in Sicht, und er schaltete den Motor ab und setzte neben dem Anleger am Strand auf. Die Wellen drückten das Heck hoch und runter und schwenkten es seitwärts.

Wir könnten den Anhänger losmachen, sagte Gary.

Die Wellen sind hier einfach zu groß. Das wird ein Albtraum. Wir könnten das Boot an Land ziehen und an einen Baum binden.

So machten sie es, und Minuten später waren sie zu Hause. So nah, und hatten so lange gefroren. Umsonst, dachte Irene.

Gary duschte schnell heiß, und dann ließ sich Irene ein heißes Bad ein. Schmerzhaft, sich hineinzusetzen, die Finger und besonders die Zehen zum Teil taub. Die Hitze, die sie umfing, jedoch köstlich. Irene ließ sich hineinsinken und schloss die Augen, weinte unversehens, vorsichtig, lautlos, mit dem Mund unter Wasser. Dummerchen, sagte sie zu sich. Du kannst nicht haben, was nicht mehr da ist.

Nach dem Mittagessen schaute Jim auf dem Rückweg in die Praxis beim Coffee Bus vorbei, um sich eine Zimtschnecke zu holen. Brauner Zucker, Honig und Nüsse, damit würde er außerdem Rhodas Bruder unterstützen, der das vielleicht nötig hatte. Vor dem Bus wie üblich Leute, die herumlungerten, darunter aber eine Frau, die so schön war, dass er erst zu spät merkte, wie er sie anstarrte, worauf er sich natürlich wie ein Idiot vorkam, was ihn wiederum nervte. Gerade mal halb so alt wie er, doch ihr Blick gab ihm das Gefühl, als stünde sein Pimmel für alle sichtbar im Wind.

Jim bot ihr sein gewohntes Brummen und den Ansatz eines Lächelns. Die Begrüßung war selten vernehmlich, viele in Soldotna, die ihn nicht richtig kannten, hielten ihn deshalb für einen Menschenfeind, das wusste er, aber es verblüffte ihn. Für seine Ohren klang dieser dumpfe Gruß wie ein herzliches, heiteres, wenn auch dezentes und nicht übermäßig aufdringliches Hallo.

Die Frau, sie lehnte am Bus, nickte zurück, zog ihre alte Daunenjacke fester um sich, und Jim stakste die Holzstufen zum Verkaufsfenster hinauf, bemüht, sie nicht anzusehen. Sie stand jetzt kaum zwei Schritte entfernt, und er war ganz beklommen. Und verzweifelt begierig. Das Begehren griff ihm wie eine kalte Hand durch die Genitalien ins Kreuz.

Hey, Jim, sagte Karen. Zimtschnecke?

Exakt.

Mark kam ans Fenster und streckte die Hand aus.

Jim schüttelte sie. Wie geht's?

Ich will dir eine Freundin vorstellen, sagte Mark. Jim, das ist Monique. Monique, das ist Jim. Jim ist Zahnarzt, der schnellste Bohrer des Westens. Monique ist zu Besuch in unserem holden Staat, um die wilden Weiten kennenzulernen.

Monique reichte ihm die Hand, und Jim beugte sich hinunter, um sie zu schütteln.

Hi, sagte Jim. Hast du eine schöne Reise?

Ja, sagte sie. Mark und Karen kümmern sich sehr um mich. Sie wartete, während er sie anstarrte. Sie schien, nach Jims Eindruck, nicht bloß Zeit zu haben, sondern diejenige zu sein, die dahintersteckte. Wie der Zauberer von Oz oder so, in seiner kleinen Kammer.

Könntest du mir einen Rat geben, fragte Monique. Als Zahnarzt. Ich hab da einen Zahn, der sich manchmal kalt anfühlt und ein bisschen wehtut, wenn ich in der Kälte war. Heute zum Beispiel tut er weh. Sie ruckelte ein wenig an ihrem Kiefer, fühlte nach. Ist das Karies oder irgendwas anderes?

Möglich, sagte Jim. Um sicherzugehen, müsste ich ihn mir ansehen. Jim sah auf seine Uhr. Fünf nach halb zwei. Wenn du willst, kann ich ihn mir jetzt schnell ansehen, bis zwei habe ich Zeit.

Hm, sagte Monique. Dann zuckte sie die Schultern. Okay.

Jim fuhr mit ihr in die Praxis. Noch war keiner vom

Mittag zurück. Er machte Licht und führte sie zu einem der hinteren Stühle. Ach, vielleicht hätte ich dir erst mal alles zeigen sollen.

Schon gut, sagte Monique und setzte sich in den Stuhl. Hübsche Enten da oben. Jim hatte die Unterseite von Gummienten an seine Decke geklebt, orange Schwimmhäute, die in der Luft herumpaddelten, als befände sich die Praxis unter Wasser.

Für die Kinder, sagte Jim.

Für die Jäger.

Tja, vielleicht, sagte Jim und versuchte zu glucksen, da er nicht wusste, ob sie ihn mit den Jägern in einen Topf warf.

Jim schaltete die Lampe an, forderte Monique auf, den Mund weit zu öffnen, und untersuchte eine Weile Zähne und Zahnfleisch.

Im Anfangsstadium, sagte er. Wir sollten ein paar Röntgenaufnahmen machen, und wenn nötig, können wir einen kleinen Eingriff vornehmen, in erster Linie vorbeugend.

Ah, sagte sie, und er zog den Finger aus ihrem Mund, damit sie sprechen konnte.

Das kostet doch bestimmt.

Das geht auf mich, sagte Jim. Und er wartete, bis die anderen eintrafen, ließ röntgen und setzte dann gleich eine kleine Füllung ein, obwohl dadurch sein gesamter Nachmittagsplan über den Haufen geworfen wurde.

Nicht weitersagen, bat er nach der Behandlung, als er den Stuhl hochfuhr. Sie nahm ihr Lätzchen ab. Er beugte sich dicht über sie und lächelte ein wenig, als er das sagte, bemüht, so was wie Geheimnisse zwischen ihnen zu beschwören und zu spüren. Er hatte einmal einen Mann sagen hören: Das ist mal eine Brüterin, und so hässlich und gestört dieser Satz war und ihm zuwider, dämmerte ihm nun, dass er dennoch zutraf. Hier war die Frau, mit der er Kinder zeugen wollte. Er konnte sich nicht vorstellen, wie sie Windeln wechselte oder auch nur schwanger war, aber er konnte seine kräftigen, großen, schönen Kinder sehen, dereinst in einem Porträt, frei von Unsicherheit oder Hader. Sie brachte es fertig, die Möglichkeit einer anderen Frau auszulöschen, und verhieß außerdem Reichtum, obwohl sie sich wie ein Hippie kleidete und sich wohl nicht mal diese Füllung hätte leisten können, hätte er sie zur Kasse gebeten.

Nein, sagte sie.

Verständnislos sah er sie an. Er hatte keine Ahnung, was sie meinte.

Ich sag's nicht weiter, sagte sie.

Klar, sagte er. Hey, darf ich dich irgendwann zum Essen einladen? Bei mir kann man den Sonnenuntergang über dem Cook Inlet sehen. Ich könnte uns Lachs oder Heilbutt machen oder was immer du magst, damit du auch auf den Alaska-Geschmack kommst, solange du hier bist. Das war erstaunlich flott rausgekommen, sogar mit einem netten kleinen Schlenker zum Schluss. Er hatte sich nicht verspannt und sah auch nicht verschreckt aus.

Nachdenklich betrachtete sie ihn. Seine Wirbelsäule

knickte ein, die Schulterblätter rutschten ihm in den Magen.

Okay, sagte sie.

Monique verbrachte den restlichen Nachmittag und den Abend damit, am Zusammenlauf zweier Flüsse zu sitzen, zu lesen und hin und wieder aufzublicken, um zu sehen, wie Carl keinen Rotlachs fing. Er stand in einer Reihe mit Hunderten weiterer Angeltouristen, Männern und Frauen aus aller Welt. Der Fluss nicht breit, knapp fünfzig Meter, diese Angler aber standen in Meterabständen eine halbe Meile entlang beider Ufer. Der beste Fischgrund war angeblich auf der anderen Seite dieser speziellen Biegung, wo das Wasser tiefer und schneller über eine steile Kiesbank floss.

Carl jedoch stand diesseits in Watstiefeln im Seichten gut fünf Meter vom Ufer entfernt und schnickte eine Fliege über den Grund, wo Rotlachse friedlich auf der Stelle gegen den Strom anschwammen. Monique sah ihre Schatten im gesprenkelten Licht und stellte sich vor, wie sie ihre Mäuler öffneten und schlossen, wie sie Wasser schnappten und wachsam die Reihen gleichmäßig verteilter grüner Stiefelpaare beäugten sowie die großen roten Fliegen, die um sie herum flitzten.

Die Angler waren alle so ernst. Für Monique war das Beste hier die Landschaft: die üppigen hohen Berge dicht am gegenüberliegenden Ufer, die kurzen, mit Wildblumen getüpfelten Täler, die sumpfigen Flächen voller Stinkkohl, Farn, Mücken und Elche. Doch nicht einer der Angler sah jemals vom Wasser auf, nicht einen einzigen Augenblick. Die Stimmung entlang des Ufers war wie die Stimmung in einem Casino.

Monique las einen Kurzgeschichtenband von T. Coraghessan Boyle. Die Geschichten waren lustig, und oft lachte sie laut. In einer läuft Lassie einem Kojoten hinterher, verbotene Liebe. Die gefiel ihr besonders. Sie hatte Lassie immer gehasst.

Monique sah zum Glück gerade rechtzeitig auf, als Carl seine Angelrute in den Fluss warf. Einige Angler merkten auf. Ihre Schnüre verharrten einen Augenblick am Boden, danach schnickten einige ihre Ruten hin und her, um sie wieder freizubekommen.

Carl kam in seinen Watstiefeln durchs Wasser gespritzt, rutschte ein wenig über die glatten Steine und Fischeingeweide und was noch alles da unten war. Er ging direkt auf Monique zu, die ihr Buch zuklappte.

Nicht gut?, fragte sie.

Carl packte sie an den Schultern und küsste sie fest. Gott, jetzt fühle ich mich besser, sagte er.

Monique lächelte und holte sich noch einen Kuss. Das gehörte zu den Dingen, die sie an Carl mochte. Mit der Zeit kam er sich selbst auf die Schliche. Und im Gegensatz zu den meisten Männern hielt er nicht an Schwachsinn fest, nur weil jemand zusah.

Als Rhoda nach Hause kam, saß Jim da, einen Drink neben sich auf dem Couchtisch. Den Blick zu den Fenstern gewandt, trank er und sah aufs Meer. Sehr merkwürdig, da Jim praktisch nie trank und schon gar nicht allein. Rhoda registrierte nun Nebensächlichkeiten, wie man sie inmitten tragischer Ereignisse wahrnimmt: Der Kühlschrank sprang nur kurz an und beruhigte sich gleich wieder; Sonnenlicht wurde vom dunklen Holz des Couchtischs zurückgeworfen, erreichte aber nicht seinen Drink; das Haus wirkte unnatürlich warm, beinahe feucht, beengend. Sie stellte die Einkaufstüten ab und ging zu ihm.

Was ist los?, fragte sie mit einem Ton in der Stimme, der für sie nach Angst klang. Dabei fasste sie ihn leicht an die Schulter.

Hey, sagte er, ein wenig gerötet vielleicht, als er sich zu ihr umdrehte, aber nicht betrunken, mit klarer Artikulation. Wie war dein Tag?

Was soll das hier? Warum sitzt du hier und trinkst?

Bloß ein kleiner Sherry, sagte Jim, und er nahm das Glas und ließ die Eiswürfel kreisen. Genieße die Aussicht.

Irgendwas ist doch. Ich dachte, es ist jemand gestorben oder so. Warum bist du plötzlich so anders?

Darf ein Mann nicht mal was trinken? Herrgott, man sollte meinen, ich würde das Haus abfackeln oder die Wände mit Kreide beschmieren oder so was. Ich bin einundvierzig, Zahnarzt, in meinem eigenen Haus, und trinke nach der Arbeit ein Gläschen Harveys.

Okay, okay.

Entspann dich.

Okay, sagte Rhoda, Entschuldigung, ja? Ich habe Huhn mitgebracht. Ich dachte, wir könnten Zitronenhuhn essen.

Lecker. Dabei fällt mir übrigens ein. Ich habe vielleicht einen neuen Partner für die Praxis gefunden. Einen Zahnarzt aus Juneau, einen gewissen Jacobsen, und ich wollte ihn vielleicht morgen Abend zum Essen einladen, um Details zu besprechen. Vielleicht könntest du dir abends ein paar Stunden etwas anderes vornehmen, wäre das möglich?

Klar, kein Problem. Ich esse bei meinen Eltern. Ich rufe Mark heute Abend an, damit Mom Bescheid weiß.

Prima, sagte Jim. Danke. Dann blickte er wieder auf die Bucht und die Berge dahinter, den Schnee auf dem Mount Redoubt, und dachte, wie clever er doch sei und wie sehr er es verdient habe.

Irene war am Tag nach dem Sturm mutlos und zerschlagen, am darauffolgenden Morgen allerdings wachte sie mit etwas viel Schlimmerem auf, nämlich einem fürchterlichen Kopfschmerz, der in der Augenhöhle begann und sich hinter der Stirn entlangwand. Wenn sie die Augen schloss, sah sie ein rotes Flechtwerk aus Schmerz. Ein neues Muster mit jedem Zwinkern oder Herzschlag, einen endlosen dunklen Himmel. Ausgehend von einer Stelle hinter ihrer rechten Braue, also drückte sie rund ums Auge, und wenn sie den Daumen in die obere Innenecke der Augenhöhle drückte, gab es eine kurze Erleichterung.

Sie konnte nicht durch die Nase atmen. Ihr Hals rau, vielleicht vom Atmen mit offenem Mund die ganze Nacht. Sie schluckte, und das tat weh und kratzte.

Gary, krächzte sie mit Mühe, aber keine Antwort. Sie rollte sich auf die Seite, wollte die Wärme ihrer Decken nicht verlassen, doch jetzt spürte sie, wie es von den Nebenhöhlen in den Rachen floss, sie überschwemmte. Sie setzte sich auf und nahm ein Taschentuch, schnäuzte sich, aber es war alles verstopft, felsenfest. Das Schnauben drückte bloß auf die Ohren. Es half überhaupt nichts.

Gary, rief sie wieder, dringlicher diesmal, aber immer noch keine Antwort. Sie sah auf die Uhr, sie hatte lange geschlafen, es war nach neun. Sie legte sich zurück und stöhnte. Der Schmerz in ihrem Kopf anders als alles, was sie je erlebt hatte, so konzentriert, so beharrlich.

Sie stand auf und ging ins Bad. Musste mal und brauchte Schmerztabletten. Nahm zwei Advil und dann noch zwei und ging wieder ins Bett. Gehen schmerzte. Sie spürte die Schritte im Kopf. Die Rückseite des Auges ein neues Areal, das sie überhaupt noch nie wahrgenommen hatte.

Sie schlüpfte unter die Decken, bewegte sich vorsichtig und versuchte noch einmal, sich zu schnäuzen, versuchte dann, einfach einzuschlafen. Dies wollte sie nicht im Wachzustand erleben.

Gary war am Boot und kümmerte sich um die eingedellte Bugrampe. Endlich eine handfeste Regenpause, und die nutzte er, obwohl er sich grauenhaft fühlte, irgendwie Grippe und Fieber, empfindlicher Magen. Er hatte den gestrigen Tag größtenteils im Bett verbracht. Irene war sogar noch schlimmer dran.

Mit mehreren großen Klemmen und einem Gummihammer kam er voran, kräftig mit beiden Armen ausholend, worauf der Hammer zwar hüpfte, die Platte aber nach und nach zurechtbog.

Eigentlich hätte man diesen Bug etwas stabiler bauen sollen. Schließlich war es eine Rampe. Man müsste drüberfahren können, das Boot war groß genug für einen Kleinwagen. Doch wer auch immer ihn entworfen hatte, hatte ihn in der Mitte nicht ausreichend verstärkt.

Gary war selbst Aluminiumschweißer und Bootsbauer und hatte erwogen, einfach ein Boot mit Rampe zu bauen, aber Irene hatte das nicht gewollt. Zu viele Probleme mit seinen Kostenkalkulationen für frühere Boote. Fehlendes Vertrauen. Also hatten sie viel Geld auf dieses hier verschwendet.

Vor zwei Tagen in dem Sturm waren sie allein gewesen, heute herrschte reger Betrieb auf dem Anleger neben ihm, fünf oder zehn zu Wasser gelassene kleine Boote. Die Angler taxierten ihn, und einige kamen gucken.

Ziemliche Delle, sagte ein Mann. Er trug Wathosen mit Schulterträgern, bestens geeignet zum Ertrinken.

Wenn Sie damit reingehen, sagte Gary, wird die Hose ein Rieseneimer.

Der Mann sah auf den Latz seiner Wathose hinunter. Könnten Sie recht haben.

Allerdings, sagte Gary und hämmerte weiter. Der Mann ging, was gut war.

Vielleicht lag es nur daran, dass er sich krank fühlte, dass sein Magen empfindlich war, aber Gary betrachtete sich gerade selbstkritisch. Dachte daran, dass er gar keinen guten Freund hier oben hatte, nach all den Jahren. Niemanden, der ihm bei der Hütte seine Hilfe anbot. Ein paar Freunde schon, aber keinen, den er anrufen konnte, keine echte Freundschaft. Und er fragte sich, woher das kam. Früher hatte er immer gute Freunde gehabt, in Kalifornien, einige gab es noch, wobei er die bloß alle paar Jahre sah. Irene keine Hilfe in der Hinsicht, nicht sehr gesellig und irgendwie schüchtern, wollte immer nur zu Hause bleiben, trotzdem wusste er nicht, wieso er hier keine besseren Freunde hatte.

Gary nahm seine Werkzeuge und blickte auf den See. Kleine Wellen, ein bisschen Wind, nicht wie vor zwei Tagen. Kein Regen. Er würde Irene holen, und sie würden eine weitere Ladung rüberfahren. Es war fast elf, schon spät, aber etwas würden sie noch schaffen.

Zu Hause lag Irene noch immer im Bett.

Das Wetter ist besser, sagte er. Wir könnten eine Ladung rüberfahren.

Mach das Licht aus, sagte sie und rollte sich auf die andere Seite.

Was ist? Fühlst du dich nicht gut?

Ich habe schreckliche Kopfschmerzen. Schlimm wie noch nie.

Irene, sagte er, Reney-Rene. Er machte das Licht aus, setzte sich aufs Bett und legte einen Arm über sie. Ziemlich dunkel hier, die dicken Vorhänge geschlossen, Licht nur von der Tür. Seine Augen hatten sich noch nicht darauf eingestellt, daher sah er sie nicht deutlich. Willst du eine Aspirin oder eine Advil?

Hab ich versucht. Wirkt nicht. Überhaupt nicht. Sie klang erschöpft.

Tut mir leid, Irene. Vielleicht sollte ich dich zum Arzt fahren.

Lass mich einfach schlafen.

Er küsste sie auf die Stirn, die sich nicht heiß anfühlte, ging hinaus und machte die Tür zu. Dann öffnete er sie wieder. Magst du was zu Mittag essen?

Nein. Nur schlafen.

Okay, und dann machte er sie wieder zu.

Gary ging in die kleine, zu vollgestopfte Küche und holte Räucherlachs aus dem Kühlschrank, Kapern, Gewürzgurken und Cracker und setzte sich an ihren dunklen Holztisch. Wie eine Methalle, der dunkle Tisch und die Bänke beim Ofen. Ein großer Steinofen, etwas, das er sich immer gewünscht hatte. Aber es war zu klein hier, zu eng, die Decken zu niedrig. Es wirkte billig, nicht echt. Teppich auf dem Boden anstatt Holz. Er hatte Teppich noch nie ausstehen können. Irene hatte Teppich gewollt, das sei wärmer. Er hätte Holz haben wollen oder sogar Stein. Schieferplatten. Er wusste noch nicht, was in der Hütte auf dem Boden liegen würde. Vielleicht einfach gar nichts. Nackte Erde oder Holz.

Normalerweise spielten sie mittags Binokel, also wusste Gary nicht, was er tun sollte. Er streckte sich zum Bücherregal und zog seinen Beowulf heraus, legte ihn auf den Tisch, ohne ihn zu öffnen.

Hwaet. We Gar-Dena, rezitierte er und ließ die Auftaktzeilen folgen. Ein Taschentrick. Er kannte die ersten Zeilen von Beowulf noch immer auswendig, auch »The Seafarer« auf Altenglisch und Chaucers *Canterbury Tales* auf Mittelenglisch und die *Aeneis* auf Lateinisch, aber richtig lesen konnte er die Sprachen nicht mehr. Er konnte ein paar Zeilen übersetzen, mühsam mit Hilfe eines Wörterbuchs und seiner Aufzeichnungen von vor dreißig Jahren, aber lesen nicht. Das war ihm abhanden gekommen, und seine Bemühungen alle paar Jahre, es sich zurückzuholen, hielten nie länger als ein, zwei

Wochen, dann war immer irgendetwas, erforderte irgendwas anderes seine Aufmerksamkeit.

Der Lachs so gut, dass er die Augen schloss. Weißer Königslachs, kräftigeres Fleisch, etwas fetter, selten, aber letzten Sommer hatte er einen gefangen und sanft geräuchert und jetzt immer noch ein paar eingeschweißte Pakete übrig. Er musste unbedingt fischen, bevor die Saison zu Ende war, und bei der neuen Hütte einen Räucherofen anwerfen.

Gary blickte durch die Bäume auf den See, aß den Lachs, wusste, dass er sich glücklich schätzen sollte, empfand jedoch nichts als eine milde, untergründige Panik – wie sollte er durch den Tag kommen, wie sollte er die Stunden füllen. Sie begleitete ihn, seit er erwachsen war, vor allem abends, vor allem, als er noch Single war. Nach Sonnenuntergang schien ihm die Zeit bis zum Schlafengehen eine unmögliche Spanne, etwas Drohendes, ein Nichts, unmöglich zu überwinden. Das hatte er noch nie jemandem erzählt, nicht mal Irene. Es würde klingen, als wäre er irgendwie gestört. Er bezweifelte, dass es irgendjemand wirklich verstehen würde.

Also, sagte Gary und stand auf. Er musste sich bewegen. Irene würde ihm heute nicht helfen, aber etwas musste er tun. Er würde Mark oder Rhoda um Hilfe bitten müssen. Er spülte Teller und Gabel ab, ging hinaus und schlug den Pfad zu Marks Haus ein.

Gut ausgetreten inzwischen, ein Weg um Erlendickicht herum und in Fichtenwald hinein. Er hätte vor Jahren mit einer Machete herkommen und einen direkten Pfad schlagen sollen. Doch die Kehren und Schleifen gefielen ihm auch, die Triebe, die er zu Bäumen hatte heranwachsen sehen, im Wandel der Jahreszeiten, alles grün jetzt, üppig, eingeschlossen, keine Spur eines Weges.

Hallo Bär, rief er. Hallo Bär, hallo Bär, als er um die Ecke bog. Mücken, die an seinen Ohren summten, seinen Nacken ansteuerten. Der Wald feucht und faulig, Holzgeruch. Wind in den Wipfeln, ein beruhigendes Rauschen, so hoch, dass es selbst von nahem immer weit weg schien.

Neues Totholz vom Sturm. Im Gehen räumte er Äste aus dem Weg, warf sie beiseite. Zweige, die unter seinen Füßen knackten.

Er war neugierig auf den Bach, und als er ihn schließlich erreichte, stand das Wasser hoch, war aber nicht verfärbt. Die Bretter, die er als Brücke verlegt hatte, blieben über Wasser, die moosbewachsenen Ecken hellgrün. Er stand da, und das Wasser rauschte auf ihn zu. Farn überall, Teufelskeule, die sich horizontal ausbreitete, ausladende flache Blätter.

Er ging weiter, auf eine Anhöhe mit Fichten und Pappeln zu Marks Grundstück und sah bereits Marks Haus unten zwischen den Bäumen, am Rande des Sees. Ein großer Garten an der Seite und Marihuanapflanzen im Unkraut weiter hinten, in Plastikwannen. Praktisch alle hier wussten davon. Mark hatte Haus und Grundstück vor zwei Jahren für 18 000 Dollar gekauft, fast vollständig mit Kreditkarten. Im ersten Winter konnte er die Mindestraten nur mit Mühe begleichen und wartete auf den Sommer, wenn er wie alle in Alaska sein gesamtes

Jahreseinkommen erwirtschaften würde. Und er hatte Glück. Der Preis für Lachs war ungewöhnlich hoch, der Anstieg üppig, und in knapp zwei Monaten verdiente er fast 35 000 Dollar, ein neuer Rekord für ihn, denn er bekam noch nie dagewesene dreißig Prozent auf einem Treibnetzkutter. Die Besitzerin hatte das Boot bei einer Scheidung zugesprochen bekommen und war sehr unerfahren, also brauchte sie einen Profi und war bereit zu zahlen. Er war allseits bekannt und fischte von Kenai aus, seit er dreizehn war, mit nur einer vierjährigen Unterbrechung, als er in Brown studierte.

Als die Schulden abbezahlt waren, bastelte Mark aus den Kreditkarten ein Mobile, das er Treibkredit nannte, und hängte es an die Küchenlampe. Das Haus war allerdings noch unfertig, es fehlten etliche Trockenwände und die Isolierung, im Winter kalt und immer noch ohne Toilette oder fließend Wasser. Die Ladefläche seines Pickup immer voller Plastikeimer zum Wasserholen. Der Hof zugemüllt mit diversen weiteren Fahrzeugen. Einem verrosteten Dodge-Transporter, einem kaputten VW-Käfer und einem bunten VW-Bus, der hin und wieder fuhr.

Gary war nicht gerade glücklich über Marks Lebenswandel, aber er wusste auch, dass das keine Rolle spielte. Außerdem sah er, dass Mark jetzt nicht zu Hause war. Und seine Freundin Karen auch nicht. Mark war zweifellos beim Fischen und Karen im Coffee Bus. Gary hatte sich das schon gedacht, aber er mochte den Spaziergang, und hier konnte er auch telefonieren, Rhoda anrufen. Er öffnete die Haustür, die nie abgeschlossen war, und ging zum Küchentelefon. Ein Teller Schokokekse auf der Anrichte, er nahm sich einen.

Ich arbeite heute, Dad, sagte Rhoda. Sie war in Dr. Turins Praxis und assistierte gerade beim Zunähen eines schwarzen Labradors. Ich kann jetzt nicht telefonieren.

Tut mir leid, Schatz, ich habe die Tage durcheinandergebracht. Komm raus zu uns, wenn du Zeit hast. Deine Mutter ist krank.

Was hat sie denn? Rhoda klang besorgt.

Kopfschmerzen. Schwere Erkältung.

Ich schicke jemanden vorbei, sagte Rhoda, und bringe Tabletten mit. Schlimm, dass sie sich so fühlt.

Du musst nicht rauskommen. Ich glaube, sie braucht nur Schlaf.

Ich komme trotzdem, Dad, zum Essen heute Abend, schon vergessen?

Ach ja. Entschuldigung.

So war Gary also jetzt auf sich gestellt, und er hatte bis zum Essen nur begrenzt Zeit für alles. Er kehrte auf den Weg zurück, fuhr seinen Pickup rückwärts an die Baumstämme heran und fing an, aufzuladen. Nicht so leicht allein, aber auch nicht allzu schwer. Einfach einen Stamm zur Ladeklappe schleifen, ein Ende auflegen, dann das andere nehmen und schieben.

Er fuhr die Baumstämme zum Boot, und diesmal schob er es wohlweislich weiter ins Wasser. Alles ging glatter. Irene hatte das Schlimmste abbekommen. Kaum Wind heute, sehr kleine Wellen, also würde auch das Entladen auf der Insel unproblematisch sein.

Gary kam der Gedanke, dass er hätte warten können.

Statt in dem Sturm rauszufahren, sodass sie beide krank wurden, hätten sie einfach warten können, wie Irene es gern gehabt hätte. Das wäre besser gewesen. Aber unmöglich, aus irgendeinem Grund.

Irene wachte orientierungslos auf. Sie hob den Kopf, um die Uhr zu erkennen, schon nach zwei, und diese Bewegung drückte ihr auf die Stirn, ein pulsierender Schmerz.

Gary, rief sie, mit rauem Hals. Sie hatte Hunger und Durst und wollte, dass Gary ihr half, sich um sie kümmerte. In dieser Situation sollte man nicht allein sein. Der Schmerz hinter ihrem Auge so stark, dass sie ihm entkommen musste, panisch wurde.

Gary, rief sie wieder, aber keine Antwort, kein Laut im Haus. Er hatte sie hier zurückgelassen, war mit dem Boot rausgefahren, ganz sicher, hielt sich ans Projekt, an den Plan.

Gary, brüllte sie wütend. Du Scheißkerl.

Sie drückte auf beide Augen, in die Höhlen, drückte die Stirn, ihren Nacken. Ein lebendiger Schmerz, der in ihrem Kopf wühlte.

Langsam schlug sie die Decken zurück, wollte sich nicht zu ruckartig bewegen, setzte sich auf die Bettkante, benommen. Wartete, bis sie das Gefühl hatte, nicht zu fallen, ging dann langsam am Bett entlang, den Flur hinunter ins Bad, nahm die offene Dose Advil, vier Tabletten, dann vier Aspirin, dann NyQuil. Sie wollte weggetreten sein. Wollte nichts spüren. Ihr war egal, was es auf lange Sicht mit ihr anstellte. Nur das Jetzt zählte.

Sie ging zurück ins Bett, rollte sich unter den Decken auf die Seite und wimmerte. Wie ein Hund, sagte sie laut.

Die Tabletten wirkten, und obwohl sie den Schmerz nicht linderten, machten sie sie benommen, und schließlich schlief sie ein.

Irene wachte wieder auf nach einem Traum voller Druck und Panik und rief wieder nach Gary, aber immer noch keine Antwort. Die Uhr zeigte fast halb sechs.

Sie stand auf und ging langsam in die Küche. Konnte nur durch den Mund atmen, und Schlucken tat weh. Aber sie kam um vor Hunger.

Sie entschied sich für Joghurt. Das ging schnell und schonte den Hals. Schluckte vorsichtig, aß eine ganze Schüssel, cremige kühle Vanille, dann hörte sie Rhodas Schrottkarre vorfahren. Gott sei Dank, sagte sie. Sie war jetzt reif für Beistand.

Rhoda kam zügig herein, noch in der hellblauen OP-Kleidung von Dr. Turin. Mom, sagte sie. Du siehst furchtbar aus. Sie setzte sich rittlings auf die Sitzbank, rutschte zu Irene vor und legte ihr die Lippen auf die Stirn. Fieber hast du keins.

Nein. Der Schmerz ist hinter den Augen, vor allem dem rechten.

Was das ist, weiß ich nicht, sagte Rhoda.

Dein Vater hat mich den ganzen Tag alleingelassen.

Was?

Hat ein Mal nach mir gesehen und ist dann verschwunden.

Aber er weiß, dass du krank bist.

Und ob.

Hat er versucht zu helfen? Hat er gefragt, ob du was brauchst?

Irene dachte kurz nach. Er hat gefragt, ob er mich zum Arzt fahren soll und ob ich was zu Mittag essen will.

Also hat er sich bemüht, Mom.

Das ist sechs Stunden her. Über sechs Stunden.

Na, jetzt bin ich ja hier, und Frank Bishop kommt. Er wird jede Minute hier sein. Ich habe auch Tabletten mitgebracht, falls er keine dabei hat.

Die nehme ich jetzt, sagte Irene.

Tut mir leid, Mom. Wir müssen warten.

Irene seufzte. Gesundheit und Krankheit, sagte sie. In Gesundheit und Krankheit. Und wenn mir was passiert, läuft dein Vater weg.

Er liebt dich, Mom. Es geht dir nicht gut, darum bist du jetzt ungerecht.

So ist er. Er kann sich nur um sich selbst kümmern.

Leg dich doch wieder hin, Mom.

Sie gingen zurück ins Schlafzimmer, und Rhoda deckte Irene zu, dann fuhr ein Wagen vor.

Das muss Bishop sein, sagte Rhoda.

Irene wartete im Bett, in Schmerz gefangen, und wollte nur, dass er wegging. Frank Bishop kam mit einem munteren Hallo herein. Wie steht's, Irene. Was haben wir denn angestellt?

Du bist erst dreißig Jahre alt, Frank. Sei nicht so herablassend zu mir.

Okay, sagte er mit einem Augenrollen in Rhodas Richtung.

Lass das, sagte Irene.

Also sagte er nichts mehr. Er wühlte in seiner Tasche, setzte sich auf einen Stuhl, den Rhoda ans Bett gestellt hatte, holte ein Thermometer heraus und steckte es Irene in den Mund. Dann nahm er ihren Puls.

Alle drei warteten eine Minute schweigend auf das Thermometer, und schließlich zog er es heraus. Kein Fieber, sagte er.

Genau, sagte Rhoda. Sie fühlt sich nicht heiß an.

Was hast du denn für Beschwerden, Irene?, fragte er.

Furchtbare Schmerzen hinter meinem rechten Auge, kreiselnd. Der ganze Kopf und der Nacken tun weh, aber der Schmerz hinter meinem Auge ist unglaublich. Aspirin und Advil wirken überhaupt nicht. Ich brauche was Stärkeres. Und mein Hals tut weh, meine Nase ist total verstopft. Ich fühle mich hundeelend.

Okay, sagte er. Klingt nach Nebenhöhlenentzündung.

Genau, sagte Rhoda.

Das muss geröntgt werden. Ich muss sehen, wie schwerwiegend es ist.

Kannst du mir jetzt Schmerztabletten geben?

Morgen, sagte er.

Das hilft mir nicht besonders.

Tut mir leid, Irene, mehr kann ich nicht tun. Ich muss wissen, was ich behandle. Er stand auf, tätschelte ihr die Schulter und ging.

Rhoda begleitete ihn zu seinem Wagen, einem Lexus,

der unten ganz schlammverkrustet war. Entschuldige, sagte sie. Sie fühlt sich einfach nicht gut.

Klar, sagte er. Komm morgen früh mit ihr rein. Dann stieg er ins Auto und fuhr weg. Rhoda war mit ihm zur Schule gegangen, ab der Grundschule. Und jetzt war er reich und durfte Gott spielen, während sie Hunde zunähte und Kot untersuchte.

Als Rhoda ans Bett zurückkehrte, wollte ihre Mutter die Schmerztabletten.

Okay, Mom, sagte sie. Ich habe Vicodin. Aber nur eine alle vier Stunden. Nicht mehr, oder du kriegst Probleme. Es kann auch sein, dass dir schwindelig wird. Es kann auch noch andere Nebenwirkungen haben.

Mach einfach, dass es aufhört, sagte Irene. Mir egal, wenn mir die Haut abfällt oder eine dritte Titte wächst. Ich will nur schlafen und nichts fühlen.

An der Abzweigung zum Campingplatz Lower Salmon River stand Monique neben einem der blauen Beton-Iglus, die einmal Souvenirläden waren; sie sah aus wie eine Tramperin oder eine Motorradbraut. Angst und schlechtes Gewissen waren bereits jetzt gewaltig. Jim dachte daran, einfach vorbeizufahren, aber sie hatte ihn im Blick.

Nette Kutsche, sagte sie beim Einsteigen. Platz für zwölf.

Ja, ist ziemlich geräumig, sagte Jim. Es war bloß ein Chevy Suburban, und er wusste nicht recht, ob sie sich über ihn lustig machte. Wie kommt es, dass du so weit draußen wohnst? Es sind über zwanzig Minuten nach Soldotna.

Carl kommt gern rum, um möglichst viel zu sehen. Er denkt, wenn er alles sieht, bleibt was hängen.

Carl?

Ja, Carl.

Wer ist Carl?

Mein Freund. Wir sind zusammen hier.

Ach, sagte Jim, als wäre gerade eine Welt zusammengebrochen.

Macht doch nichts, sagte Monique. Ist ja nicht so, als wäre ich verheiratet.

Nein. Nein, sagte Jim. Stimmt. Ist ja nicht so, als

wärst du verheiratet. Hey, ist auch nicht so, als wäre ich verheiratet.

Bist du denn mit jemandem zusammen?

Nein, eigentlich nicht.

Hm, sagte Monique, und Jim fragte sich, ob sie bereits von Rhoda wusste. Dann fiel ihm ein, dass er Monique über Rhodas Bruder Mark kennengelernt hatte. Monique hatte also bestimmt von Rhoda gehört oder sie sogar schon kennengelernt. Wer weiß, vielleicht wurden sie demnächst Freundinnen.

Scheiße, sagte Jim, statt es bloß zu denken.

Was?

Ach, Entschuldigung. Ich habe nur was Wichtiges vergessen.

Blöd.

Ja. Jim fragte sich, wie er die nächsten zwanzig Minuten überstehen sollte. Irgendwie hatte er sich vorgestellt, dass sie erst ein bisschen flirten und sich dann bei ihm in die Arme fallen würden.

Wo kommst du eigentlich her?, fragte er.

Washington, D.C., sagte Monique. Wo es nicht schön ist und es keine Berge gibt.

Was machen deine Eltern dort? Er hoffte, in etwa ihr Alter ermitteln zu können.

Meine Mutter ist ein großes Tier bei der AID.

Ah, sagte Jim. Er konnte nicht einfach zugeben, dass er nicht wusste, was die AID war. Wahrscheinlich irgendeine Organisation oder ein Teil der Regierung. Er las nicht allzu viel Zeitung.

Was macht sie denn da genau?, fragte er.

Vor allem Gesundheitsprogramme, sagte Monique. Von der Ausbildung her ist sie medizinische Anthropologin. Sie fliegt immer irgendwohin, wo sie mich nicht mitnimmt, und kommt mit Schuhen oder so zurück. Manchmal reisen wir auch zusammen.

Und dein Vater?

Ist tot.

Oh, das tut mir leid.

Ist schon okay. Kein Ding. Wir sind besser dran ohne ihn.

Hm, sagte Jim.

Und was ist mir dir, Schätzchen? Fragte sie mit der Stimme einer berühmten Schauspielerin, einer, die er kennen sollte. Erzähl mir von dir.

Mein Vater war auch Zahnarzt.

Ehrwürdige Tradition. Und deine Mutter?

Hat nicht gearbeitet.

Du meinst, Kinderbetreuung, Hauswirtschaft und Buchhaltung?

Wie alt bist du?, fragte Jim.

Alt genug, um deine Großmutter zu sein.

Jim lachte. Der war gut, sagte er.

Eben, sagte sie.

Carl kauerte derweil in seinem Zelt auf dem Campingplatz und schrieb Postkarten. Um den Freunden in Washington Hallo zu sagen, zu erzählen, wie es ihm ging und wie es Monique ging, denn Monique schrieb keine Postkarten. Außerdem schlief Monique offensichtlich nicht in Zelten. Sie hatte irgendwo was Besseres gefunden. Auf dem Zettel stand nur: Bis morgen. Das kotzte ihn an. Er wäre in den Regen hinausgelaufen und hätte sich die Klamotten zerrissen und gewütet wie König Lear, aber es gab keine Zuschauer. Monique hätte es weder gesehen noch verdauen müssen. Am Ende wäre er nur nass geworden und hätte zerrissene Klamotten. Das war alles ätzend.

So was in der Art passierte dauernd seit ihrer Ankunft in Soldotna. Carl und Monique hatten an ihrem ersten Tag vom Fischen mit Drillingshaken auf der Landzunge in Homer gehört und waren sofort im Mietwagen dort runtergefahren. Da hatte Carl noch etwas Geld übrig.

Monique fand Homer wunderschön. Während Carl seine Ausrüstung besorgte, spazierte sie am Hafen herum. Die Berge auf der anderen Seite der Bucht ragten in gezackten Reihen direkt aus dem Wasser und hatten noch Schnee auf ihren Gipfeln. Kormoranschwärme streiften den schwarzen Sandstrand, das Wasser funkelte in der späten Abendsonne, und als Monique, die Augen beschirmend, in die Bucht hineinblickte, sah sie die Fontäne eines Buckelwals golden glitzernd aufsteigen und schließlich über die Wasseroberfläche wehen. Hier könnte ich leben, dachte sie. Dann spazierte sie durch die Docks, betrachtete die Boote und begegnete einem Fischer mit dunklem Haar und blauen Augen, der ihr etwas von Königskrabben und Heilbutt erzählte und der sanften See bei Nacht.

Carl wusste davon, weil Monique es ihm hinterher alles haarklein erzählt hatte. So war sie. Es kam ihr gar nicht in den Sinn, dass sie jemandem auf die Füße treten könnte.

Nichts ahnend von dem dunklen schönen Mann mit den blauen Augen und seinem Gelaber über die Sanftheit der See, war Carl zum Rand einer Kiesbank gestapft, die teilweise mit trübem Wasser gefüllt war. Dreißig Meter breit und dreimal so lang, wirkte es wie ein stehender Teich. Carl sah vor Benzin schillernde kleine Ringe auf der Wasseroberfläche. Die Königslachse kamen offenbar trotzdem mit der Flut.

Die Flut war gewaltig im Cook Inlet, einem flussartigen Strom, und wenn sie kam so gegen acht, dann kam sie schnell. Carl war beeindruckt. Die Lachse strömten herein, und hundert Angler, er darunter, fetzten aus allen Richtungen riesige beschwerte, köderlose Drillingshaken durchs Wasser, um vorbeiflitzende Lachse zu krallen. Häufig flog ein Haken aus dem Wasser, schoss an einer Reihe von Anglern vorbei und grub sich dahinter in die Kiesbank. Es war dumm und gefährlich. Aufgeschlitzt zu werden, sei gar nicht so ungewöhnlich, bekam Carl von einem der Stammangler mit einem Kichern zu hören. Zehnjährige peitschten dort draußen ihre Schnüre raus, ohne sich umzusehen, und alte Männer, tatterig vor Alkohol und Tabletten, hatten schon ganze Hakennester in ihren Westen und Hüten. Es war lächerlich und erniedrigend. Die gefangenen Lachse waren zerfleddert und fransig, aufgerissen von all den Haken, die sich wieder losgemacht hatten.

Carl schrieb auf einer Postkarte an Moniques Mutter: Es ist fantastisch hier. Monique und ich genießen

Alaska, die Landschaft, die Leute, das Fischen. Wir haben einen Fischer kennengelernt, der uns etwas über Königskrabben und Heilbutt erzählt hat, nachdem wir Kormorane gesehen haben, ganze Schwärme. Carl zerriss die Postkarte. Moniques Mutter fand ihn langsam. Schnecken-Carl nannte sie ihn hinter seinem Rücken. Das hatte Monique ihm erzählt. Carl rollte sich in den trockeneren Teil seines Schlafsacks und versuchte zu schlafen.

Monique und Jim hatten ebenfalls ihre Probleme mit dem Schlafarrangement. Sie hatten gerade einen herrlichen Lachs mit Wildreis und Weißwein und ein etwas ramponiertes, aber nach Jims Meinung köstliches Omelette surprise gegessen, das er nach Rezept selbst zubereitet hatte. Yo-Yo Ma spielte im Hintergrund, und Jim malte sich tollen Sex aus. Dann fragte Monique, wo sie schlafen werde.

Was?, fragte Jim.

Ich bin ein bisschen müde, sagte sie. Bin gestern Nacht zu lange aufgeblieben, also dachte ich mir, gehe ich nach so einem wunderbaren Essen mal früh schlafen. Es war wirklich hervorragend. Du bist ein Meisterkoch. Und sie erhob ihr Glas auf ihn.

Äh, sagte er. Hm. Ich hatte eigentlich gedacht, ich fahre dich noch irgendwann zurück. Jim geriet in Panik. Rhoda blieb zwar manchmal bei ihren Eltern, wenn sie bei ihnen aß, aber nicht immer, nicht mal häufig.

Du denkst nicht im Ernst daran, mich mitten in der Nacht zu diesem Campingplatz zurückzufahren.

Nein, nein, natürlich nicht. Ich weiß nicht, was ich gedacht habe.

Ist es wegen Rhoda? Kommt sie heute Abend noch?

Ja.

Du wohnst hier gar nicht allein, stimmt's?

Stimmt.

Und Rhoda will dich heiraten, stimmt's?

Jims Erektion war erschlafft. Er schloss die Augen und massierte sich die Schläfen.

Jim, sagte Monique. Das ist schlecht geplant, findest du nicht?

Jim stöhnte kurz und versuchte nachzudenken, ohne zu denken.

Hör zu, sagte Monique. Ein nettes Hotel würde mir reichen. Ich will nicht, dass du mit Rhoda Ärger kriegst.

Ehrlich?, fragte Jim, wieder aufgerichtet. Du bist die Beste.

Kein Problem.

Also fuhr Jim sie zum King Salmon Hotel, wo hoffentlich keiner, den er kannte, Dienst hatte. Nachdem sie am Empfang gewartet und geklingelt hatten, kam jedoch eine seiner Patientinnen lächelnd heraus und sagte: Hallo, Dr. Fenn.

Jim sah rasch auf ihr Namensschild.

Hi, Sarah, sagte er.

Was kann ich für Sie tun? Sie lächelte auch Monique an.

Das hier ist meine Nichte Monique, sagte Jim. Sie ist eine Weile zu Besuch, aber unser Haus wird gerade renoviert, also dachte ich, quartieren wir sie vorübergehend hier ein, bis die Segeltücher und der Farbgeruch und alles verschwunden sind, nicht wahr. Er zog die Nase kraus ob des Farbgeruchs, und Sarah krauste zurück.

Monique lachte, als sie im Zimmer waren. Danke, Onkel.

Nenn mich nicht Onkel, sagte Jim.

Dann gab sie ihm einen langen Kuss und schob ihn aus der Tür.

Während ihre Mutter zu schlafen versuchte, sah sich Rhoda in der Küche nach Anregungen fürs Abendessen um. Baked Beans aus der Dose, Mais aus der Dose, Instant-Kartoffelpüree. Das wäre ziemlich einfach. Sie setzte den Kessel für die Kartoffeln auf, schob den Mais in die Mikrowelle, füllte die Bohnen in einen Topf, und als der Kessel kochte, fuhr ihr Vater in seinem klapprigen alten F-150 vor. Keiner in der Familie fuhr ein ansehnliches Vehikel.

Ihr Vater ging aufs Haus zu, blieb auf halbem Weg stehen und blickte sich um. Die Bäume, der Berg, Geweihe am Dach, die Beete. Das machte er immer. Ihr ganzes Leben schon, seit sie denken konnte. Sie wusste nicht, wozu.

Hey Dad, sagte sie, als er schließlich reinkam. Schöne Bäume?

Was?

Du bleibst immer stehen und siehst dich um, bevor du irgendwo reinkommst, egal ob es das Haus ist oder ein Boot oder ein Pickup. Wozu?

Was?, fragte er. Keine Ahnung.

Mom ist sauer auf dich.

Was?

Weil du sie den ganzen Tag alleingelassen hast. Sie hat eine Mordswut.

Ich habe sie gefragt, ob ich sie zum Arzt fahren soll, sagte er.

Ich weiß, sagte Rhoda.

Das weißt du?

Sie hat es mir gesagt. Ich habe dich in Schutz genommen. Und einen Arzt gerufen, Bishop. Er sagte, sie hat Nebenhöhlenentzündung und muss morgen früh zum Röntgen kommen.

Okay, sagte ihr Vater.

Okay? Ich mach mir Sorgen um sie, Dad. Sie wirkt richtig krank. Der Schmerz macht sie wahnsinnig.

Hm, sagte er. Dann ging er den Flur hinunter und öffnete sachte die Tür zum Schlafzimmer. Er hörte Irenes Atem, rasselnd durch den zugeschwollenen Hals. Sachte schloss er die Tür und ging im Dunkeln ums Bett herum, legte sich neben Irene und legte einen Arm um sie.

Mm, sagte sie und drückte sich an ihn, so leicht und selbstverständlich. Er machte die Augen zu, wollte ihn nicht verlieren, einen solchen Augenblick, wie er zwischen ihnen immer seltener wurde. Geborgenheit, sie beide, die einander brauchten. Warum war das nicht genug?

Er hatte sich instinktiv zu Irene hingezogen gefühlt. Das war in Berkeley, wo er Mediävistik studierte, aber er verlor den Anschluss, und das wusste er. Konnte mit den anderen nicht mithalten. Die Primärtexte bewältigte er, aber an der Sekundärliteratur haperte es, den langen Historien und Registern, den Almanachs und Tagebüchern, allesamt auf Mittelenglisch. Religiöse Abhandlungen auf Mittelenglisch, Altenglisch und Latein. Dann die ganze Literaturkritik, immer auf dem Laufenden bleiben mit den neuesten Büchern und Artikeln. Das war zu viel. Und er konnte weder Französisch noch Altfranzösisch, ein großes Problem.

Ein Studienfreund stellte ihm bei einem Gemeinschaftsessen in einem billigen Lokal Irene vor. Sie hatte damals lange blonde Haare, blaue Augen. Sie sah aus wie aus einer Islandsaga. Sie redete keinen Fachjargon. Eine Vorschullehrerin, noch in der Ausbildung, aber nicht einschüchternd. Endlich hatte er das Gefühl, atmen zu können. Bei ihr war er sicher.

Gary hielt Irene fest und versuchte sich an die Zeit zu erinnern, da sie vierundzwanzig gewesen waren, versuchte zu fühlen, was er damals gefühlt hatte, aber es war lange her. Irene stöhnte wieder, rückte von ihm ab, versuchte sich zu räuspern, schlug die Decken weg.

Ich kann nicht schlucken, sagte sie. Ich kann nicht atmen, und jetzt kann ich nicht schlucken. Wie soll ich denn Luft kriegen?

Sie ging ins Bad, und Gary setzte sich auf. Kann ich irgendetwas tun?

Mach, dass es aufhört, sagte sie. Ich kann nicht atmen. Ich kann nicht schlafen. Der Schmerz geht nicht weg. Und jetzt ist mir schwindlig. Das Vicodin. Sie gurgelte, versuchte sich zu räuspern.

Komm wieder ins Bett.

Ich ertrinke, sagte sie. Vielleicht hilft Essen. Und ein bisschen Tee.

Sie zog sich an, und sie gingen in die Küche. Rhoda hatte Essen auf den Tisch gestellt und einen heißen Tee bereitet.

Danke, sagte Irene, und sie küsste Rhoda auf die Stirn. Gary bündelte am Kamin Zeitungen, schichtete kleine Scheite zu einem Tipi auf, einige dickere Scheite und einen Klotz, zündete die Enden an und fächerte Luft zu, bis ein schönes Feuer brannte.

Irene fing an zu weinen. Zuerst versuchte sie, Kartoffelpüree und Bohnen zu essen, aber dann weinte sie nur noch.

Mom, sagte Rhoda.

Irene, sagte Gary, und sie setzten sich zu beiden Seiten und nahmen sie in den Arm.

Es tut so weh, sagte sie. Es hört nicht auf. Aber sie weinte nicht nur über die Schmerzen, das wusste sie. Endlich hatte sie eine Ausrede, offen zu weinen, und jetzt konnte sie nicht mehr aufhören. Der Zustand hatte Umfang und Tiefe, nahm Raum ein, eine Wölbung in ihr, die alles aushöhlte. Dass Gary sie verließ, nach dreißig Jahren an diesem kalten, erbarmungslosen Ort. Sie wusste nicht, wie sie es aufhalten sollte, eine Dynamik, die über Jahre in Schwung gekommen war, wie sie ihm die Augen öffnen sollte.

Als Jim Monique im Hotel untergebracht hatte und nach Hause kam, war Rhoda schon da. An der Spüle, beim Abwaschen.

Hey, sagte sie. Das war ja ein fürstliches Mahl. Wieso kriege ich nie Omelette surprise? Sie lächelte. Versöhnlich. Und sah in Jims Augen ziemlich gut aus. Er küsste sie und zog sie an sich.

Hey, warte. Lass mich erst das Spülmittel von den Händen waschen.

Jim zog Rhoda gleich an der Spüle die Jeans aus.

Ich nehme an, es war ein gutes Gespräch?, fragte Rhoda, aber ihre Stimme wurde tiefer.

Jim kniete vor ihr auf dem Küchenboden.

Egal, murmelte sie.

Hinterher spielten sie am Küchentisch Yahtzee. Rhoda bekam ein Yahtzee mit Einern. Sie triumphierte, er stöhnte. In der nächsten Runde bekam sie noch einen Yahtzee mit Einern, mit nur zwei Würfen.

Mann, sagte Jim. Die Götter spielen mit.

Er bekam Murks, alles außer einer Drei, zielte auf Zweien, bekam noch eine dazu, aber mehr nicht.

Okay, sagte er. Und dann würfelte Rhoda einen dritten Yahtzee, wieder mit Einern.

Aah!, riefen beide. Rhoda biss sich auf die Hände und fing an, auf und ab zu hüpfen. Jim schrie, ernsthaft verstört. Beide standen auf und rannten durchs Zimmer, klopften sich instinktiv ab, zitternd, als klebte das Glück mit seinen kleinen Fledermaushänden noch an ihnen.

Irene spürte jeden Huckel auf der Straße in die Stadt. Jede Rille und Kante, alle Riffel und Schlaglöcher schlugen rote Bögen in der Welt hinter ihrem rechten Auge. Ein sonniger Tag, ein Sommertag, doch selbst das Licht schmerzte, also waren ihre Augen geschlossen.

Wir sind gleich da, sagte Gary. Halt durch.

Vom Vicodin ist mir schwindelig.

Nur noch ein paar Minuten, sagte Gary.

In der Praxis wurde geröntgt, und Frank betrachtete die Bilder auf einem weißen Leuchtschirm. Hier ist eine Frontalansicht, sagte er, und es war Irenes Schädel, hohle Augen und fleischlose Wangen, Reihen grinsender Zähne, genau wie bei einem Totenkopf. Eine Zukunftsvision ihres eigenen Ablebens.

Unheimlich, sagte sie.

Und hier eine Seitenansicht, sagte er. Und die andere Seite.

Wo ist die Entzündung?, fragte Irene. Wie sieht die aus?

Tja, das ist das Problem, Irene. Da ist nichts.

Was soll das heißen, da ist nichts?

Nach den Röntgenbildern ist da keine eingeschlossene Entzündung.

Aber ich hab doch eine.

Auf jeden Fall hast du eine Erkältung, vielleicht mit einer leichten Entzündung. Wenn du unbedingt willst, kann ich dir für eine Woche Antibiotika verschreiben.

Das verstehe ich nicht.

Auf den Röntgenbildern ist nichts zu sehen.

Irene fing an zu weinen, wiegte sich auf ihrem Stuhl, hielt den Kopf in den Händen.

Irene, sagte Frank und tätschelte ihr linkisch die Schulter.

Ich habe was, sagte sie. Irgendwas stimmt nicht.

Es tut mir leid. Ich gebe dir die Rezepte. Aber da ist einfach nichts.

Irene wartete, bis sie sich im Griff hatte, versuchte vergeblich, sich zu schnäuzen, nahm die Rezepte, zahlte und musste Gary im Wartezimmer berichten. Auf den Röntgenbildern ist nichts, sagte sie.

Was?

Ich weiß, dass da was ist. Es ist nur nicht zu sehen.

Irene, sagte er, und nahm sie in den Arm. Es tut mir leid, Irene. Aber vielleicht ist das eine gute Nachricht. Vielleicht geht es dir bald besser.

Nein, ich hab was.

Ich fahre dich nach Hause, sagte er. Wir machen es dir am Kamin gemütlich.

So machten sie es. Sie lösten die Rezepte ein, fuhren nach Hause, über all die Rillen und Huckel, eine Qual für Irene, und Gary trug Decken zum Kamin, bettete Irene auf die Couch, machte ein schönes Feuer.

Ein Steinkamin, ein schönes Zuhause, ein Ehemann, der es ihr bequem machte. Vielleicht ist dieser fürchterliche Schmerz doch noch zu was gut, dachte Irene. Vielleicht bringt er uns einander näher. Vielleicht erinnert sich Gary an mich. Eine seltsame Lebensphase, die Kinder aus dem Haus, die Arbeit weg, nur Gary noch da und nicht der Gary von früher. Der Ruhestand gefiel ihr nicht. Bis vor wenigen Monaten hatte sie noch jeden Tag mit den Kindern in der Schule gesungen und getanzt. Drei- bis Fünfjährige, die spielerisch lernten, ihren Interessen folgten, von Wurmgärten über Dinosaurier bis zum Bauen von Eisenbahnen, die bis Russland fahren konnten und von dort weiter nach Afrika. Sie setzten sich auf ihren Schoß, schmiegten sich an.

Gary machte ihr einen Tee, sie nippte, hielt den heißen Becher in den Händen. Sie hatte ihre neue Medizin auf dem Nachhauseweg im Pickup genommen und wartete noch immer auf die Wirkung.

Der Schmerz geht nicht weg, sagte sie zu Gary. Ich spüre überhaupt nichts von den Tabletten. Was für Schmerzmittel hat er mir gegeben?

Gary öffnete die Apothekentüte. Sieht nach Amoxicillin als Antibiotikum aus, dazu ein Schleimlöser, den ich nicht aussprechen kann, und Aleve als Schmerzmittel.

Aleve?

Genau.

Diese kleine Mistgeburt. Aleve ist einfach Advil. Ruf Rhoda an. Ich brauche mehr Vicodin.

Irene. Du solltest dich an die Rezepte halten. Er sagt, auf den Röntgenbildern ist nichts zu sehen.

Die Röntgenbilder lügen.

Wie können Röntgenbilder lügen?

Keine Ahnung. Sie lügen.

Rhoda blieb lange bei der Arbeit, bis Dr. Turin und alle anderen gegangen waren. Ich erledige nur noch den Schreibkram, hatte sie gesagt. Aus dem Schrank mit Arzneimustern nahm sie das restliche Vicodin, das versehentlich geliefert worden war. Ein einwöchiger Vorrat, und mehr würden sie nicht bekommen. Sie würde noch etwas anderes brauchen.

Sie fand Tramadol, ein weiteres Schmerzmittel, und recherchierte es im Netz. Es schien auch für Menschen geeignet. Das war ein Kündigungsgrund, vielleicht sogar strafbar. Frank hätte etwas verschreiben sollen. Sie könnte Jim um ein Rezept bitten, aber sie wollte die Beziehung nicht belasten.

Auf dem Weg zu ihren Eltern dachte sie an die Hochzeit. Jim hatte ihr noch keinen Antrag gemacht, aber gesprochen hatten sie darüber, indirekt. Sie wollte auf Hawaii heiraten, und er hatte eingewilligt, so gut wie. Sie wollte keine Kälte, keine Mücken und keine Spur von Lachs. Kein Elchgeweih im Nebenzimmer und keine Watstiefel. Sie wollte Kauai, entweder Waimea Canyon oder Hanalei Bay. Eine Trauung am Strand oder mit Blick aufs Meer oder den Canyon, irgendetwas Schönes. Kokospalmen, große Obstschalen, Guavennektar, Macadamianüsse. Ein altes Plantagenhaus vielleicht, weiß mit überdachter Veranda, dem ganzen Geschnörkel aus Holz und Geländern. Paradiesvogelblumen auf den Tischen, lange schlanke Stängel und buntes Gekräusel. Vielleicht auch richtige Vögel, Papageien oder so.

Und vielleicht trage ich eine Augenklappe, sagte Rhoda laut und grinste. Armer Jim. Du hast ja keine Ahnung, was du dir da einhandelst.

Sie bog Richtung See ab, hüpfend und klappernd über die zerklüftete Straße. Eigentlich wollte sie etwas mit Stil. Sie wollte nichts Billiges. Sie wollte es gediegen, und das war schwierig, bei ihrer Familie. Mark wäre zweifellos bekifft, und ihr Vater würde bei der ersten Gelegenheit seinen Smoking ausziehen wollen. Ihre Mutter würde es meistern. Sie wollte den Ort sehen, bekam aber nur Hochzeitsfragmente, die zusammenhanglos umherschwebten. Vielleicht sollte sie mit Jim eine Erkundungstour nach Hawaii unternehmen. Sie musste die Orte in Augenschein nehmen.

Als sie vorfuhr, arbeitete ihr Vater im Garten, an den Blumentöpfen.

Tag, Dad.

Hey, Rhoda. Hast du die Schmerzmittel? Er kam aus der Hocke hoch, klopfte sich die Jeans ab.

Die könnten mich dafür drankriegen. Wir müssen ihr ein Rezept besorgen.

Ja, sagte er. Ein, zwei Tage noch, glaube ich, und es geht vorbei. Es ist ja eigentlich nichts, nur eine Erkältung.

Hm, sagte Rhoda und ging ins Haus. Ihre Mutter lag auf der Couch vor dem Kamin unter einer Decke.

Ich fühle mich grauenhaft.

Ich habe Schmerztabletten für etwa zwei Wochen,

sagte Rhoda. Vicodin und Tramadol, das wir für große Hunde benutzen. Das sollte ungefähr genauso wirken. Vielleicht musst du zwei nehmen, wenn es nicht reicht. Aber du darfst niemandem sagen, wo du die her hast. Rhoda füllte ein Glas mit Wasser und reicht es ihr mit einer Vicodin.

Danke, mein Schatz. Hilf mir zurück ins Schlafzimmer. Ich muss schlafen.

Okay, sagte Rhoda, aber kannst du nicht gehen?

Mir ist ein bisschen schwindelig. Hilf mir einfach. Warum wird alles ständig in Frage gestellt?

Entschuldige, Mom.

Sie gingen ins Schlafzimmer, und ihre Mutter legte sich unter die Decken, sagte nichts mehr.

Rhoda wusch ein bisschen ab und ging dann zu ihrem Vater hinaus. Was ist mit ihr?, fragte sie.

Sie bestraft mich, sagte er. Weil ich uns im Regen rausgescheucht habe. Was ich wahrscheinlich nicht hätte tun sollen. Aber trotzdem, sie wird diese Erkältung so lange wie möglich auswalzen, damit sie mir unter die Nase reiben kann, wie es ihr geht.

Dad, sagte Rhoda.

Ist doch wahr. Genau das geht hier vor. Es ist meine Schuld, aber deswegen muss es mir nicht gefallen.

Ich glaube nicht, dass sie das tun würde, Dad.

Tja, du kennst sie eben nicht wie ich. Eure Beziehung ist anders. Zum Glück.

Ich glaube, dass wirklich was nicht stimmt. Ich glaube nicht, dass sie nur so tut.

Wie auch immer. Ich muss mich um die Blumen hier

kümmern, und morgen muss ich weiter am Blockhaus arbeiten. Deine Mutter sollte mir eigentlich dabei helfen.

Ich muss morgen arbeiten, sonst würde ich dir helfen.

Danke, sagte er schmallippig, womit die Unterhaltung beendet war. So war er immer gewesen, Rhodas ganzes Leben lang. Jede echte Unterhaltung gekappt. In dem Moment, da sie ihn vielleicht tatsächlich erkennen mochte, verschwand er.

Als Mark von einem weiteren langen Tag auf dem Meer zurückkehrte, saß seine Schwester mit Karen am Küchentisch.

Wie ist es gelaufen?, fragte Karen.

Wir sind wieder ein paar Tage von der Armut befreit, sagte Mark. Genügend Gekreuch da draußen, um uns vor der Straße zu bewahren.

Ich habe Farnspitzen gemacht, sagte Karen.

Oh, cool. Mark ging zur Anrichte, um sich welche zu holen, kleine grüne Spiralen in Balsamico und Olivenöl. Herrlich.

Tag, Mark, sagte Rhoda.

Hallo, Schwester. Wie läuft die Jagd nach Glück und Wohlstand?

Danke, Mark.

Er ging um sie herum und warf sich blitzschnell auf sie, um ihr seine fischigen Hände ins Gesicht zu drücken.

Kreischend schob Rhoda ihren Stuhl zurück und fiel, als Mark beiseitesprang, zu Boden. Wie reizend, Mark, sagte sie. Du hast dich echt verändert.

Man braucht keine Veränderung, sagte er, wenn man es gut hat. Karen lachte. Mark tauchte hinab, um sie zu küssen und zu greifen.

Rhoda stellte ihren Stuhl auf und setzte sich wieder. Ich unterbreche das Geturtel ja nur ungern, und ich bin mir sicher, ihr würdet es auch jederzeit vor meinen Augen auf dem Boden treiben, aber eigentlich bin ich aus einem bestimmten Grund hier.

Wo drückt der Schuh, Schwester Rhoda, fragte Mark, und Karen kicherte.

Rhoda ging darauf nicht ein. Mom hat furchtbare Schmerzen, und Dad glaubt nicht, dass sie was hat, weil das Röntgen nichts ergeben hat.

Hm, sagte Mark.

Worum ich dich bitten würde, ist, ein paarmal am Tag rüberzugehen und nach Mom zu sehen. Ihr wohnt ja praktisch nebenan. Ich bin vierzig Minuten entfernt.

Das würde ich ja gern, aber ich arbeite. Morgen bin ich draußen und übermorgen auch. Und Karen arbeitet auch.

Okay, sagte Rhoda. Vergiss es einfach.

Ich möchte ja helfen, aber ich muss arbeiten.

Okay, okay, sagte Rhoda. Hab schon verstanden. Du warst schon immer ein unzuverlässiger Arsch, dein ganzes Leben lang.

Ich liebe dich auch, sagte Mark.

Wollen wir was rauchen?, fragte Karen.

Jim sagte alle Termine für den Tag ab, was seine Sekretärin und die Zahnreinigerin vergrätzte. Dann raste er zum King Salmon Hotel. Mit quietschenden Reifen, sagte er sich. I'm a man on a mission, a boy with a gun. Er versuchte den alten Devo-Song zu singen, konnte sich nicht recht an die Melodie erinnern.

Da kam er auf einen anderen Devo-Song: little girl with the four red lips, never knew it could be like this, I'm going under, I'm going under. Jetzt grinste er. Bitte vögel mich heute, Monique. Bitte, bitte, bitte.

Er rutschte mit dem Suburban zu einem abrupten Halt im Kies, sprang heraus und rannte förmlich zu ihrer Tür.

Es dauerte recht lange, bis sie auf sein Klopfen reagierte. Aber sie war angezogen und sah ausgehfertig aus. Trug ein Männerhemd. Dunkelgrün kariert, obere Knöpfe offen. Jeans.

Wow, sagte er.

Hey, sagte sie und trat durch die Tür, sodass er zurückweichen musste. Kein Reinbitten, kein Kuss. Sie schloss die Tür ab und drehte sich zu ihm um. Was machen wir heute?

Hm, sagte er. Was immer du magst.

Wie wär's mit einem Hubschrauberflug? Ich würde gern was sehen.

Okay, sagte er, sie stiegen in den Suburban und fuhren zu einer Stelle, an der er einige Hubschrauber gesehen hatte. Sie entpuppte sich als ein verlassener Kiesplatz. Also erkundigte er sich bei der Auskunft nach Hubschrauberrundflügen, und sie fuhren an Einkaufsmeilen und Pickups vorbei und Booten auf Anhängern am Straßenrand.

Alaska ist ein Dreckskaff. Aber mir gefällt's.

Sollen wir nicht rausfahren, fragte Jim. Ein bisschen fischen? Das könnte dir gefallen.

Vielleicht, sagte Monique. Erst der Hubschrauber. Zeig mir deine Welt, Roger.

Jim fühlte sich ausgenutzt, war ein bisschen stinkig, bemühte sich aber um gute Miene. Sie würden eine Weile herumfliegen, dann würden sie ins Hotel zurückkehren und vögeln, oder er würde den ganzen Quatsch beenden.

Ganz ruhig, Cowboy, sagte Monique. Du bist gerade dran vorbei. Ich habe Hubschrauber gesehen.

Entschuldigung, sagte Jim und wendete bei der nächsten Gelegenheit. Er war in Gedanken bei der Frage, ob er es mit Rhoda nicht doch ganz gut getroffen habe. Sie war nett zu ihm, und das zählte doch wohl auch was.

Jim zahlte sich den Arsch platt, weil Monique nicht die kurze Tour wollte. Sie wollte den kompletten Fünfstundenausflug mit Gletscher, Prince William Sound, Mittagessen in Seward, von dort nach Homer, die gesamte Halbinsel. Sie kletterten in einen schlanken schwarzen Hubschrauber und setzten Helme auf.

Monique beugte sich zu ihm und griff seinen Arm.

Danke, Jim, sagte sie ins Headset. Das wird toll. Und als der Motor losschwirrte, bekam auch er bessere Laune. Vielleicht wurde es ja noch was.

Der Pilot schwebte in die Luft und fing an, dummes Zeug über Alaska zu erzählen. Wir sind ungefähr so groß wie der Staatsvogel von Alaska, und wisst ihr, was das ist, Leute?

Die Mücke, sagte Jim mit geringer Begeisterung.

Der Pilot schwieg eine Weile verblüfft. Das stimmt, sagte er. Sind Sie von hier?

Ja.

Okay. Ich weise noch auf ein paar Sehenswürdigkeiten hin, wenn wir weiter raus sind. Genießt den Flug, Leute. Wenn es Fragen gibt, nur zu.

Sie stiegen rasch auf und drehten dann nach Osten ab. Wald und dann der Skilak Lake, den der Pilot ankündigte. Jim spähte aus dem Fenster und versuchte, das Haus von Rhodas Eltern zu finden oder Marks Haus, aber die waren irgendwo zwischen den Bäumen vergraben. Der See heute im Sonnenlicht ein tiefes Jadegrün, kleine Wellen auf der Wasseroberfläche, die selbst aus dieser Höhe erkennbar waren. Ein Fluss, der sich von der Seemündung nordöstlich hinaufschlängelte.

Hier fängt der Skilak-Gletscher an, Leute, sagte der Pilot. Der fließt in den Skilak Lake. Wir folgen ihm in die Berge.

Der Pilot flog dichter übers Eis, der Hubschrauber ein winziges Ding in riesiger weißer Weite, der Gletscher ein breiter Schacht mit steilen Felsen zu beiden Seiten.

Wow, sagte Monique.

Der Gletscher eine Wucht, verspaltet und gebogen. Jim schien er lebendig, und er fragte sich, warum er noch nie in einem Hubschrauber hergekommen war. Das war fantastisch. Rhoda sollte es auch mal sehen. Sie war praktisch am Fuß des Gletschers aufgewachsen, aber er lag ein bisschen um die Ecke, vom See aus gerade außer Sichtweite, und selbst wenn sie ihn auf Wanderungen gesehen hatte, so bestimmt noch nicht.

Ich will dort landen, sagte Monique.

Der Pilot trug auch ein Headset, antwortete aber nicht.

Ist das okay?, fragte Jim. Können wir hier landen?

Na ja, sagte der Pilot. Schon. Könnten wir wohl. Sie müssten allerdings in der Nähe bleiben. Nicht weglaufen.

Ist gut, sagte Jim.

Der Pilot flog bis zur Gletscherspitze, drosselte das Tempo, sank und suchte nach einer sicheren Stelle. Die Spalten sahen von nahem viel größer aus, als Jim gedacht hatte. Alles riesig, unermesslich, die Entfernungen größer, die Steilwände höher. Und keine Spur von Menschen.

Sie senkten sich sanft auf eine glatte Schneefläche, fern aller Spalten. Schnee wurde hochgepeitscht, die Kufen prallten auf, der Pilot ließ die Rotorblätter ausschwingen und stellte schließlich den Motor ab. Die Luft wurde wieder klar. Sonnenschein.

Monique stieg als Erste aus. Sie hatte schon immer auf einem Gletscher laufen wollen. Eine funkelnagelneue Welt, sagte sie über die Schulter. Sie hörte, wie Jim hinter ihr heraussprang. Sie hätte den Augenblick gern allein genossen.

Ziemlich toll, sagte Jim.

So ruhig, sagte sie. Lass uns nicht reden. Einfach nur erleben.

Okay, sagte er.

Monique steuerte eine Spalte an, ein Grat blauen Lichts. Sie war wie ein Signalfeuer, durchsichtig. Die meisten Spalten waren hohl, Einschnitte, dieser aber war hochgedrückt worden, und als Monique darauf zulief, merkte sie, dass die Entfernungen trügten. Viel weiter weg und größer, als sie gedacht hatte.

Herrlich, sagte sie. Ein sich dehnendes Universum, direkt vor meinen Augen.

Ich dachte, wir reden nicht, sagte Jim.

Das gilt nur für dich. Damit du den Augenblick nicht verdirbst.

Sie ging weiter, ihre Stiefel sanken in die weiche Schneelage ein und trafen auf festes Eis. Sie wusste, dass es hier Abgründe gab, unsichtbare bedeckte Spalten, aber es fühlte sich alles so sicher an. Sie setzte sich rücklings in den Schnee, spielte Schneeengel, blickte hinauf ins strahlende Blau. Das rockt, sagte sie.

Hm, sagte Jim.

Armer Jim. Du darfst jetzt reden.

Ist schon okay, sagte er. Es ist schön hier. Ich kann gar nicht glauben, dass ich noch nie hier war.

Mm, sagte Monique. Ich finde es köstlich. Sie machte die Augen zu und spürte, wie die Kälte durch ihre Jeans sickerte und sogar durch ihre Jacke. Erfrischend und klar. Ich könnte hier glatt ein Nickerchen machen, sagte sie.

Kurz darauf wurde ihr allerdings auch der Kopf kalt, also stand sie auf, und sie gingen zum Hubschrauber zurück.

Sie schnallten sich an, setzten die Headsets auf. Fliegen Sie uns in den Himmel, Sir, wies Monique den Piloten an.

Ay-ay, Ma'am, sagte er, die Rotoren schwirrten los, und sie schwebten in eine noch größere weiße Weite, das Harding Icefield, das sich über etwa einhundert Meilen erstreckte. Fluffig, luftig mit hervorragenden schwarzen Gipfeln. Sie überflogen die Bergkette und sahen das Meer, das sich vor ihnen ausbreitete.

Golf von Alaska, sagte der Pilot. Wir fliegen über den Mount Marathon da vorn und gehen über Seward runter. Resurrection Bay. Von dort weiter zum Prince William Sound und dann hier zurück nach Seward zum Mittagessen, wenn's recht ist.

Prima, sagte Jim. Danke.

Sie sanken unter die Schneegrenze, grüne Berge fielen in die Resurrection Bay. Ein tiefes, tiefes Blau. Monique sah die ganze Zeit aus ihrem Seitenfenster, legte aber die Hand auf Jims Bein und tastete sich vor in seinen Schritt. Sachte zuerst, aber dann spürte sie, wie er steif wurde. Sie rieb leicht und spürte die Schwellung, u-förmig gebogen in seiner Unterwäsche. Das war ganz lustig, also behielt sie die Hand dort und half, die Form zu bewahren. Unbehaglich rutschte er herum. Dann lachte sie.

Entschuldigung, sagte sie. Er sah ein wenig verletzt aus, aber sie konnte nicht aufhören zu lachen. Entschuldige. Und dann zog sie ihn zu einem Kuss heran, aber die Helme hinderten sie. Sie konnte seine Lippen nicht erreichen, und da musste sie noch mehr lachen. Entschuldigung, sagte sie. Später, versprochen. Dann sah sie wieder aus ihrem Fenster.

Sie flogen jetzt dicht über der Küste, Wellen, die weiß auf schwarze Felsen krachten, immergrüner Wald, der bis an den Rand heranwuchs. Einige graukieselige Strände, Treibholz. Spektakulär, alles. Und keine Häuser entlang der Küste. Das verblüffte Monique am meisten, so was gab es nicht, wo sie herkam. Hier war die Zivilisation zu Ende, dahinter lag Wildnis.

Ich will nicht zurück nach Soldotna, sagte Monique. Ich will hier draußen bleiben. Lass uns in Seward in ein Hotel gehen, irgendwas mit einem Hot Tub.

Jim wusste nicht recht, was er davon halten sollte. Er sah Monique an, aber sie blickte aus dem Fenster, von ihm abgewandt. Er wusste nicht, wie er es Rhoda erklären würde, aber vielleicht konnte er sagen, er müsse diesen potenziellen Partner für die Praxis aufsuchen. Das könnte hinhauen. Und ein Hotel, sie beide, über Nacht, das klang nicht übel. Vielleicht verarschte ihn Monique immer noch, aber eine Chance bestand immerhin.

Geht das?, fragte er den Piloten schließlich. Könnten wir in Seward bleiben und morgen abgeholt werden?

Klar, ich seh da kein Problem, sagte der Pilot. Gegen Aufpreis natürlich.

Gary arbeitete den ganzen Vormittag allein und lud weiter Baumstämme auf. Für eine kleine Hütte war das irgendwie entsetzlich viel Holz. Aber er hatte es selbst berechnet.

Endlich unterwegs, über den See an einem sonnigen Nachmittag, leichte Brise, ideales Wetter. Ein bisschen Gischt von kleinen Wellen, die er frontal brach. Er stand achtern, Gashebel oben, und er war gern dort, machte das gern. Die Luft war knackig und klar.

Als die Insel näherkam, schwenkte er in einem Bogen und fuhr die Küste an. Fiel nach vorn auf die Stämme, als das Boot unter Wasser auf Felsen traf, fing sich aber mit den Händen ab.

Er schaltete den Motor aus, kletterte nach vorn und fing an, über die Klappe zu entladen, schleifte einen Stamm nach dem anderen heraus und platschte damit durchs Wasser. Es war nicht schwierig, eine angenehme Arbeit.

Gary hatte körperliche Arbeit schon immer gemocht, Bauen als Gegengewicht zur akademischen Arbeit. Er schätzte Vonneguts Gedanken – eigentlich Max Frischs Gedanke –, dass wir *Homo faber* heißen sollten statt *Homo sapiens*. Wir leben, um zu bauen. Das macht uns aus. Das stimmt, dachte er. Sich etwas auszudenken, es im Kopf zu bewegen, in Träumen immer und immer wieder zu durchschreiten und es dann in der wirklichen Welt umzusetzen. Nichts ist befriedigender.

Gary schleppte die Stämme an Land, bis sie alle gereiht und geschichtet dalagen. Mit einem Spaten in der Hand stapfte er durchs niedrige Gesträuch zum

Baugrundstück. Er würde es ganz schlicht halten. Er würde einfach nur den Boden hier in einem Rechteck freischlagen, planieren und die ersten Stämme ein Stück in die Erde graben. Kein weiteres Fundament, weil das nicht notwendig war. Es ging darum, eine Hütte zu bauen wie in früheren Zeiten. Kein Betonsockel, keine Genehmigung. Die Hütte selbst Ausdruck eines Mannes, ein Abbild seines Willens.

Er sah auf den See, prüfte die Aussicht, prüfte den Winkel, ging einige Schritte hierhin und dorthin, damit es auch passte, dann stach er den Spaten in die künftige Mitte. Der Spatenstich, sagte er. Endlich. Nach rund dreißig Jahren. Wie zum Teufel passiert so was?

Dann schritt er zwei Meter fünfzig zur einen Seite ab, machte eine Markierung und schritt zwei Meter fünfzig zur anderen Seite ab. Eine Hütte von fünf Metern Länge, und vier Meter breit würde er sie machen. Ohne Maßband. Einfach abschreiten. Anhand der markierten Seiten machte er Ecken.

Okay, sagte er, als er wieder in der Mitte stand. Seine linke Schulter tat weh, eine Schleimbeutelentzündung, die immer wieder auflebte, wenn er arbeitete. Er wanderte zu einer Fichte und stemmte die Hand dagegen, um seine Schulter kräftig zu dehnen. Dann dehnte er Arm und Schulter der anderen Seite und dehnte auch gleich die Beine ein wenig. Er fing so spät im Sommer mit diesem Projekt an, er konnte sich keine Verletzung leisten. Alles musste glatt laufen. Es war bereits Mitte August. Er hatte Ende Mai loslegen wollen.

Er wanderte zurück zur Baustelle und räumte das

tote Holz beiseite, warf Zweige und auch ein paar Steine fort. Dann fing er an zu graben. Dunkle Erde, locker und satt, aber so viele Ausläufer und Wurzeln, dass er nie eine volle Schaufel erwischte. Eine Harke wäre vielleicht hilfreicher gewesen. Irgendetwas, um dieses ganze Zeug rauszurupfen. Er hatte gute Handschuhe, also kniete er sich hin und harkte mit den Händen, zog und riss und musste feststellen, dass das alles widerstandsfähiger war als erwartet. Störrische kleine Biester, sagte er.

Er stand auf und versuchte es wieder mit dem Spaten, benutzte ihn als Hacke. Das schien zu funktionieren. Also hackte er an den Außenabmessungen der Hütte entlang, die gesamte Markierung, während ihn jetzt die Mücken plagten, überall auf Gesicht und Hals, und ihn bei der Arbeit behinderten, weil er so oft nach ihnen schlagen musste.

Er ließ sich auf die Knie sinken und zog das Geflecht heraus, das er freigehackt hatte, doch einiges saß noch immer fest, also hackte und grub er wieder mit dem Spaten, die gesamte Fläche eigentlich eine dichte Flechtenmatte, und er fragte sich allmählich, ob er sie nicht als Fußboden hätte nehmen und darauf bauen sollen. Was war an nacktem Boden besser? Diese ganze Fläche wurde bei Regen zur Schlammgrube.

Gary legte sich auf den Boden und schloss die Augen. Der Geruch nach Erde, Holzfäule, Stinkkohl. Mücken summten an seinen Ohren. Er hatte Insektenschutz aufgetragen, aber das schreckte sie mal wieder nicht ab. Er öffnete die Augen, und der Himmel drehte sich. Sein Puls in den Schläfen, der Kopf ein wenig schwindlig.

Vor dreißig Jahren war dieser Ort neu gewesen. Und er war jünger gewesen, sein Traum noch frisch, erreichbar. Die Luft klarer, die Berge schärfer gezeichnet gegen den Himmel, der Wald lebendiger. So ungefähr. Irgendein beseeltes Weltgefühl, das sich mit der Zeit auflöst. Wir bekommen eine Gabe, aber sie ist zerbrechlich, unbeständig. Nun war dieser Ort eher eine Idee, ausgehöhlt, substanzlos. Zu Mücken reduziert und einem müden alten Körper und normaler Luft. Er sollte hier draußen leben, aber damals.

Irene hielt ihn einfach nur für verbittert, eine Charakterschwäche. Sie erkannte nicht die Gestalt der Welt, die Gestalt eines Lebens. Sie verstand nicht die riesigen Unterschiede. Er hätte sich jemand Klügeres aussuchen sollen, hatte stattdessen die Sicherheit gewählt. Und sein Leben dadurch kleiner gemacht.

Aber er musste sich konzentrieren. Ich muss das durchdenken, sagte er laut und versuchte, klar zu denken. Er baute eine Schlammgrube. Die Baumstämme darin würden Dämme bilden, eine Art Becken zum Wassersammeln. Er baute eine Zisterne, keine Hütte. Aber dann war er in Gedanken beim Mittagessen, bei Irene und ihren Kopfschmerzen, bei Rhoda und der Frage, ob sie oder Mark jemals zum Helfen rauskommen würden. Er schweifte ab, ging in die Irre, keine Konzentration. Einst ein klarer Kopf, nun beschränkt.

Okay, sagte er. Ein Podest, ich brauche ein Podest. Und er sah, dass es stimmte. Ein Holzpodest, ein Fußboden, etwa fünfzehn Zentimeter über der Erde, eben. Dann würde er seine Wände darum bauen.

Er stand auf und beschloss, eine Wanderung zu machen. Heute war es zu spät, Material für das Podest zu holen, da konnte er genauso gut ein wenig die Insel erkunden.

Er stapfte zu den Birken am Grundstücksende hinauf und lief weiter, bis er einen Pfad fand. Viel einfacher, dem zu folgen, ein Wildpfad mit festerem Boden. Birke und Fichte überall hier, kein Blick aufs Wasser, und er kam zu einer leeren Hütte. Eine Blockhütte wie die, die er sich vorgestellt hatte, mit Stämmen, die viel dicker waren als seine, ungefähr dreißig Zentimeter. Er fragte sich, wo sie die gefunden hatten. Er betrachtete sie von nahem, überlegte, wie sie die Stämme so passend hingekriegt hatten. Etwas in den Zwischenräumen, aber was, konnte er nicht sagen. Inzwischen von Moos und Spinnweben überzogen. Er spähte durch ein kleines Fenster und sah einen weißen Ausguss, einen dunklen Holzofen. Er ging hinten herum, eine große Hütte, noch zwei Räume, und spähte durch weitere Fenster, versuchte, den Boden zu erkennen. Sah nach Brettern aus. Dann kniete er sich zu den Kanten, suchte nach einem Hinweis, wie die Wände auf den Boden trafen, aber in den Wänden waren keine Zwischenräume, nichts zu sehen.

Tja, sagte er und stand wieder auf. Daran kann ich mich orientieren. Und er fragte sich, wieso hier irgendjemand baute. Kein Seeblick, bloß ein Außenposten zwischen Bäumen. Kein Wunder, dass er leer stand. Das würde er besser machen.

Irene wartete den ganzen Tag, allein im Bett, mit Blick auf die Deckendielen. Ihr Mann war draußen auf der Insel, ihre Kinder arbeiteten, das Vicodin machte sie schwindelig und schwach, beklommen. Das Zimmer zu hell in der Sonne, aber sie hatte nicht die Kraft, aufzustehen und die Vorhänge zu schließen. Keiner scherte sich drum, was hier mit ihr geschah. Sie könnte ebenso gut sterben.

Selbstmitleid, sagte sie laut. Nicht schön. Und es ähnelte zu sehr dem Gefühl jener Jahre, nachdem ihre Mutter gestorben war, nachdem ihr Vater gegangen war. Von einem entfernten Verwandten zum nächsten, herumgereicht in Kanada und danach Kalifornien, unerwünscht, zu oft allein.

Sie warf noch eine Vicodin ein, der Schmerz baute sich wieder bis zur Zerreißgrenze auf, und zunächst spürte sie nichts, nach fünfzehn, zwanzig Minuten aber fühlte sie das prickelnde kalte Gleiten in Schwindel und Vergessen, eine willkommene Erleichterung. Ihr Kopf verschwand oder sie nahm ihn nicht mehr wahr, und sie dümpelte im Rest ihres Körpers dahin. Sie war schwer geworden, sank tief in ihre Matratze.

Fast wie Tauchen, wenn sie die Augen zumachte, die Oberfläche weit weg über ihr. Ein Meer mit Herzschlag, langsame Druckwellen, immer dichteres Wasser, aber kein Ufer. Kein Kontakt zur Oberfläche. Die Welt der Luft nur eine mythische Welt, Stürme und Gewitter und Sonne. Die einzige Wirklichkeit die Dichte des Wassers, seine Kühle, der Druck und seine Schwere.

Irene wachte Stunden später auf. Der Schmerz kehrte zurück, scharf und zackig im Kopf, schneidend.

Gary, rief sie, und diesmal hörte sie eine Reaktion. Ein Rascheln in der Küche, und er öffnete die Schlafzimmertür.

Wie geht es dir?, fragte er.

Ich brauche noch eine Vicodin. Ich hab richtig Angst. Der Schmerz ist unglaublich.

Ich glaube, du solltest noch etwas warten, wenn es geht. Du sollst davon nicht mehr als vier am Tag nehmen, sagt Rhoda. Und der Arzt fand gar nicht, dass du die brauchst.

Der Schmerz ist unerträglich, Gary.

Vielleicht was Heißes essen. Vielleicht Essen und Wasser und das hilft ein bisschen. Was hättest du gern?

Irene konnte nicht atmen. Sie drehte sich auf die Seite, und das machte den Schmerz und das Atmen nur noch schlimmer. Ich versuch's, sagte sie. Ich will nur, dass es aufhört.

Ich habe Wild aufgetaut. Das kann ich machen, mit Kartoffelpüree. Du musst mehr essen.

Okay, sagte sie, schloss die Augen wieder und hörte, wie er die Tür schloss. Sie versuchte, den Schmerz wegzuatmen, ihn mit jedem Hauch zu entlassen. Versuchte, nicht panisch nach Luft zu schnappen. Aber es klingelte in ihren Ohren, ein hohes Summen in der Frequenz des Schmerzes, das sich nicht ignorieren ließ. Sie konnte an nichts anderes denken. Sie nahm noch eine Vicodin. Egal, was Gary oder sonst jemand meinte.

Sie wartete länger als zuvor auf Erleichterung, fünfzehn Minuten, eine außergewöhnliche Zeitspanne, danach driftete sie in erträglichere Gefilde, und Gary öffnete erneut die Tür.

Fertig, sagte er. Wie geht es dir?

Ich musste noch eine Tablette nehmen.

Irene.

Du verstehst das nicht. Du hast keine Ahnung, wie das ist. Hätte mir das jemand erzählt, ich hätte ihm nicht geglaubt.

Jedenfalls, das Essen ist jetzt fertig.

Irene setzte sich langsam auf die Bettkante, schwindelig. Meine Pantoffeln und mein Bademantel. Kannst du mir helfen?

Brauchst du wirklich Hilfe?

Jawohl.

Okay. Er half ihr, und bald darauf saßen sie am Tisch, ein Feuer im Kamin. Panierte Wildsteaks von einer Jagd letzten Herbst in Kodiak. Hoch oben auf einer Bergflanke, und ihr Pfeil hatte beide Lungenflügel durchbohrt. Irene kauerte über ihrem Teller und schnitt ein kleines Stück Fleisch ab, es schmeckte köstlich. Sie kam um vor Hunger. Aber ihr war auch zum Kotzen übel. Das Essen würde eine seltsame Gratwanderung werden.

Danke, Gary, sagte sie.

Es tut mir leid, sagte er. Es tut mir wirklich leid, dass

ich uns bei dem Unwetter rausgescheucht habe. Und ich tue, was immer ich kann~~, damit es~~ dir besser geht. Aber ich mache mir Sorgen wegen der Tabletten. Davon könntest du süchtig werden. Vielleicht bist du schon süchtig.

Darüber mache ich mir keine Sorgen. Ich mache mir Sorgen, dass die Tabletten nicht ausreichen. Selbst jetzt kommen sie nicht ganz an den Schmerz ran. Und wenn es noch schlimmer wird? Was mache ich dann?

Ich glaube, du wirst langsam panisch.

Darauf kannst du wetten.

Jim und Monique nahmen sich eine Suite im besten Hotel von Seward. Schnitzereien aus Elfenbeinimitat an Beistelltischen, schlechte Aquarelle von Fischerbooten. Ein riesiges einladendes Bett allerdings, das Jims Blick anzog. Und ein Jaccuzi, groß genug für zwei.

Lass uns mittagessen, sagte Monique. Und danach eine Bootsrundfahrt.

Okay, sagte Jim, bemüht, Traurigkeit und Sehnsucht aus seiner Stimme fernzuhalten. Schon waren sie draußen und spazierten über den Hafendamm.

Noch andere Touristen heute, die Gehwege voll. Eine alaskische Fähre hatte angelegt. Also stellte sich Jim bei einer der Rundfahrtsgesellschaften an, während Monique die Läden aufsuchte. Ein schöner Tag, Monique, hinreißend, groß und schlank, zog alle Blicke auf sich, und Jim dachte, eigentlich müsste er sich freuen. Aber er fühlte sich ausgenutzt, hatte eine Sauwut und ein schlechtes Gewissen. Was soll's, murmelte er. Du steckst jetzt tief drin. Und ganz gewiss wollte er sich die Belohnung nicht entgehen lassen.

Mit Rhoda hatte er noch nie eine solche Urlaubsreise unternommen, nicht mal für ein, zwei Tage. Sie waren noch nirgendwo hingefahren.

Jim kam endlich an die Reihe, zwei Karten für eine dreistündige Tour durch die Resurrection Bay und den Kenai Fjords National Park. A three-hour tour, sang er leise in Anspielung auf *Gilligan's Island*, aber die Frau hatte das schon rund eine Million Mal gehört, also keine Reaktion.

Als Jim Monique fand, stand sie staunend vor einem schwarzen Samtplakat mit Bären und Weißkopfseeadlern. Das ist unglaublich, sagte sie. Tiefer kann Kunst nicht sinken. Das muss ich unbedingt haben.

Okay, sagte Jim und kaufte ein riesiges Samtplakat von einem Braunbären, der gerade einen Lachs fängt.

Damit pflegst du das kulturelle Erbe, sagte Monique. Immerhin. Sie nahm seinen Arm, lachte über Alaska und Touristen, und dann gingen sie mittagessen.

Schon von der Berührung seines Arms bekam Jim einen Steifen. Ihm wurde bewusst, dass er noch nie jemanden so heftig begehrt hatte. Selbst in der Schule hatte er keinen solchen Drang gespürt, und jetzt war er einundvierzig. Er hatte nicht geahnt, dass er überhaupt noch so empfinden konnte. Sex mit Rhoda alle paar Tage war gerade noch so drin. Erneut spekulierte er über Moniques Alter. Er tippte auf Anfang zwanzig, wusste es aber nicht. Sie wirkte sehr viel jünger als Rhoda, und die war dreißig.

Sie ergatterten einen Tisch auf der Hafenmole und bestellten Austern, Heilbutt und Champagner. Jim aß normalerweise keine Austern, wegen der Magensäcke. Er versuchte, überhaupt nichts mit Magensack zu essen. Aber Monique drängte ihn zu probieren, und es war wirklich nicht so übel. Er schmeckte in erster Linie die Butter, und das Tabasco brannte ihm auf den Lippen. Er kaute nicht viel. Eher ein Schlucken.

Erzähl mir Geschichten von Alaska, sagte Monique. Vielleicht, wie du mal knapp einem Bären entronnen bist.

Was ist denn mit dir?, fragte Jim. Von dir weiß ich praktisch gar nichts.

Ich bin langweilig, sagte Monique. D.C., beeindruckende Eltern, gute Schulen, weder Ziele noch Visionen.

Wie alt bist du?, fragte er.

Alt genug, sagte sie, und wenn du mich vögeln willst, musst du jetzt mit dem Fragen aufhören.

Entschuldigung, sagte er.

Und jetzt der Bär.

Es war an einem Fluss. Demselben Fluss, an dem ich meinen ersten Königslachs gefangen habe, als ich etwa zehn war oder noch jünger. Ich weiß nur noch, dass der Fisch größer war als ich. Ich war eins zwanzig und der Fisch eins fünfundzwanzig. Ich habe eine Stunde lang mit dem Ding gekämpft, wurde in den Fluss gezogen, versuchte, im Flachen zu bleiben. Ich trug Watstiefel und hatte Angst, unterzugehen, aber mein Dad hat mich festgehalten.

Ach, sagte Monique. Du warst bestimmt ein süßer Junge.

Blondes Haar, blaue Augen, voller Charme, sagte Jim.

Monique lächelte.

Also, Jahre später an demselben Fluss, sagte Jim. Da war ich Anfang zwanzig, bin aus alter Erinnerung noch mal hin, um an derselben Stelle zu fischen, aber diesmal allein, was ein absolutes Tabu ist, und es war bereits Spätsommer, wo die Bären etwas ungeduldiger werden, und als ich einen Lachs gefangen hatte, nahm ich ihn aus und hängte ihn an meinen Rucksack, um weiterzufischen.

Nein, sagte Monique.

Doch, da hing er an meinem Rucksack, knapp ein Meter glänzender, riechender, ausgenommener Lachs, baumelte an meinem Rücken, während ich angelte. Ich war der reinste Bärenköder.

Monique schüttelte den Kopf.

Und da höre ich etwas hinter mir, ein heftiges Platschen, drehe mich um und sehe einen riesigen Braunbären. Einen Grizzly. So einen, der Menschen frisst. Kommt durchs Wasser auf mich zugedonnert und bleibt stehen. Und mir wurde klar, dass der Lachs auf meinem Rücken jetzt vor dem Bären verborgen war, als würde ich ihm Essen vorenthalten.

Und dann?

Den Rest erzähle ich dir später, sagte Jim.

Monique boxte ihm an den Arm. Sie hatte eine gute Reichweite über den Tisch hinweg. Wichser, sagte sie so leise, dass niemand es hören konnte.

In Alaska muss man sich seine Geschichten verdienen, sagte er grinsend.

Mal sehen.

Wir haben noch eine Stunde vor der Rundfahrt, sagte er mit Blick auf seine Uhr.

Lass uns shoppen gehen. Ich hätte gern High Heels und vielleicht eine Krawatte. Das sagte sie mit einem so verruchten Lächeln, dass Jim fürchtete, ohnmächtig zu werden.

Nachdem er gezahlt hatte, suchten sie entlang des Hafendamms einen Laden, und Monique fand ein Paar schwarzer Pumps, die ihr gefielen. Magst du?, fragte sie.

Klar, sagte er. Irgendwie sexy mit Jeans. Unerwartet.

Ich werde sie nicht zu Jeans tragen.

Dann wurde es Zeit, eine Krawatte zu suchen. Sie hatten nur noch zwanzig Minuten bis zur Rundfahrt, aber sie fanden einen Laden, der Krawatten mit Lachs und Heilbutt und Königskrabben und Fischerbooten hatte und auch noch einige konventionellere. Monique wählte eine schlichte dunkelblaue aus Seide.

Wir müssen uns beeilen, sagte Jim.

Haben sie noch eine spätere Rundfahrt?, fragte Monique.

Sie buchten auf vier Uhr um, was ihnen zwei Stunden gewährte. Auf dem Weg ins Hotelzimmer nahm Monique Jims Hand. Sie sagten nichts. Jim hatte Angst zu reden, hatte Angst, es jetzt mit irgendwas zu versauen.

Geh mal eben duschen, sagte Monique, und Jim tat wie geheißen. Als er mit einem Handtuch um die Hüfte zurückkam, taxierte sie ihn. Du hast ein Muffinhäubchen, sagte sie.

Muffinhäubchen?

Bloß im Ansatz. Sie lächelte. Nicht beleidigt sein.

Aber was ist ein Muffinhäubchen?

Dieser kleine Wabbel an deinem Bauch, der dir überm Gürtel hängt. Der hat so einen komischen Winkel.

Hm, sagte er.

Ist schon okay, sagte sie. Mit Muffinhäubchen habe ich noch keine Erfahrung, aber das wird schon.

Dann ging Monique duschen, und Jim legte sich aufs Bett; er fühlte sich alt und abstoßend. Muffinhäubchen. Wenn du auch nur eine Spur Selbstachtung hättest, sagte er laut zu sich, würdest du auf der Stelle gehen. Er schlug das Handtuch zurück, und da hing sein schlaffer kleiner Penis wie das nächste Ding, über das man sich lustig machen konnte. Sie würde ihn aufziehen und auslachen. Sonst nichts.

Jim stöhnte und beschloss, unter die Decke zu kriechen. Er würde sich verstecken. Er warf das Handtuch über einen Stuhl und machte es sich bequem, legte sich auf beide Kissen.

Monique drehte das Wasser ab, und danach war lange gar nichts. Jim dachte an Rhoda, mit schlechtem Gewissen, weil er dabei war, sie zu betrügen. Es war jetzt unausweichlich. Alles bis zu diesem Augenblick konnte man vielleicht noch abtun, aber nicht nach diesem Augenblick.

Und dann erschien Monique, kam langsam auf ihn zu, mit Krawatte und High Heels und sonst nichts.

Sie war sehr groß, besonders in den Schuhen, und sie hatte diese schlanke Fasson, die es nur in jungen Jahren gibt, die geschmeidigen Linien von Rippen und Schlüsselbein, Bauch und Schenkeln. Ihr Haar war noch nass, ihr Gesicht kantig.

Ich habe mich für dich rasiert, sagte sie.

Sie war vollkommen glatt. Sie trat an seine Seite des Bettes, drehte sich langsam um, beugte sich in ihren Stöckeln vor, dass die Krawatte herunterhing und ihre jungen Brüste, und sah ihn durch die Beine an.

Keine Spielchen mehr, sagte sie. Jetzt kannst du haben, was immer du willst.

Mark hatte Carl auf sein Boot eingeladen. Aus Mitleid, denn ohne Monique blies Carl Trübsal. Sie hatte sich irgendwohin abgesetzt.

Also wartete Carl, eine Plastiktüte mit Bagels und Gemüsebratlingen in der Hand, zitternd in seinem Regenzeug um halb vier Uhr morgens unter einer trüben gelben Laterne am Ende des Piers der Pacific Salmon Fisheries. Er betrachtete paarweise ankernde Boote in der Fahrrinne des Kenai River. Die Boote und das Wasser lagen fünf Meter unter ihm, der Fluss von schlammigen Ufern gesäumt. Er sollte zu Marks Boot kommen und an Bord gehen. Mark und die Besitzerin waren schon abends gekommen und hatten dort geschlafen. Nur hatte Mark unterschlagen, wie Carl zu dem Boot gelangen, geschweige denn das richtige finden sollte. Das Boot hieß Slippery Jay, aber wo es lag, wusste Carl nicht.

Also stand er noch zwanzig Minuten unter der Pierlaterne, bis einige Boote in der Fahrrinne ihre Kajütenlichter anschalteten und einige ihre Dieselmotoren anwarfen und im Leerlauf ließen. Ein Aluminiumboot, eine Art Tender zum Ausladen von Lachs, nach den drei großen Aluminiumwannen zu schließen, kam vom oberen Flussende. Es war etwa sieben Meter lang mit einem riesigen Außenborder, 200 PS, und preschte richtig durchs Wasser, wobei es leuchtend weißes Kielwasser hinter sich her zog, das gegen die ankernden Boote schlug und sie zum Schaukeln brachte. Gerade hellte der Himmel am Horizont unter Nieselwolken auf, und Carl hatte keine Ahnung, was er tun sollte. Er konnte ja schlecht reinspringen und schwimmen. Er würde hier zurückbleiben. Er würde den Tag im Nieselregen auf dem Pier verbringen, mittags seine Gemüsebratlinge essen und schließlich zum Campingplatz zurücklaufen oder trampen.

Dann kam eine junge indisch-amerikanische Frau in Fischerstiefeln und dunkelgrünem Regenzeug an ihm vorbeigestapft und kletterte eine lange schmale Leiter zu den unten dümpelnden Jollen hinunter.

Verzeihung, sagte Carl, als sie schon halb unten war.

Keine Antwort, also versuchte er es erneut, diesmal etwas lauter, und räusperte sich.

Ja?, fragte sie und blickte hinauf.

Ich soll irgendwie zur Slippery Jay kommen. Wissen Sie, wo die liegt oder wie ich da hinkomme?

Das ist eins von unseren Booten, sagte sie. Ich kann Sie mitnehmen.

Dabei lächelte sie, nur kurz, aber es gab Carl Auftrieb, und er fand, dass Monique eigentlich doch nicht so ein guter Fang war. Sie war ehrlich gesagt ein bisschen rücksichtslos.

Strahlend stieg Carl in die Jolle. Und stellte sich ganz trottelig an bei dem Versuch, den zweiten Fuß übers Seitendeck zu bekommen. Danke, sagte er forsch und baute sich direkt vor ihr auf.

Achtung, sagte sie. Sie warf den Außenborder an, jagte ihn hoch, und sie schossen in den Fluss. Carl, der sich gerade noch rechtzeitig gesetzt hatte, fiel beinahe auf den Schiffsboden, während sie stehen blieb.

Wow, sagte er, doch selbst er konnte es bei diesem Röhren kaum hören. Die junge Frau behielt den Blick auf dem Wasser. Sie wendete scharf flussaufwärts, schlängelte sich im Zickzack an diversen Booten vorbei und stoppte dann abrupt, Motor im Leerlauf, wenige Handbreit von der Slippery Jay entfernt.

Carl stieg unbeholfen aus, musste rittlings über die Seitenwand des größeren Bootes klettern und wurde in verschiedene Richtungen geschaukelt. Doch er schaffte es, ohne zu stürzen oder sein Mittagessen fallen zu lassen.

Danke, sagte er.

Kein Thema, sagte sie, gab Gas und war verschwunden.

Warum war er hier? Er stand auf dem hinteren Deck und blickte unbestimmt zum Horizont. Die Frage schien größer als dieses Boot oder dieser Sonnenaufgang oder Monique oder sogar Alaska. Etwas, das mit seinem Leben zu tun hatte, etwas Unmögliches und irgendwie Dringliches, aber das kam wahrscheinlich bloß von fehlendem Schlaf.

Carl gähnte gewaltig den Horizont an, dann drehte er sich um und bewegte sich in Richtung Kajüte. Sein Mittagessen legte er auf die Bank im oberen Cockpit oder der Steuerzone oder wie immer man das nannte. Brücke? Aber auf einem so kleinen Boot? Einige

Stufen hinunter war ein Koch- und Essbereich mit einem kleinen Tisch, Regalfächern und einem alten Gussofen mit Metallschienen. Hinter einer weiteren Tür lag der Schlafbereich. Von dort hörte er Atmen.

Carl setzte sich an den Kajüttisch neben seine Verpflegung, ließ die bestiefelten Beine baumeln, beobachtete durch zerkratzte Plexiglasscheiben, wie der Himmel hellblau, dann gelblich weiß wurde, und wartete, bis ein Armbandwecker losging.

Mark brummte eine Begrüßung, dann begrüßte Carl auch Dora, die Besitzerin, die kurz winkte, Kaffee kochte und einen Donut aß. Die Donuts sahen auf einmal sehr verlockend aus, und Carl fragte sich, ob er den Tag überstehen würde, ohne einen zu stibitzen. Anderer Leute Essen hatte schon immer besser ausgesehen als sein eigenes.

Kurz darauf waren sie unterwegs und pflügten durch die Fahrrinne. Schlammufer und bröckelnde Kliffs. Kühle Luft hier und niedrige Wolken in der Ferne, die sich an den Rändern orange färbten.

Carl saß auf dem Oberdeck, über der Kajüte. Auch hier ein Steuer und Instrumente. Dora saß neben Carl auf der Bank und fuhr mit einer verdrossenen Konzentration, die nicht zu einer Unterhaltung ermunterte. Hin und wieder rief sie durch eine Bodenluke zu Mark hinunter und erkundigte sich nach der Tiefe.

Als sie die Hafeneinfahrt hinter sich hatten und in die Bucht einfuhren, hielten sie südwestlich auf die offene See zu, und mehrere Aluminiumboote, Treibnetzkutter mit einer großen Winsch am Heck, flitzten vorbei. Kraftvolle Motoren, die kehlig die Slippery Jay übertönten. Ein Boot schwenkte dicht vorbei, der Steuermann winkte, Dora winkte zurück, und glitt weiter.

Benzin, sagte Dora. Die schaffen über zwanzig Knoten. Wenn allerdings einer ihrer Sniffer aussetzt, gehen sie hoch.

Sniffer?, fragte Carl.

Sensoren für Gasdämpfe im Motorengehäuse. Sie können die Luft rauspumpen, bevor sie fahren, und mit frischer Luft fluten, aber trotzdem, wenn Dämpfe bleiben, wird das ganze Boot zur Granate.

Und wir haben Diesel? Carl wollte nur die Unterhaltung fortführen, mehr erfahren, aber diese Frage klang wohl ziemlich offensichtlich und dämlich.

So sieht's aus. Genau das haben wir.

Carl nickte. Um sie herum eine ganze Flotte von Treibnetzkuttern, mindestens fünfzig Boote, die meisten in eine ähnliche Richtung unterwegs, einige allerdings nördlich in andere Teile der Bucht.

Wie viele Boote gibt es hier draußen?, fragte er.

Im Cook Inlet? Knapp sechshundert wahrscheinlich, und die meisten sind heute draußen. Hast du schon mal ein Boot gesteuert?

Kleine Außenborder, Kanus und so Zeug.

Na, dann übernimm du das Ruder, sagte Dora und stand auf. Siehst du den Kompass? Bleib zwischen dieser und der Markierung, sagte sie und zeigte darauf. Das Ruder ist ein bisschen schwerfällig, also nicht übersteuern. Ich geh ein bisschen runter.

Okay, sagte Carl. Danke.

Dora ging nach unten, und Carl behielt Kompass und Horizont im Auge. Er blieb nicht auf einem geraden Kurs. Er fuhr zu weit in eine Richtung, steuerte gegen, fuhr zu weit in die andere Richtung, korrigierte wieder. Ständig am Kurbeln. Die Wellen nur träge kleine Wirbel, die Oberfläche glatt und der einzige Luftstrom der eigene Fahrtwind, er hatte hoch oben gute Sicht und den Bug unter sich, also hätte es einfach sein müssen, aber es schien irgendeine Strömung zu geben dort unten. Die ganze Bucht fühlte sich an wie ein Fluss. Außerdem achtete er auf die Baumstämme, über die er doch wohl auch nicht fahren sollte.

Kommst du zurecht da oben?, rief Mark nach einer Weile durch die Luke.

Klar, sagte Carl.

Schön. Gib einfach ein bisschen Spiel. Dann war Carl wieder auf sich gestellt, ziemlich lange. Er fragte sich, ob er noch in die richtige Richtung fuhr, und fragte sich, ob die beiden ein Nickerchen machten. Es schien sonst nichts zu geben. Vielleicht spielten sie Karten.

Fast zwei Stunden vergingen, bevor Mark auftauchte. Er trug die untere Hälfte seines Regenzeugs, mit Hosenträgern. Dunkelgrün wie das der Frau und dazu die gleichen dunklen Gummistiefel.

Mark zeigte nach rechts und in etwa geradeaus. Speier, sagte er.

Was?, fragte Carl.

Speier. Hobbyangler. Das Kajütboot, das da driftet, wobei sie wahrscheinlich meinen, dass sie stehen. Fischen auf Heilbutt.

Netter Name, sagte Carl. Werden die von allen so genannt? Wenn ich hier wohnen würde und meine Angel auswerfe, wäre ich dann auch ein Speier?

Mark schmunzelte. Kannst du kochen?

Klar.

Machst du uns Frühstück?

Als sie endlich die Fischgründe erreichten, stand Carl also unten in der Küche und schlug Eier auf. Aus irgendeinem Grund hatten sie gehalten, waren weitergefahren, hatten wieder gehalten, dann hin- und hergerufen, und Carl hatte flüchtig gesehen, wie Mark hinten auf dem Deck das Netz ausbrachte. Das Boot schaukelte beträchtlich hin und her, viel stärker, als die Wellen hätten vermuten lassen, also konnte Carl nicht mehr als einen flüchtigen Blick riskieren.

Mark wollte Rührei aus allen zwölf Eiern, und die einzige Schüssel war klein. Während Carl sich gegen eine der Anrichten stemmte, um nicht auf den Ofen zu fallen, versuchte er, die mit Eiern gefüllte Schale in der Luft zu halten und mit der anderen Hand, soweit es ging, die Masse zu schlagen.

Dann fiel ihm ein, dass er erst den Speck braten musste, also balancierte er die Schüssel, während er sich zum kleinen Kühlschrank hinunterbeugte, um den Speck herauszuholen.

Carl riss die Packung mit den Zähnen auf und ließ sie dann auf die Anrichte fallen, wo sie hin und her rutschte, solange er eine Pfanne suchte. Auf einmal ruckte das Boot heftig, und er stieß mit dem Kopf an einen Schrank. Ein Teil der Rühreimasse schwappte gelb und seimig auf seine Jeans, wo sie langsam abwärtsrann und einsickerte.

Hübsch, sagte Carl über dem Röhren des Dieselmotors. Er hielt sich mit der freien Hand den Hinterkopf, während er die verbliebene Eimasse betrachtete und weiter balancierte.

Als Carl endlich eine Pfanne auf den Herd gestellt, die Platte angemacht und einige Speckscheiben in die Pfanne gelegt hatte, steckte Mark den Kopf zur Kajüte herein und brüllte, komm hoch. Ich brauch dich zum Fischesammeln. Dann war er weg.

Carl stand einen Augenblick wankend da und überlegte, was er tun sollte. Dann schüttete er die Eier mit dem rohen Speck in die Pfanne, stellte das Gas ab und stiefelte an Deck.

Gott, sagte er. Die Lachse waren überall, auf dem ganzen Deck verstreut, einige wurden sogar mit dem Netz auf die Winsch gerollt.

Hier rüber!, brüllte Mark. Er stand zwischen Winsch und Heck und sammelte Lachse ein. Das sah nicht leicht aus. Wenn das Netz über die Kante kam, pulte er einen Lachs heraus, bis der nur noch mit den Kiemen festhing, und zog dann einmal kräftig, damit er aufs Deck fiel. Lachs rings um seine Füße, silbrig und japsend, hüpfend und rutschend in ihrem eigenen Schaum aus Schleim, Blut und Meerwasser.

In die Seitenwannen!, brüllte Mark. Motor und hydraulische Winsch machten zusammen einen beträchtlichen Krach.

Carl packte die Fische und fing an zu werfen. Doch

sie entglitten ihm, oder er warf zu tief, die Lachse prallten an den Außenwänden der Wannen ab und glitschten zurück, dann rutschte er aus und fiel auf sie.

Mark packte ihn am Schlafittchen und hob ihn auf die Beine. Pack sie an den Kiemen!, brüllte er. Und geh mir aus dem Weg.

Carl trat ein paar Schritte beiseite und griff die Kiemen, was einfacher war, es sei denn, sie waren zu. Doch die meisten japsten, die dunkelroten Kiemen ausgestellt und lamelliert wie Algen. Der Rücken dunkler, grünlich blau wie das Meer, silbern an den Seiten, das in weiße Bäuche überging. Die Augen groß, ein irrender, verwunderter Blick. Carl warf, so schnell er konnte. Sie schnitten ihm in die Finger, etwas Scharfes da drin.

Irene und Gary luden behandelte Sperrholzplatten ins Boot. Das erste Mal seit dem Sturm, dass sie draußen war, vom Arztbesuch abgesehen. Verhangen heute, kalt mit leichtem Wind.

Du bist die Sturmfee, sagte Gary. Düsterster Tag seit einer Woche. Bisher war's ruhig und sonnig.

Wenn ich Sturm bringen könnte, sähe der viel schlimmer aus, sagte Irene. Ganz Soldotna, getilgt von der Landkarte.

Oho, sagte Gary, als er nach dem Werkzeugeimer und einigen Nägeln griff. Spar dir die Kräfte lieber fürs Hämmern. Wir müssen heute alle Platten legen. Er hatte gute Laune, merkte Irene. Er hatte gewonnen. Sie kam mit, um ihm bei seinem idiotischen Projekt zu helfen.

Sie schwenkten die Bugplatte hoch, verriegelten sie und legten ab. Irene kauerte sich in Mantel und Hut, zog den Kopf in den Kragen und wandte sich vom Wind ab. Der Wind und die Kälte machten ihre Kopfschmerzen noch schlimmer. Sie schnäuzte sich, die Nasenspitze wund und aufgescheuert. Die Antibiotika und Schleimlöser schienen überhaupt nichts auszurichten. Aber ihr ging es gut, laut Arzt und allen anderen. Alles in Ordnung. Bloß eine kleine Erkältung. Als Gary nicht hinsah, warf sie zwei Tramadol ein.

Sie fuhren mit dem vergleichsweise leichten Boot

beinahe auf den Strand, nahmen die großen Spanplatten und trugen sie durchs Gesträuch. Wind, der sich in den Platten fing, Irene bemüht, nicht zu stolpern. Mücken, die sie in Hals und Gesicht stachen, weil sie keine freie Hand hatte. Sie hätte gern ein wenig geklagt, aber wozu? Sie hätte ja doch nur den üblichen Sermon von Gary bekommen – den Was-dich-nicht-umbringt-Sermon oder den Ich-brauche-Hilfe-Sermon oder, noch schlimmer, den großen Lügensermon, dass die Hütte für sie beide da sei. Irgendwann wäre die Hütte wahrscheinlich ganz und gar auf ihrem Mist gewachsen.

Gary hatte den Boden abgesteckt. Schmale Pfosten in die Erde gerammt, Querbalken, alles verstrebt. Nicht vollständig plan oder gleichmäßig, aber es sah stabiler aus als erwartet.

Das sieht ziemlich gut aus, sagte sie. Du warst fleißig.

Danke. Mir ist klar geworden, dass etwas auf den Boden muss. Und die Ecken habe ich sorgfältig im rechten Winkel angelegt, also sollten die Spanplatten passen, hoffentlich.

Wie werden die Wände damit verbunden?

Gar nicht, glaube ich. Nur miteinander an den Ecken, und wir versuchen, sie genau einzupassen.

Okay, sagte sie.

Also ließen sie die Spanplatten aufs Podest fallen, legten sie sorgfältig auf Kante und nagelten sie an die Querbalken. Irene spürte jeden Hammerschlag, selbst mit den frischen Tramadols. Sie konnte nicht atmen, und der Schmerz trieb ihr Tränen in die Augen, aber sie wischte sie weg und schwieg.

Der Wind nahm natürlich zu, einfach um Hallo zu sagen und sie willkommen zu heißen. Die Sonne verschwand hinter dichteren Wolkendecken. Aber es regnete nicht.

Nur sechs Spanplatten, ein kleines Podest, vier mal fünf Meter, daher dauerte das Hämmern nicht so lange. Sie traten zurück, um ihr Werk zu betrachten.

Es ist sehr klein, sagte Irene.

Ja, sagte er. Nichts Überflüssiges. Bloß eine Hütte. Nur das Nötigste.

Ich glaube, wir benötigen mehr. Wenn du willst, dass ich hier draußen wohne, richtig wohne, dann brauchen wir Platz für ein Bett, eine Küche, ein Bad und vielleicht einfach ein bisschen Raum, um uns zu bewegen. Und zum Sitzen.

Vier mal fünf ist eigentlich ziemlich groß, sagte Gary. Ich glaube, es ist gut so.

Wo kommt das Bad hin?

Wir benutzen ein Plumpsklo.

Ein Plumpsklo?

Eine Weile standen sie dort schweigend.

Was ist mit einem Kamin?, fragte Irene schließlich. Gibt es einen Kamin?

Schwierig, sagte Gary. Vielleicht einen freistehenden. Könnten wir anbauen.

Irene begriff in einem einzigen Schreckensmoment, dass sie tatsächlich hier draußen wohnen würden. Die Hütte würde nicht richtig hinhauen. Sie würde nicht das Nötigste bieten. Trotzdem würden sie hier wohnen. Sie sah es glasklar vor sich. Und obwohl sie Gary am liebsten gesagt hätte, er solle allein herziehen, wusste sie, dass das nicht ging, weil er auf genau den Vorwand wartete. Er würde sie für immer verlassen, und es ging nicht an, noch einmal verlassen zu werden. Das würde ihr in diesem Leben nicht noch einmal passieren.

Und Wasser?, fragte sie.

Ich installiere eine Pumpe vom See.

Gibt es Strom?

Es wird eine Handpumpe, sagte er. Ich muss eine auftreiben.

Ich meinte für Licht.

Wir nehmen Laternen.

Und der Herd?

Propan. Ich besorge eine kleine Zweier- oder Dreierplatte.

Und das Dach?

Noch nicht sicher. Himmel, Irene, ich hab gerade erst angefangen. Der Boden passt schon mal, oder? Der Rest kommt nach und nach. Er legte eben den Arm um sie, zog sie dichter heran, einige ermutigende Knüffe.

Okay, sagte sie. Ich glaube, ich muss zurück. Mein Kopf tut richtig weh. Ich muss mich hinlegen.

Das haben wir gleich. Und dann half er ihr mit viel Getue ins Boot, holte die Werkzeuge usw. Der Auftrieb, der stets seinen Niederlagen vorausging. Und die waren die schlimmsten für Irene. All die gescheiterten Geschäftsideen, die selbstgebauten Boote, die das Budget gesprengt und sich dann gar nicht oder nicht gewinnbringend verkauft hatten. Immer hatte es so angefangen, voller Hoffnung. Und er war klug, gebildet. Er hätte es besser wissen müssen. Er hätte es besser treffen müssen. Ihr Leben hätte besser sein müssen.

Gary war so vielversprechend gewesen. Ein Doktorand, gut genug, um in Berkeley aufgenommen zu werden. Lange Haare hatte er damals, blond und lockig. Wenn sie an einer Locke zog, federte sie zurück. Sie spielten Gitarre, im Schneidersitz, blickten einander in die Augen, sangen »Brown-Eyed Girl« oder »Suzanne«. Sie fühlte sich mit ihm verbunden, fühlte sich gewollt, zugehörig. Gary hatte ein schiefes, täppisches Lächeln und redete ständig über seine Gefühle und über ihre Gefühle. So zugänglich, und er versprach ihr, immer so zu bleiben.

Alaska war seine Idee gewesen. Ein Jahr Pause von der Uni, eine kleine Unterbrechung, um ein bisschen Abstand von der Doktorarbeit zu bekommen, sich neu zu orientieren. Sie würden westwärts ziehen, die Wildnis aufsaugen. Sie hatte nicht recht geglaubt, dass sie wirklich aufbrechen würden. Aber Gary lief weg. Das hatte sie nicht begriffen. Er hatte nie vorgehabt, nach Kalifornien zurückzukehren.

Gary hatte ein Sommerstipendium für seine Doktorarbeit, das hatten sie schnell aufgebraucht auf ihrer Reise durch Südost-Alaska, Ketchikan und Juneau, all die kleineren Städte, Wrangell, St. Petersburg. Auf der Suche nach der Idee von Alaska.

Für Gary war diese Idee etwas Skandinavisches, eine Verbindung zu seinem Studium, zu *Beowulf* und »The Seafarer«, eine Gesellschaft von Kriegern, die die Walstraße überquert hatten, hinein in die Fjorde zu einem neuen Leben, wo sie kleine, versippte Fischerdörfer gegründet hatten. Kleine Ansammlungen spitzdächiger Holzhäuser direkt am Wasser, die draußen keinen Namen haben. Dörfer in schmalen Buchten in Südost-Alaska zwischen Bergen, die sich vom Ufer aus gut tausend Meter hoch erhoben. Von einer Fähre aus wirkten sie unbewohnt, wie Geisterstädte, Überbleibsel aus der Zeit der Goldgräber und des Tauschhandels oder etwas noch Älterem. Gary suchte ein fiktives Dorf, die Rückkehr zu einer idyllischen Ära, in der ihm eine Rolle zufiele, eine vorgezeichnete Aufgabe als Schmied oder Bäcker oder Bänkelsänger. Genau das wollte er eigentlich sein, der »Gestalter«, der Sänger eines Volkes, seiner Geschichte, seines Ortes, was ein und dasselbe wäre. Und Irene wollte nur eines nie wieder: alleingelassen, herumgereicht und abgelehnt werden.

Gary gab sein letztes Geld dafür aus, zu diesen Orten zu gelangen, mit privaten Booten überzusetzen. So aufgeregt jedes Mal, wenn sie losfuhren, und Irene wurde angesteckt von dieser Aufregung, doch jedes neue Dorf war eine Enttäuschung. Ein Haus hatte eine Zapfsäule auf einem Pier und womöglich noch das verblichene Schild einer Tankstellenkette in einem der Fenster. Ein anderes entpuppte sich als Motorenwerkstatt. Sommerhäuser und offensichtliche Hippieplantagen mit streunenden Tieren und Ersatzteilen im Hof und der Ahnung, dass unter einer der schimmeligen Matratzen dort drinnen bündelweise Marihuana-Geld lagerte. Gary und Irene waren selbst Hippies, ohne Drogen, sie strebten nach mehr, nach etwas Authentischem. Gary wollte, wenn er das Dorf betrat, eine archaische Sprache hören.

In einer größeren Ansammlung von Häusern, die sie aufsuchten, gab es einen Friseurladen mit einem echten Zunftzeichen der Barbiere, einer Stange, die eine Ecke der Veranda stützte. Das gefiel Gary. Das war zwar nicht tausend Jahre alt, gab ihm aber das Gefühl, dass er hier für fünf Cent ein Bad bekommen könnte, sauberes Wasser für zehn. Mindestens stammte es aus Goldgräbertagen, vielleicht. Alles in allem jedoch war die ganze Unternehmung eine bittere Enttäuschung für ihn. Das wahre Alaska schien es nicht zu geben. Keiner schien sich auch nur annähernd für das ehrliche, mühselige Pionierleben zu interessieren, dem er sich hätte hingeben wollen, und keiner dieser Orte war ganz und gar skandinavisch. Keiner gemahnte an das Dorf.

Bis sie auf der Kenai Peninsula ankamen, hatten sie ihr ganzes Geld verbraucht, und Irene musste einen Job annehmen. Für Vorschullehrerinnen gab es immer Stellen, und sie mochte ihre Arbeit. Es sollte vorübergehend sein, aber Gary hatte nicht vor, je wieder zurückzugehen. Er würde seine Doktorarbeit nicht beenden. Er würde keinen Erfolg haben in seiner Disziplin, und seine Suche nach Alaska war einfach nur ein Ausdruck der Verzweiflung, das Dorf lediglich ein Zeichen dafür, dass es Gary nicht gelungen war, sich in seinem richtigen Leben zurechtzufinden.

Hätte Irene das auch nur in Ansätzen rechtzeitig begriffen, hätte sie Gary vielleicht verlassen, als es ihr noch möglich war. Aber sie brauchte Jahrzehnte, um der

Wahrheit auf den Grund zu kommen, nicht nur wegen der Arbeit und der Kinder, sondern weil Gary so ein guter Lügner war, immer so begeistert von der nächsten Chance. Und diese Hütte noch so eine Lüge, ein weiterer Versuch, Reinheit zu finden, das fiktive Leben, das er brauchte, weil er vor sich selbst davongelaufen war.

Und jetzt lief er auch vor ihr davon, nur verstand sie nicht recht, wieso. Sie spürte es, und jeder andere hätte sie der Paranoia bezichtigt, aber sie wusste, dass es stimmte. Es war so simpel wie ein veränderter Blick, der sie nach und nach unsichtbar machte. Keine andere Frau bislang, aber das würde kommen. Gary stieß gerade an seine Grenzen im Bemühen, sich mit diesem Leben von seiner Verzweiflung abzuschirmen, und wenn er erst mit seiner Hütte, einem dreißig Jahre währenden Traum, gescheitert war, brauchte er wirksamere Zerstreuung.

Während Irene am Bug kauernd das Ufer auf sich zukommen sah, schien sie an ihrem Leben und Garys Leben zu ersticken. Eine schreckliche Schwere und Atemnot und Panik, und sie wusste, das kam nicht nur vom Tramadol.

Rhoda hatte einen knurrigen grauen Perserkater namens Smokey vor sich. Zeit für deine Medizin, sagte sie, und als sie den Kopf nahm, bäumte er sich auf, aber Rhoda war schnell und wusste, wie man Kiefer aufsperrt. Es war vorbei, bevor er auch nur blinzeln konnte. Jetzt können wir wieder Freunde sein, sagte Rhoda.

Mit Jim war das nicht so einfach. Sie rief ihn erneut schnell auf dem Handy an, bekam seine Mailbox und klappte ihr Telefon zu. Hm, sagte sie.

Jim traf sich in Juneau mit seinem potenziellen neuen Praxispartner, einem Zahnarzt namens Jacobsen. Mehr wusste sie nicht, was ungewöhnlich war. Jim kaute für gewöhnlich alle Einzelheiten in Länge und Breite durch, aber diesmal gab es keine Einzelheiten, nicht mal einen Anruf. Gestern weg, kein Anruf am Abend, heute weg. Wahrscheinlich war er bei Jacobsen zum Essen gewesen und hatte vielleicht sogar dort übernachtet, bei seiner Familie, wobei sie nichts über diesen Jacobsen wusste, auch nicht, ob er überhaupt Familie hatte.

Nach der Arbeit fuhr sie zu Jims Praxis und entdeckte zu ihrer Überraschung seinen Suburban auf dem Parkplatz. Sie klopfte an der Praxistür, und kurz darauf öffnete er; er sah müde aus.

Hey, sagte er. Er trug noch dasselbe wie gestern, mit Falten und leichtem Schweißgeruch.

Was ist denn mit dir passiert?, fragte sie. Kein Anruf? Und sie umarmte ihn kräftig, froh, ihn wieder bei sich zu haben.

Hey, danke, sagte er. Ja genau, ich hab mein Handy verloren. Vielleicht ist es mir im Flugzeug aus der Tasche gefallen. Weiß nicht genau. Aber jedenfalls schön, dich zu sehen.

Ja, schon. Ich hab mir Sorgen gemacht. Du warst wie vom Erdboden verschluckt.

Entschuldigung.

Du kannst es wiedergutmachen.

Oh, sagte er. Ich bin total erschöpft. Konnte letzte Nacht nicht schlafen.

Armer Jim, sagte sie. Lass uns nach Hause fahren. Ich mach dir was zu essen.

Ich muss hier ein bisschen aufholen. Ein paar Tage weg, und schon geht alles drunter und drüber.

Ich helfe dir, sagte sie, also setzten sie sich zusammen und gingen die neuen Termine, Nachrichten, Bestellungen, Rechnungsnachfragen durch. Überall verteilt auf gelben Haftnotizen von seiner Sekretärin.

Die spinnt ja wohl, sagte Rhoda. Das ist doch kein System.

Ruhig, Tiger, sagte Jim.

Als sie endlich durch waren, machte Rhoda zu Hause ein leckeres Abendessen, Lengdorsch im Speckmantel, einen großen Salat mit Avocado und Tomaten, die reifer waren als sonst. Eine Freude, zu kochen, für Jim zu kochen, hier in ihrem Zuhause. Sie hielt mehrfach inne, um die Gewölbedecke zu betrachten, das viele

Holz. Trank ein Glas Wein. Wurde ein bisschen träumerisch.

Fertig, rief sie, als die Teller auf dem Tisch standen, aber es kam keine Antwort, also ging sie nach hinten ins Schlafzimmer und sah, dass er schon schlief. Armer Jim, sagte sie und machte das Licht aus.

Monique ging im Regen von ihrem Hotel zum Coffee Bus. Später Vormittag, gestern mit Jim zurückgekehrt, und nun mochte sie nicht mehr allein sein. Sie brauchte ein wenig Gesellschaft.

Es war kein kurzer Weg, und der Regen war nicht warm. Sie trug eine Regenjacke mit Kapuze, aber ihre Beine, in Jeans, wurden kalt und nass. Das Ende des Sommers fühlte sich sehr wie Winter an. Keine Klagen, ermahnte sie sich. Du wolltest doch schließlich herkommen. Alaska war ihr als Abenteuer erschienen, aber im Grunde war es doch recht zahm. Hat man ein paar Elche gesehen, kommen sie einem bald normal vor, wie Kühe. Aber der Gletscher war cool gewesen.

Sie ging an einer langen Ladenzeile vorbei, alles einstöckige Häuser, danach an einem verlassenen Parkplatz mit einem alten Auto und anderem Müll am Waldrand. Arsch der Welt, sagte sie laut. Der Boden mit Rost geschmückt.

Der Coffee Bus stand an einer leeren Ecke, auf einem großen Kiesplatz. Ein alter weißer Bus, vielleicht ein angemalter Mini-Schulbus, mit einer Markise an der Seite und Stufen zum Verkaufsfenster. Kein Drive-in.

Hey Mark, sagte sie, als sie unter der Markise stand.

Mann, sagte er. Carl ist völlig fertig mit der Welt. Ein bisschen komisch, dass du ihn einfach so auf dem Campingplatz zurücklässt.

Musst du nicht fischen?

Die Besitzerin hat beschlossen, ein, zwei Tage Pause einzulegen. Wollte, dass ich in der Zwischenzeit das Boot poliere und ihren Lakaien mime, aber ohne mich.

Hey Monique, sagte Karen.

Monique erwiderte die Begrüßung.

Komm rein auf einen Kaffee.

Monique ging zur Hintertür, kletterte hinein und setzte sich auf einen Hocker. Drinnen roch der Bus wie eine Rösterei, die Luft dicht und aromatisch.

Und wo warst du?, fragte Karen.

Monique erzählte ihnen von Seward, ohne Jim, und sagte, sie sei bei Leuten untergekommen, die sie dort getroffen habe. Sie erkundigte sich nach Carl, der sich anscheinend nach ihr verzehrte. Sie hoffte, sie würden ihr anbieten, sie zum Campingplatz zu fahren, aber sie boten ihr Rhoda an.

Sie kommt kurz nach zwölf hier vorbei, sagte Mark. Auf den Punkt. Dann nimmt sie dich mit.

Okay, sagte Monique, und kurz darauf erschien Rhoda und erklärte sich einverstanden. Es war ein langer Weg zum Campingplatz, aber das schien sie nicht zu stören. Mach ich gern, sagte sie mit einem leichten Nicken, einer seltsam förmlichen Geste, die mit einem Knicks hätte einhergehen können.

Danke, sagte Monique und folgte Rhoda zum Auto, einem nicht gerade königlichen Gefährt. Einem Datsun, einer Marke, die gar nicht mehr existierte. Eindeutig Kürbismilieu.

Meine Rettung, sagte Monique.

Kein Problem, sagte Rhoda. Erzähl mir von eurer Reise. Seid ihr schon den ganzen Sommer hier?

Wir waren überall. Auf der Fähre, nach Denali und Fairbanks und zum Schluss hierher auf die Halbinsel. Carl ist gerade auf dem Mannwerdungstrip. Da helfen offenbar große Fische.

Rhoda lachte. Warum können sie nicht einfach Männer sein? Warum müssen sie Männer werden?

Genau.

Meiner ist auch noch nicht geschlüpft. Ein Zahnarzt, Jim heißt er.

Wir kennen uns schon, sagte Monique. Vom Coffee Bus. Mark hat uns vorgestellt.

Sah es so aus, als würde er nicht Hallo sagen?

Es war ein bisschen leise.

Das macht er immer. Die Leute meinen dann, er hätte nicht Hallo gesagt, hat er aber.

Er wirkte ganz nett, sagte Monique. Sie sah Rhoda an und fand sie auf ihre Art sehr attraktiv. Am liebsten hätte sie ihr die Wahrheit gesagt, auf der Stelle, von A bis Z, um sie vor Jim zu bewahren, aber das nützte bestimmt nichts. Rhoda und Jim würden ihr kleines Leben leben, egal, was Monique tat. Bist du hier aufgewachsen?, fragte sie Rhoda.

Ja. Am Skilak Lake. Toll, da aufzuwachsen. Kann man nach Herzenslust rumstromern.

Mal einem Bären begegnet?

Ein paar Mal.

Erzählst du mir davon? Ich mag Bärengeschichten.

Eine gibt es, die ist unglaublich.

Yeah!, sagte Monique. Eine gute. Ich weiß, dass es eine gute Geschichte wird. Und sie drehte sich seitlich, um Rhoda ihre ganze Aufmerksamkeit zu schenken.

Ich war vier, sagte Rhoda. Eine meiner frühesten Erinnerungen. Ich trug mein rotes Jäckchen, das mit der Kapuze.

Rotkäppchen.

Ganz genau. Ich habe diese Jacke geliebt.

Hervorragend.

Ich bin auf dem ersten Hügel hinterm Haus, Blaubeeren pflücken. Es ist August, noch immer Sommer, aber wird schon kalt. Noch in derselben Woche kriegten wir Schnee, was im August praktisch nie passiert.

Wow, sagte Monique.

Und vielleicht sind die Bären ungeduldiger wegen der frühen Kälte. Keine Ahnung. Jedenfalls schaue ich in den Blaubeerstrauch und habe das Gefühl, ich werde beobachtet. Aus irgendeinem Grund sehe ich hoch, und gut fünf Meter entfernt steht ein riesiger Bär.

Mein Gott.

Ja, ein richtig großer Braunbär. Kein Schwarzbär, was vielleicht okay gewesen wäre. Und so nah sieht man keinen Bären. Die kommen nicht einfach so auf einen zu. Sie gehen eher weg. Wenn man sie erschreckt, laufen sie weg. Aber dieser war so nah, der muss mich gerochen oder gehört haben und ist rangekommen.

Was hast du gemacht?

Das ist es ja. Nichts habe ich gemacht. Ich stand einfach da und habe ihn angesehen, und er hat mich angesehen. Er war wunderschön und wirkte freundlich, wie ein großer Hund. Ich sagte Hi, und da hat er ein bisschen mit dem Kopf vor und zurück gewackelt, sich umgedreht und das Weite gesucht.

Du hast Hi gesagt.

Ja, ich habe Hi gesagt, und jetzt arbeite ich bei einem Tierarzt. Ich habe bei Tieren schon immer so ein wohliges Gefühl gehabt, dass sie uns im Grunde nichts antun wollen. Wir kommen ihnen nur einfach manchmal in die Quere.

Du kriegst den Preis für die beste Bärengeschichte.

Sie kamen zum Campingplatz, und Monique lotste Rhoda zum Zelt. Sie parkten ganz in der Nähe, und Carl streckte den Kopf heraus.

Hey, sagte Monique.

Nicht zu glauben, sagte Carl.

Nicht böse sein.

Es ist nass und eklig, sagte Rhoda. Kommt doch zu uns. Ihr könnt mal richtig trocken werden, abends mit uns essen und über Nacht bleiben. Morgen Mittag bringe ich euch wieder her.

Monique lachte. Jim würde ausflippen. Wunderbar, sagte sie. Was meinst du, Carl? Willst du hier weiter vor dich hinschmollen oder doch wieder an der menschlichen Zivilisation teilnehmen?

Ich komme mit, sagte Carl. Ich hasse dieses Zelt.

Die Baumstämme waren nicht alle gleich. Hellere Birke darunter, Rinde dünn wie Papier. Dann dunklere Fichte. Alle aus diesem Teil Alaskas. Und kein Einziger gerade. Astlöcher und Hubbel und Stumpen. Gary nahm einen nach dem anderen hoch, sichtete ihn, ließ ihn fallen und nahm den Nächsten.

Wieder Regen, aber diesmal waren sie voll eingekleidet in dicker grüner Anglermontur, mit Stiefeln. Irene warm und trocken.

Vielleicht hätte ich sie zurechthobeln lassen sollen, sagte Gary.

Irene schwieg. Saß auf der Podestkante und wartete. Sie würde tun, was immer er für diese Hütte brauchte. Wenn er beschloss, die Stämme mit Lakritz zusammenzubinden oder die Lücken mit Kuchenglasur auszufüllen, würde sie es tun.

Gary wählte schließlich vier der dunkleren Fichtenstämme aus, maß sie und sägte die Enden so, dass die Ecken aufeinandertrafen. Fünfundvierzig-Grad-Winkel, mit einem Fuchsschwanz, ganz bekam er sie nicht hin. Gelbe Sägespäne, die im Regen orangerot wurden. Der Geruch von Holz, der beim Sägen entstand. Gary, der Ecken anpasste und über die Lücken grübelte.

Fast, sagte er, aber Irene merkte, dass es ihn bereits

frustrierte. Er hatte eine makellose Idee im Kopf und sah jetzt die ersten Mängel.

Sie kniete sich hin und hielt die Stämme fest, während er nagelte. Große, fünfzehn Zentimeter lange Nägel, verzinkt. Ihre Hände waren nass und kalt, die Rinde rau.

Sie nagelten vier Ecken zusammen, und das war die erste Lage ihrer Wände. Zwei Fünf-Meter-Stämme und zwei Vier-Meter-Stämme, die eine niedrige Begrenzung bildeten. Hügelaufwärts traf der Stamm beinahe auf den Boden. Hügelab war der Stamm gut dreißig Zentimeter zu kurz.

Beim Dach ziehen wir dann Teillagen ein, um das alles auszugleichen?, fragte Irene.

Ja, sagte Gary. Das müssen wir dann. Wobei ich glaube, dass ein Dach auch schräg sein kann. Könnte interessant aussehen. Und er lächelte Irene an.

Irene lachte. Das wäre schön rustikal.

Abgemacht, sagte Gary. Wir bauen ein schräges Dach.

Irene legte den Arm um Gary und drückte ihn. Vielleicht klappte es. Vielleicht war es in Ordnung, wenn die Hütte lächerlich aussah.

Zweite Lage?, fragte er.

Unbedingt, sagte sie. Ihr war schwindelig, und sie hatte einen Eispickel im Kopf, gab sich aber alle Mühe, das zu ignorieren. Vielleicht brauchte sie mehr Antibiotika.

Sie maßen wieder aus, und er sägte die Enden zurecht. Der Regen nahm zu, von stärkerem Wind getrieben, sodass sie sich abwandten.

Irene hielt die Ecken fest, während er nagelte, und

sie sah riesige Lücken zwischen den beiden Lagen. An manchen Stellen vielleicht fünf bis zehn Zentimeter Luft zwischen den Stämmen.

Verdammt, sagte Gary.

Der Regen kam jetzt seitwärts, als wollte er zeigen, was mit diesen Zwischenräumen passieren würde. Irene warf schnell eine Tramadol ein, als Gary abgelenkt war. Sie hatte fast keine mehr. Sie würde Rhoda um Nachschub bitten müssen.

Verdammt, sagte Gary wieder. Ich brauche einen Hobel, aber mit der Hand dauert das ewig. All diese Astlöcher und abgeschnittenen Äste, die ganze Rinde. Da komme ich niemals durch. Ich hätte sie vorher hobeln lassen sollen. Ich wusste es. Ich wusste es und habe es nicht gemacht.

Du machst das zum ersten Mal, sagte Irene.

Aber ich wusste es. Ich hatte einfach nicht genug Zeit. Ich habe zu spät mit dem Projekt angefangen. Also dachte ich, vielleicht kriege ich es so hin. Wann lerne ich endlich, Zeug nicht zu spät anzufangen?

Na ja, sagte Irene, ich finde, du bist zu streng mit dir.

Nein. Ich bin ein Idiot. Ich bin ein unfähiger Idiot, und das bin ich schon immer gewesen. Bei jedem Projekt.

Gary, sagte sie und versuchte, den Arm um ihn zu legen, aber er stapfte auf die Bäume zu. Schwer zu glauben, dass er fünfundfünzig war. Er hätte zwanzig sein können oder dreizehn oder drei. Bockig wie die Kinder, die sie dreiunddreißig Jahre lang unterrichtet hatte.

Und das ist es, sagte sich Irene, das wird mein Leben.

Man kann sich zwar aussuchen, mit wem man lebt, aber nicht, was aus ihm wird.

Gary war schnell durch das Wäldchen am Ende des Grundstücks durch. Der Regen prasselte schwer herunter, seine Schritte ebenso schwer, Moderholz knackte. Ihm war, als könnte er ewig weitergehen, quer durch Alaska wandern bis zum Yukon, zu den Northwest Territories, wandern, bis seine Beine ausgebrannt und der Kopf klar waren. Er fand erneut die andere Hütte mit den gleichmäßigen großen Stämmen. Er prüfte die Zwischenräume und wusste noch immer nicht, was sie benutzt hatten. Die Klauen seines Hammers und die Stämme waren so gebogen, dass er nicht richtig reinkam, also holte er weit aus, um in eine der Lücken zu hauen und die Holzwand aufzubrechen. Das hellere Holz freigelegt, die Oberfläche inzwischen beinahe schwarz. Er konnte ein kleines Stück Füllmasse ergattern. Ein grauer Mörtel oder Zement oder Epoxid. Es war nachgiebig, aber kein Gummi oder Silikon. Etwas körnig zwischen den Fingern. Er roch daran und erkannte es nicht. Und er bezweifelte, dass es zentimetergroße Zwischenräume füllen konnte. Nichts konnte die füllen. Er würde Spanplatten darübernageln müssen. Wie in einem Schuppen würde es drinnen aussehen, nicht wie in einer Hütte.

Gary drehte sich um und schleuderte seinen Hammer gegen einen Baum. Er traf zu leise auf, kein befriedigendes Geräusch. Also hob er ihn auf und warf ihn an einen anderen, näheren Baum, und er prallte so ab, dass Gary zur Seite springen musste.

Er wollte in die Insel hineingreifen und sie mit den

Händen auseinanderreißen, zusehen, wie das Wasser des Sees in die Lücken spülte. Das würde genügen. Nicht weniger.

Nun, sagte er. Denn es war Zeit.

Er wanderte zu Irene zurück, die auf der Podestkante saß, abgewandt von Wind und Regen, geduckt. Er sollte sie nach Hause bringen. Sie sollte damit nicht behelligt werden. Nur noch ein paar Lagen, und dann würden sie gehen.

Er trat zu ihr und entschuldigte sich. Das ist einfach frustrierend, sagte er. Da hinten gibt es noch eine Hütte, und ich weiß nicht, wo die ihre großen Stämme her haben.

Schon okay. Vielleicht fällt uns mit diesen was ein.

Sie legten noch eine Lage drauf, sägten und nagelten die Ecken zusammen und traten dann zurück, um die Zwischenräume zu betrachten. Sie standen im Regen und überlegten, wie sie es hinkriegen sollten.

Vielleicht kannst du eine Lage an die nächste nageln, sagte Irene. Mit längeren Nägeln. Das bringt sie vielleicht näher zusammen. Und dann kam es ihr vor wie eine Metapher – wenn sie all ihre früheren Persönlichkeiten nehmen und zusammennageln würden; wenn sie die näher zusammenbringen könnten, die sie vor fünf und vor fünfundzwanzig Jahren gewesen waren, hätten sie vielleicht ein stabiles Gefühl. Für sich und für ihre Ehe, denn Ehe war ja dem Selbstgefühl nicht unähnlich, etwas Flüchtiges und Wandelbares, etwas Wichtiges und auch Nichtiges. Man konnte sich jahrelang darauf verlassen, einfach annehmen, dass es da war, doch wenn man danach suchte, wenn man es brauchte, etwas Substanz zu finden versuchte, etwas zum Festhalten, griffen die Hände ins Leere.

Das ist eine gute Idee, sagte Gary. Das versuche ich. Danke, Reney.

Sie nagelten noch eine Lage an und trugen dann alle Lagen ab und schleppten sie beiseite für den morgigen Einsatz. Morgen würden sie versuchen, alles enger zusammenzufügen.

Monique und Carl lagen auf dem Bett in Jims Gästezimmer. Später Nachmittag, nach dem Duschen. Carl mit dem inständigen Wunsch, sie möge mit ihm schlafen, voller Angst, etwas zu sagen. Monique mit starrem Blick an die Decke.

Ich bin müde, sagte Monique.

Hm, sagte Carl.

Monique knackte mit den Zehen.

Nicht. Arthrose.

Monique seufzte. Sie stand auf, wickelte ihr Handtuch ab, warf es auf einen Stuhl und legte sich unter die Decke, nackt. Carl warf sein Handtuch hin und legte sich ebenfalls unter die Decke.

Monique drehte sich auf den Bauch, Gesicht abgewandt, und schlief ein.

Carl zog sich an und ging in die Küche, ins Wohnzimmer. Ein reiches Haus, tolle Ausblicke, nette Sofas. Er öffnete Kühlschrank und Tiefkühle, suchte nach etwas Leckerem. Eis am Stiel, eine Möglichkeit. Räucherlachs, immer gut. Trotzdem machte er die Türen wieder zu und sah in die Speisekammer, lieber etwas anderes. Fand ein kleines Fläschchen Ahornsirup, ungeöffnet. Es hatte einen Henkel, durch den man einen Finger schieben konnte, und einen winzigen goldenen Verschluss. Importiert aus Kanada.

Carl nahm es mit ins Wohnzimmer und setzte sich auf die Couch mit Blick auf den Cook Inlet. Er schraubte den Verschluss ab und nippte am Sirup, hielt das Fläschchen dann mit beiden Händen im Schoß wie eine Feldflasche mit Whiskey.

Die Wolken über dem Wasser bildeten eine niedrige dunkle Decke, fast wie im Theater, die schrägen Streifen aus Regen und Licht ein Bühnentrick, alles in Bewegung. Es war wunderschön und anders jetzt aus der Distanz, von dieser warmen, trockenen, luxuriösen Warte. Geld war nicht so übel. Vielleicht sollte er noch mal über sein Anthropologiestudium nachdenken. Das Zelt war ein Vorgeschmack auf sein ganzes Leben, wenn er diesen brotlosen Weg einschlug.

Er legte den Kopf zurück und schloss die Augen. Er hatte schrecklich geschlafen, die untere Hälfte seines Schlafsacks bei jedem Regen nass. Die Couch unglaublich bequem.

In seinem Traum wurde Carl von Affen geschüttelt, versuchte, sich in seinem sehr hohen Baum an Äste zu klammern, aber es war Rhoda, die ihn befummelte, und als er aufwachte, sah er den Sirup auf sich und der Couch, einen Honigsabber, der sich überall verteilt hatte. Rhoda wischte sein Hemd und seine Jeans mit einem feuchten Geschirrhandtuch ab.

Entschuldigung, sagte Carl panisch.

Schon okay, sagte Rhoda. Ist doch lustig. Lass mich noch ein bisschen wegwischen, sonst tropfst du beim Aufstehen.

Gott, sagte Carl. Was bin ich für ein Blödmann.

Schon gut, Schätzchen. Dein Geheimnis ist bei mir gut aufgehoben.

Ah, sagte er. Es ist überall.

Ja.

Dann konnte er endlich aufstehen und half ihr, die Couch abzutupfen, die zum Glück dunkelbraun war.

Es tut mir so leid, sagte er.

Wirklich. Es ist in Ordnung.

Also trollte sich Carl, um erneut zu duschen und sich umzuziehen, aber Monique war inzwischen wach, fragte, was vorgefallen sei, und lachte natürlich darüber.

Danke, sagte er. Jetzt fühle ich mich riesig.

Nicht schmollen, sagte sie, aber er schloss die Badezimmertür und ging unter die Dusche. Er hatte so ziemlich genug von Monique.

Rhoda machte noch etwas sauber, dann stellte sie eine Platte mit Käse, Oliven, Räucherlachs, Crackern, Kapern und verschiedenen Tapenaden zusammen. Öffnete eine Flasche Shiraz und einen Pinot gris. Sie tischte gern auf. Sie summte »A Spoonful of Sugar« aus Mary Poppins, dem Lieblingsfilm ihrer Kindheit. Sie konnte sich durchaus vorstellen, wie sie Kindern Platten mit Leckereien hinstellte.

Als Jim zur Tür hereinkam, hüpfte sie auf ihn zu, legte ihm die Arme um den Hals und gab ihm einen Kuss. Ich habe eine Überraschung, sagte sie.

Eine Überraschung?

Gäste zum Abendessen. Ein bisschen Gesellschaft. Ich habe eine Käseplatte gemacht.

Wirklich? Wer denn?

Sie werden dir gefallen, sagte Rhoda. Zumindest sie kennst du schon. Sie führte Jim ins Wohnzimmer, wo er seine Jacke auf die Couch warf und sich hinsetzte.

Der Regen ist heute irgendwie schön, sagte sie. Carl hat vorhin hier gesessen und ihn beobachtet.

Carl?

Rhoda schenkte ihm ein Glas Shiraz ein. Ja, er ist hier mit seiner Freundin Monique. Du kennst sie vom Coffee Bus.

Da stand Jim auf, was seltsam war. Mit offenem Mund drehte er sich zu ihr um, dann zurück zum Fenster.

Was ist denn?, fragte Rhoda.

Es folgte eine Pause, und sie brachte ihm seinen Wein. Stimmt irgendwas nicht?

Nein, sagte Jim. Aber er sah ganz durcheinander aus. Mir ist es nur lieber, außerhalb der Praxis keine Patienten zu sehen. Monique hat sich eine Füllung machen lassen.

Ach, das tut mir leid, sagte Rhoda. Tut mir leid, Jim. Und sie umarmte ihn, strich ihm über den Rücken.

Schon gut, sagte er.

Jim setzte sich wieder auf die Couch, und Rhoda machte sich ans Essen, Karibu-Steaks von ihrer Mutter. Sie legte sie in einen Bräter mit ganzen Knoblauchzehen, Maui-Zwiebeln, Olivenöl, Rosmarin, Balsamico und schwarzem Pfeffer. Die Kartoffeln kochten, und sie würde Broccoli dünsten.

Monique kam aus dem Gästezimmer, gefolgt von Carl. Sie war groß und auf gewisse Weise faszinierend, irgendwie, obwohl sie eine komische kleine Nase hatte. Wie eine Elfe, deren Körper zu groß geworden war. Carl konnte da nicht mithalten, war unsicher und verzagt. Rhoda gab ihrer Beziehung höchstens noch ein paar Wochen.

Hey, sagte sie. Trinkt einen Schluck Wein. Und hier bei Jim ist eine Käseplatte. Wir können alle zusammen den Regen betrachten.

Hi Jim, sagte Monique, und Jim stand auf, um ihr und Carl die Hand zu schütteln. Allerdings sagte er nichts, was seltsam war. So viel älter als die beiden. Da gab es keinen Grund zur Verlegenheit.

Jim hat erzählt, dass du eine Patientin von ihm bist, Monique. Rhoda sagte das nur zur Auflockerung.

Stimmt, sagte Monique. Die Entenfüße an der Decke haben mir gefallen.

Jim lachte. Die habe ich für die Kinder angeklebt.

Für die Jäger, sagte Monique, und aus irgendeinem Grund herrschte erneut Schweigen.

Setzt euch, sagte Rhoda. Kann ich euch einen Wein einschenken? Ich habe Shiraz und Pinot gris.

Shiraz, bitte, sagte Monique. Und für Carl bloß Saft oder Wasser. Er trinkt nicht.

Danke, Monique, sagte Carl.

Was? Du trinkst doch nicht.

Schon, aber ich bin nicht sechs.

Jetzt ist der passende Moment, deine Mannhaftigkeit unter Beweis zu stellen.

Leck mich, Monique.

Rhoda lachte, wiederum bemüht, die Situation

aufzulockern. Klingt, als hätte das Zeltleben bereits Spuren hinterlassen.

Genau, sagte Carl. Wie war das Zelt für dich, Monique? Ein bisschen unbequem?

Carl ist einfach nur sauer, weil er ein bisschen allein gelassen wurde.

Und wo warst du?, fragte Carl.

Ich war in Seward. Warst du schon mal in Seward, Rhoda?

Es nervte Rhoda, dass sich die beiden über ihrem Wein und Käse stritten, und sie verstand nicht, weshalb sich Jim so trottelig aufführte, dennoch nahm sie die Gelegenheit wahr, einen anderen Ton anzuschlagen. Ich liebe Seward, sagte sie. Wunderschöne Bucht, und all die Berge drumherum. Ich bin schon Jahre nicht mehr dort gewesen. Wir sollten mal hinfahren, Jim.

Genau, sagte Monique, du solltest mal mit Rhoda nach Seward fahren.

Klar, sagte Jim. Er war irgendwie weggetreten oder vielleicht auch nur müde. Seward klingt prima, sagte er.

Und das war's. Erneutes Schweigen. Rhoda hätte sie am liebsten alle drei umgebracht. Sie widmete sich wieder dem Kochen und ließ die anderen in ihrem eigenen sonderbaren Topf asozialer Verhaltensweisen schmoren. Sie schnitt zwei Tomaten, eine halbe rote Zwiebel und streute ein paar Pinienkerne hinein. Und kam zu dem Schluss, dass sie Monique überhaupt nicht mochte. Monique mochte sie am wenigsten von den dreien. Ihren komischen Ton und wie sie Jim aufgefordert hatte, mit ihr nach Seward zu fahren. Als hätte sie über ihre Beziehung zu bestimmen. Wie alt war sie überhaupt? Zweiundzwanzig oder was, und tat, als gehörte ihr die ganze Welt?

Während sie in der Küche hantierte, spitzte sie ein Ohr, und drüben herrschte nur Schweigen. Absolutes Schweigen. Unglaublich. Wer macht so was? Und als das Essen fertig war und alle zu Tisch saßen, fing Monique an zu reden.

Rhoda hat mir heute eine tolle Bärengeschichte erzählt, sagte sie. Hast du auch eine Bärengeschichte auf Lager, Jim?

Rhoda gefiel nicht, wie Monique Jim sagte. Herablassend. Und aus irgendeinem Grund ließ er es geschehen.

Eigentlich nicht, sagte er. Habe ich irgendwelche guten Bärengeschichten auf Lager, Rhoda?

Natürlich, Schatz. Du hast die am Fluss, mit dem Lachs auf dem Rücken. Die erzählst du doch immer.

Ach ja, sagte Jim. Aber was ist mit dir, Carl? Hast du hier schon einen Bären gesichtet?

Nein. Ich wollte gern. Wir sind sogar hoch nach Denali, haben aber keinen gesehen.

Wie schade, sagte Rhoda. In Denali gibt's viele Bären. Kaum zu glauben, dass ihr dort keinen gesehen habt. Das ist richtig Pech.

Sieht mir ähnlich, sagte Carl.

Aber du bist hier in Alaska. Das ist Glück. Und zusammen mit Monique.

Ah, sagte Monique. Das ist aber süß. Danke, Rhoda.

Also wendete sich das Blatt doch noch. Rhoda freute

sich. Monique wirkte jetzt viel fröhlicher, freundlicher, und die Unterhaltung verlief normal, vier Menschen, die einen Abend genießen, so wie es sein sollte. Ohs und Ahs zum Karibu. Von meiner Mutter eigenhändig erlegt, sagte Rhoda. Zum Nachtisch überraschte sie schließlich alle mit selbstgemachtem Tiramisu.

Die Löffelbiskuits habe ich gekauft, sagte sie. Aber der Rest ist von mir.

Das ist grandios, sagte Monique. Was für ein Schmaus.

Ja, danke, Rhoda, sagte Carl. Viel besser als draußen im Zelt.

Nur Jim war relativ still, was ihm gar nicht ähnlich sah. Er hatte zwei Gläser Wein getrunken, da wurde er normalerweise redselig.

Jim ist gerade aus Juneau zurück, sagte Rhoda. Hat mit einem Kollegen verhandelt, der vielleicht in die Praxis einsteigt.

Wie war Juneau?, fragte Monique.

Ach, Juneau ist schön, sagte Jim. Der Mendenhall-Gletscher. Hübscher Spaziergang um den See am Fuß des Gletschers, und wenn man links hochgeht, kann man zum Teil auf ihm laufen.

Ich würde gern mal auf einen Gletscher, sagte Monique. Vielleicht mit einem Hubschrauber oben landen, mich hinlegen und Schneeengel spielen.

Klingt gut, sagte Jim, aber Rhoda merkte, dass etwas nicht stimmte, etwas hakte. Sie sah Carl an, aber Carl war vom Tiramisu gebannt, leckte tief versunken winzige Häppchen von der Spitze des Dessertlöffels. Er hatte es irgendwie mit Essen.

Carl, sagte Monique. Du brauchst das Tiramisu nicht zu vögeln. Du kannst es einfach essen. Dann zwinkerte sie Rhoda zu.

Carl sah nicht einmal hoch. Danke, Monique, sagte er. Mehr Genuss in diesem Schälchen, als ich je mit dir hatte.

Aua, sagte Jim. Und lachte.

Das ist nicht nett, Jim, sagte Rhoda.

Entschuldigung.

Hm, sagte Monique. Negative Bemerkungen war sie offensichtlich nicht gewohnt. Rhoda freute sich insgeheim ein wenig.

Wie wär's mit einem Spiel?, schlug sie vor. Wir könnten alle zusammen was spielen.

Habt ihr Twister?, fragte Monique.

Carl sah hoch. Twister?

Haben wir, sagte Rhoda. Sie ging zur Abstellkammer und wühlte dort herum. Lasst einfach alles stehen. Ich spüle nachher ab.

Sie zogen ihre Schuhe aus und setzten sich alle um die Twister-Matte.

So retro, sagte Monique mit Blick auf die vielen farbigen Punkte. Herrlich.

Sie warfen die Drehscheibe an und setzten nacheinander ein. Jim geriet in eine heikle Lage, Hände weit weg von den Füßen. Schnell, sagte er mit zusammengebissenen Zähnen. Blick zur Decke, Hände nach hinten, Po bedenklich absinkend.

Rhoda lachte. Sie hatte einen leichten Stand in einer Ecke, auf zwei Füßen und einer Hand.

Dann drehte Carl und musste über Jim hinüber, mit einer ausgedehnten Liegestütze. Darüber musste Monique lachen.

Danke, Monique, sagte er.

Monique musste mit beiden Händen vorwärts gehen, als sie dran war, aber das war nicht schwer.

Dann bekam Rhoda eine unmögliche Anweisung. Sie musste ihre freie Hand über Monique setzen und landete bei dem Versuch mit dem Gesicht direkt vor Moniques Hintern, was sie gar nicht erheiterte.

Ich gebe auf, sagte Rhoda. Das kann ich nicht.

Jim sackte zusammen. Gott sei Dank, sagte er.

Das war mir zu sehr Siebzigerjahre, sagte Rhoda. Oder Sechziger, was auch immer. Aber wir haben noch ein altes Spiel, das vielleicht ganz lustig wäre.

Also spielten sie »Steck dem Elch den Schwanz an«, taumelten, schwärmten mit ihren Wurfpfeilen in verschiedene Richtungen aus und trafen nichts von dem, was sie anpeilten. Und irgendwann war es wie eine Party. Rhoda war zufrieden. Am Ende packte sie die Spiele ein und machte sich an den Abwasch.

Ich helfe dir, sagte Monique. Es war schon spät, und Jim und Carl gingen in ihre Schlafzimmer.

Danke, sagte Rhoda, der Monique etwas sympathischer wurde. Sie war zwar zickig, konnte aber auch reizend sein.

Rhoda wusch ab, Monique spülte und trocknete ab. Ihr habt so ein tolles Haus hier, sagte Monique.

Ja, ich liebe es. Von so einem Haus habe ich immer geträumt.

Wie lange seid ihr denn schon zusammen, Jim und du?

Etwas über zwei Jahre, seit einem Jahr wohnen wir zusammen.

Wie habt ihr euch kennengelernt?

Ich war seine Patientin.

Ah.

Jim hat mich zuerst nicht sonderlich beeindruckt, aber nach einer Weile mochte ich ihn. Er ist ein guter Kerl. Solide und verlässlich. Er hat ein gutes Herz.

Ja, sagte Monique. Er wirkt nett. Wollt ihr heiraten?

Auf diese Frage war Rhoda nicht so recht gefasst. Sie fühlte sich bedrängt. Monique meinte es aber nett, und das wollte sie nicht vermasseln. Schon, sagte sie schließlich. Wir reden darüber, es ist aber noch nicht offiziell. Wir lassen uns Zeit. Planen, was für eine Hochzeit wir gerne hätten.

Und was stellt ihr euch vor?

Na ja, sagte Rhoda, wider Willen etwas aufgeregt. Ich denke an Hawaii. Kauai, Garden Island.

Kauai ist schön, sagte Monique.

Warst du schon mal da?

Ja, ein paar Mal. Bin die Na-Pali-Küste entlanggewandert und mit dem Kajak abgefahren.

Die ganze Küste?

Man fährt nur in eine Richtung, mit der Strömung. Das ist nicht so heftig.

Wow, sagte Rhoda. Vielleicht können wir das auf unserer Hochzeitsreise machen.

Das würde dir gefallen. Es ist wunderschön.

Rhoda bereute ihre anfängliche Abneigung gegen Monique. Als sie mit dem Abwasch fertig waren, umarmte sie sie zur Nacht. Echt schade, dass ihr nicht länger in Alaska seid. Es wäre schön, wenn wir mehr unternehmen könnten.

Ja, sagte Monique. Das fände ich auch nett.

Rhoda machte das Licht im Schlafzimmer an und schaltete es gleich wieder aus, weil Jim bereits schlief. Sie zog sich aus, stieß in der Dunkelheit hier und da an, noch beschwipst vom Wein, und fiel aufs Kissen.

Jim lag neben ihr wach und lauschte ihrem Atem, wartete, bis er die kleinen Zuckungen ihrer Hand spürte, die darauf hindeuteten, dass sie eingeschlafen war. Zur Sicherheit wartete er danach noch ein wenig. Monique hatte gesagt, sie würden sich im Wohnzimmer treffen. Natürlich war er sauer, aber verzichten wollte er auch nicht.

Irene lag wach, voller Panik. Der Schmerz war unberührbar geworden, und das bedeutete, keine Gedanken mehr, kein Schlaf mehr, keine Vernunft mehr. Sie musste aufstehen, konnte nicht einfach hier liegen.

Sie wollte noch eine Tramadol einwerfen, aber sie hatte in einer knappen Stunde bereits vier genommen und fürchtete eine Überdosis. Sie wanderte durchs Haus, schritt in der kleinen Küche auf und ab, hinüber zum Kamin, ins Schlafzimmer, zurück in die Küche, den Kopf in beiden Händen, drückte, flehte, es möge aufhören. Sie war nicht gläubig, sprach aber unversehens so etwas wie ein Gebet. Bitte, flehte sie.

Sie ging hinaus, in die Kälte, klarer Nachthimmel. Nur in Pyjama und Stiefeln. Sie hoffte, die Kälte möge den Schmerz irgendwie dämpfen, ging die Auffahrt zur Straße hinunter, Kiesknirschen unter den Stiefeln. Ruhig heute Nacht, ohne Wind. Sie fröstelte.

Die Bäume ringsum wirkten fast wie Publikum, das dort stand und sie beobachtete. Wachposten im Schatten, versteckt in einer mondlosen Nacht. Sie hatte sich nie an diesen Ort gewöhnt, ihn nie als Zuhause empfunden. Der Wald fühlte sich bösartig an, obwohl sie ihn gut kannte, jeden Baum, jeden Strauch und jede Blume beim Namen. Tagsüber funktionierte es, sie zu benennen, aber nachts wurde der Wald wieder zu einer geschlossenen Präsenz, lebendig und namenlos.

Irene drehte sich um und eilte ins Haus zurück, das Knirschen unter ihren Stiefeln schien näher zu kommen, je schneller sie lief, und sie sah den Schatten einer Eule über ihren Pfad huschen, Sturzflug, still. Ein Omen, eins allerdings, das sie nicht deuten konnte. Verschwand in den Bäumen. Kein Rufen.

Sie ging schnell hinein, machte die Tür zu und tastete sich im Dunkeln langsam zur Couch am Kamin, legte sich hin, erschöpft. Wollte so gerne schlafen, schwere Augen, aber der Schmerz erlaubte keine Ruhe. Sie musste wieder aufstehen, sich bewegen. In der Reglosigkeit sammelte sich der Schmerz.

Carl lag wach. Moniques Atem zu tief und gleichmäßig, ganz und gar nicht, wie sie sonst schlief. Er achtete darauf, selbst gleichmäßig zu atmen, und wusste, sie würde den Unterschied nicht bemerken. Sie hatte ihn nie so wahrgenommen, wie er sie wahrnahm. Und er fragte sich, weshalb sie ihn jetzt belog, weshalb sie sich jetzt verstellte. Wozu die Mühe? Es war in gewissem Sinn rücksichtsvoller als das, was sie normalerweise tat.

Sie verstellte sich lange, und als sie schließlich die Decke anhob und das Bett verließ, stand sie einige Minuten reglos da und horchte, ob er sich bewegte. Er atmete weiter gleichmäßig, und schließlich ging sie auf Zehenspitzen davon, drehte leise den Türknauf, öffnete und schloss die Tür praktisch ohne einen Laut.

Carl wartete. Er hörte nichts mehr. Sah auf die Uhr, beinahe Viertel nach eins. Er wartete noch fünfzehn Minuten, setzte sich dann vorsichtig an der Bettkante auf, ging zur Tür und lauschte, öffnete sie leise und konnte die beiden jetzt schwach hören, konnte ihren Atem hören und sah ein Glimmen vom Wohnzimmer her, ein Flackern. Sie hatten eine Kerze angezündet. Er ging leise um die Ecke, und jetzt konnte er ihre Umrisse sehen, ihre Gestalt, wie sie aufrecht saß und auf Jim ritt, mit abgewandtem Blick.

Carl sah nur ihre dunklen Konturen vor dem Kerzenlicht.

Ihn erstaunte vor allem, wie weh es tat, ein echter Schmerz auf der linken Brustseite. Das Herz nur eine Metapher, hatte er gedacht, und er hatte gedacht, er sei fertig mit Monique, drüber hinweg, ihrer Gemeinheit überdrüssig, aber jetzt hatte sie ihn erwischt, hart und unverzeihlich. Dieses Bild, wie sie mit dem alten Mann schlief, vor Lust die Schultern einrollte, im Kerzenlicht ihre Show abzog, das würde ihn auf jeden Fall begleiten, das würde er nie vergessen. Ihr Abschiedsgeschenk an ihn, ein weiteres in einer langen Reihe gemeiner Geschenke, doch eins, das weiter reichte als alle anderen.

Carl ging wieder ins Bett und wollte so gern einschlafen, versuchte jedes Ausatmen zu zählen, versuchte, wegzudämmern und zu verschwinden, aber er war noch hellwach, als sie zurückkam, so leise mit dem Türknauf, still über den Boden, vorsichtig unter die Decke schlüpfend. Er atmete weiter gleichmäßig, wusste, dass sie lauschte, hörte schließlich die kürzeren Atemzüge, das Stocken und Stottern ihres echten Schlafs.

Schrecklich, sie so nah bei sich zu haben, nur wenige Handbreit entfernt. Er sah auf seine Uhr, halb drei, und beschloss, er würde versuchen, wieder aufs Boot zu kommen. Er musste weg von ihr. Auf dem Dock war es kalt, also lag er noch eine halbe Stunde bis um drei, stand dann leise auf, zog sich an und ging in die Nacht, die Straße hinunter zum Fluss.

Unterwegs zu sein, war ein besseres Gefühl, draußen und nicht mehr darum bemüht, möglichst leise zu sein. Knirschen der Stiefel auf Kies, nebliger Atem. Er schwang ein bisschen mit den Armen, rollte die Schultern und versuchte, Monique abzuschütteln. Hörte seine Stimme. Gänsehaut abschütteln. Fast wie ein Zittern. Sie konnte so viele alte Männer ficken, wie sie wollte. Er würde endlich weiterziehen.

Die Kälte kroch herein, obwohl er sich bewegte, also joggte er eine Weile in seinen Stiefeln, schweres Getrampel. Die einzige Seele auf dieser Straße, Sterne und kein Mond. Alaska eine große Stille, die sich tausend Meilen in jede Richtung erstreckte. Ein offener Raum, eine Chance, etwas so Kleines wie Herzschmerz zu vergessen. Carl wollte die Luft aufsaugen, den Himmel, diese Entfernungen.

Ein Stück weiter allerdings, als er wieder ging, fühlte er sich verloren und schob sich zwischen die Bäume, um sich zu verstecken, fing an zu weinen, versuchte sich zu beherrschen und schluchzte dann wie ein kleiner Junge. Monique, sagte er, denn sie war seine erste Liebe. Er hätte alles darum gegeben, ihre Liebe zu bekommen.

Er setzte sich auf den Waldboden und umschlang die Knie, drückte das Gesicht an die Schulter. Wartete darauf, dass das Weinen aufhörte, wartete weiter, bis er sich stark genug fühlte, stand auf und ging zur Straße zurück, zum Fluss und dem Boot. Er würde Mark beim Fischen helfen und sich darin verlieren. Er erinnerte sich an das Achterdeck voller japsender Fische. Etwas Prachtvolles an diesen Tieren, hervorgebracht aus dem Nichts, etwas, dem er sich nähern wollte.

Als er den Pier erreichte, war es nach halb vier und

keiner da, allerdings gingen in mehreren Booten in der Fahrrinne die Lichter an. Er wartete an der Leiter, dachte an die indisch-amerikanische Frau vom letzten Mal und fragte sich, ob er sie wohl wiedersehen würde, aber dann kam ein Mann Mitte dreißig aus einem der Gebäude.

Morgen, sagte Carl.

Morgen.

Könnten Sie mich zur Slippery Jay fahren?

Klar.

Und so war Carl wieder auf dem Fluss, das Röhren des Außenborders und die schnelle weiße Kurve des Kielwassers, der Wind kalt an seinen Ohren. Im Nu war er über die Bordwand, stand an Deck und ging aufs Ruderhaus zu, um zu warten.

Irgendwie stimmig, so ein Boot, draußen auf dem Wasser, auf den Wellen schaukelnd. Eine andere Art Zuhause. Ein besseres Zuhause. Kein Stillstand. Vielleicht sollte er genau das tun. Sich ein Boot anschaffen und darauf leben, vielleicht ein Segelboot und damit um die Welt fahren. Allerdings wusste er, wie er darauf kam. Irgendeine große Geste, etwas, womit er Monique zeigen konnte, wer er wirklich war. Und das war ein unmögliches Spiel, eins, das er niemals gewinnen konnte.

Die Bank war kalt, und obwohl Carl sich zusammenkauerte und das Gesicht in die Jacke steckte, wurde ihm nicht warm. Er musste einfach warten, mit Gänsehaut und Zittern, bis Mark endlich auftauchte.

Cabron, sagte Mark. Que paso?

Dachte, ich fang mal ein paar Fische, sagte Carl.

Dann bist du hier richtig. Rück mal.

Carl rückte, der neue Platz auf der Bank eiskalt, Mark drückte etwa zwanzig Sekunden lang die Glühkerzen und drehte dann den Zündschlüssel. Ein bisschen ruppig zuerst, sagte Mark. Dann schnurrt sie wie ein Kätzchen.

Die Besitzerin kam die Leiter hoch. Ich übernehme, sagte sie. Hey, Carl.

Hey, Dora.

Du siehst verfroren aus, sagte sie. Geh runter und wärm dich auf. Nimm dir einen Schlafsack.

Er stieg die Leiter hinunter, durch die Kombüse und weiter zum Vorderdeck. Dunkel dort drinnen, aber er konnte die noch warmen Schlafsäcke ertasten und ein Kissen und sich ein schönes Nest bauen. Er hörte, wie Mark über ihm herumlief und die Bugleine löste, und spürte dann, wie der Gang einrastete und sie Fahrt aufnahmen. Ein früherer Start als beim letzten Mal. Carl ohne Schlaf, erschöpft, das leichte Schaukeln und die warmen Schlafsäcke ein Trost, und er nickte schnell ein.

In seinen Träumen schwamm Carl unter Wasser. Ein breiter, tiefer Fluss, und die Lachse alle viel größer als er, und sie beobachteten ihn. Ihre riesigen Augen wie Monde, alle in stiller Kommunikation. Sie hatten eine Nachricht über ihn erhalten, etwas Dringendes.

Carl wachte auf, als kleine Wellen an den Rumpf schlugen. Hier unten konnte man spüren, wie sich das gesamte Boot bog, nichts Festes. Bloß eine Haut. Der Motor jetzt lauter, hochtouriger, volle Kraft. Er wollte nicht als faul gelten, aber er war so müde. Also machte er die Augen wieder zu.

Er wachte von heftigem Schlingern auf, was bedeutete, dass sie gehalten hatten. Rasch zog er seine Stiefel an, vor und zurück geworfen, benommen, und stolperte durch die Kombüse zum Achterdeck, als Mark gerade eine orangerote Boje übers Heck warf, den Anfang des Netzes.

Brauchst du Hilfe?, schrie er.

Aus dem Weg, schrie Mark zurück, also hielt sich Carl am Türpfosten fest und sah zu. Wie sich die Sonne grell im Wasser spiegelte, wie Mark das Netz ausbrachte, während Dora vorwärts fuhr. Das Netz ein unmögliches Ding, ein riesiger Nylonvorhang mit kleinen weißen Schwimmern oben und einer Bleischürze unten.

Die Winsch zusehends schlanker, nur noch wenig grünes Nylon, bis das ganze Netz schließlich im Wasser war. Dann schaltete Dora in den Leerlauf, und Mark machte die Hauptleine an einem Heckklampen fest. Dora legte wieder einen Gang ein und fuhr vorsichtig an, um das Netz zu straffen. Ein Vorhang von dreihundert Metern Länge, der hinter dem Boot wallte, eine lange Reihe weißer Schwimmer mit einer orangeroten Boje ganz hinten, weit weg.

Das Schlingern bei langsamer Fahrt extrem, und Carl musste sich festhalten. Mark kam zu ihm, mühelos über das rollende Deck. Pass auf das Netz auf, sagte Mark. Du siehst, wenn sie reingehen. Du siehst es platschen.

Carl passte auf, sah aber nichts. Hunderte von Lachsen könnten dort draußen sein, aber dies schien unmöglich. Land meilenweit weg, ein Saum in der Ferne, und dieses ganze offene Wasser. Nicht jeder kleine Flecken Wasser konnte so bevölkert sein. Fischen hatte nach seinem Eindruck viel mit Glauben zu tun. Oder mit Verzweiflung.

Die Reihe der weißen Schwimmer so stramm, dass sie aus dem Wasser ragte, als das Tal einer großen Welle durchrollte.

Wir befinden uns am Rand einer Kabbelung, sagte Mark und deutete darauf. Siehst du die Baumstämme?

Carl konnte einige Baumstämme und kleineres Treibholz sehen, das Wasser dunkler auf der anderen Seite, getrennt durch eine dünne Schaumlinie. Sehe ich, sagte er.

Die Fische dümpeln an der Kabbelung. Wir können nicht direkt rein, sonst versauen wir mit dem ganzen Holz unsere Ausrüstung, aber wir versuchen, dicht an den Rand zu kommen.

Lass uns ans andere Ende, sagte Dora am Steuerruder.

Sie ging in den Leerlauf und dann langsam in den Rückwärtsgang, als Mark ans Heck trat. Er nahm noch eine orange Boje von der Reling, drehte die Taue um, und sie waren bereit.

Sie legte den Vorwärtsgang ein und wendete, um am Netz entlang zu fahren.

Maschentest, rief Mark Carl übers Motorgetöse zu. Das kann man bei anderen Fischern auch machen, um zu sehen, ob was reingekommen ist.

Carl blickte auf das Netz, das neben ihnen vorüberzog, und sah nichts.

Noch kein Glück heute, rief Mark.

Am anderen Ende des Netzes hob Mark mit einer Stange die gelbe Bojenreihe aus dem Wasser. Er zog sie rasch hoch, klammerte das Schlepptau ans Netz, löste die Boje, und Dora legte erneut den Gang ein, um langsam das Netz zu ziehen und zu straffen.

Carl hielt sich am Türpfosten fest und dachte an all die Möglichkeiten, auf diesem Boot eine Hand zu verlieren, verheddert in einem der vielen gespannten Taue, alles nass und glitschig und in Bewegung, und heute war ein schöner Tag, große Wellen von einem fernen Sturm, aber kein Wind. Er konnte sich diese Arbeit nicht in rauem Klima vorstellen, wusste allerdings, dass Mark und Dora bei jedem Wetter rausfuhren. Doras Lizenz galt nur für bestimmte Tage, normalerweise montags und donnerstags.

Dora zog noch eine Viertelstunde am Netz, ging dann in den Leerlauf und rief Mark zu, er solle es einholen. Mark stand am Heck mit einem Fuß auf einem Brett, das mit einem hydraulischen Hebel verbunden war. Marke Eigenbau, um die Arbeit zu beschleunigen. Als er darauftrat, wurde die Winsch angekurbelt und Netz und Schwimmer wurden über die Aluminium-Heckführung gezogen, eine abgerundete Platte mit zwei Pfosten. Dora stand auf der anderen Seite des Netzes, und beide schoben und zogen, damit es gleichmäßig aufgerollt wurde.

Carl, der Ausschau nach Fischen hielt, konnte nachempfinden, weshalb man sein Leben hier draußen verbrachte. Es ging nicht um Geld oder um Verzweiflung.

Es war ein Mysterium. Die Frage, was da unten war, was in diesem Netz war. Sie konnten nichts haben oder Hunderte von Lachsen. Oder sie konnten irgendwas anderes Großes haben, das im Meer lebt. Man konnte an Ungeheuer glauben, wenn das Netz groß genug war. Das Meer unermesslich, doch einen kleinen Teil davon fingen sie ein.

Mark behielt den Fuß auf dem Brett, die Trommel zog fest an. Carl fragte sich, ob das Boot unter dem Druck bocken konnte. Das Netz kam tropfend aus dem Wasser und spulte sich auf. An diesem Punkt, so schien es, konnte alles kippen, die Taue reißen oder die Trommel splittern. Carl trat von der Tür zurück, hielt sich irgendwo fest und zog sich an die Seite zurück. Er wollte nicht im Weg stehen, wenn etwas riss oder wegpeitschte. Am schlimmsten war der Druck, wenn das Heck von einer Welle angehoben wurde. Eine unglaubliche Spannung.

Fühlt sich leicht an, rief Mark Dora zu, aber für Carls Empfinden fühlte es sich an, als würde das Boot auseinanderkrachen, als hätte es ein Rückgrat, das biegen und schließlich brechen konnte.

Ein einsamer Lachs kam mit dem Netz über die Bordkante, und Mark nahm den Fuß vom Brett. Schnell packte er den Fisch und zupfte ihn mit einer zügigen Abwärtsbewegung aus dem Netz.

Dann wieder leeres Netz, lange Umdrehungen der Spule mit nichts, nur ein bisschen Seetang, wie kleine braune Meeressträuße, und schließlich noch ein Lachs, silbrig und schmalgesichtig, dunkler Rücken, aufs Deck geworfen in sichtbarer Enttäuschung.

Nullnummer, sagte Mark zu Dora, und Carl begriff, dass alles auf Marks Schultern lastete. Gab es keinen Fisch, war er schuld. Ein Tag auf dem Wasser war bares Geld, ausgegeben für Diesel und die Lizenz und die Kosten des Bootes, und das Netz konnte auch nur soundsooft ausgebracht werden.

Mark rollte das restliche Netz auf, bis die Boje über die Spule kam. Die nahm er ab. Dora kletterte auf die Flybridge, legte wieder den Gang ein und steuerte neue Gewässer an.

Carl ging zurück zur Tür. Tut mir leid, rief er Mark zu. Zu blöd.

Mark antwortete nicht. Noch am Räumen auf dem Achterdeck, das jetzt von weißem Kielwasser gerahmt war. Er nahm einen Lachs bei den Kiemen, steckte den Finger hinein, dass es ploppte, und warf den Fisch in eine Seitenwanne. Das Gleiche machte er mit dem anderen Lachs, dann spritzte er mit einem Schlauch das Deck ab. Danach kam er zu Carl, und er sah nicht unglücklich aus.

Alles locker, Kumpel, sagte er. Hast du Lust, mir beim Fischesuchen zu helfen?

Klar, sagte Carl. Er hatte keine Ahnung, was Mark damit meinte.

Komm mit nach oben, sagte Mark, und Carl kletterte hinter ihm die Leiter hoch. Dora salutierte gespielt und ging hinunter.

Carl übernahm das Steuer, Mark setzte sich neben ihn auf die Bank und zeigte die Richtung an. Zu den Booten ganz da hinten, sagte er.

Was hat da vorhin so geploppt?, fragte Carl.

Was?

Als du in die Kiemen gegriffen hast, dieses Ploppen.

Ach so, hab bloß die Kiemen geploppt, damit der Fisch ausblutet. Einfachste Art, ihn zu töten, und wenn das ganze Blut weg ist, gehen sie viel sauberer in den Tank. So kriegen wir einen höheren Preis.

Dann sprach Mark ins Funkgerät, plauderte einfach mit seinen Freunden da draußen, anderen Fischern, erkundigte sich nach ihrem Befinden, verabredete sich mit ihnen, lud sie in die Sauna ein. Er wirkte entspannt und beiläufig für jemanden, der heute überhaupt keinen Fisch gefangen hatte. Hin und wieder blickte er durch den Feldstecher.

Die Slippery Jay zu steuern, war wie ein Fahrrad mit losem Lenker zu steuern. Carl schlug eine Richtung ein und fühlte, dass das Boot noch immer in die andere Richtung fuhr. Dann schwenkte es zu weit um. Er fuhr kreuz und quer, peinlich, aber Mark schien es nichts auszumachen. Plauderte immer noch mit seinen Freunden.

Dann zeigte Mark nach links. Er legte das Mikro hin. Da drüben, sagte er. Richtungswechsel. Die beiden weißen Boote genau dort.

Die hier näher dran?, fragte Carl. Er drehte das Ruder.

Ja.

Da sind die Fische?

Ja. Genau da töten sie gerade Fische, genau jetzt.

Das hat dir einer der Freunde erzählt?

Ja.

Aber ich hab gar nichts gehört.

Die Unterhaltung über Bier. Keine Codewörter und nichts, bloß ein Gespür für das, was gesagt wird. Wir wollen nicht, dass jemand anders was mitkriegt. Dann würde ja jedes Boot aus der Gegend herkommen.

Wow, sagte Carl.

Tja, ist ziemlich James-Bond-mäßig hier draußen, sagte Carl lachend. Er blickte wieder durch den Feldstecher und betrachtete die Gruppe von Booten, auf die sie vorher zugesteuert waren. Einige kommen her. Sie haben es auch kapiert. Warten vielleicht nur drauf, dass wir wenden. Wir müssen schnell unser Netz ausbringen.

Carl sah kurz zurück, konnte aber aus dieser Entfernung nichts sehen. Die ganze Unternehmung wirkte jetzt dringend. Kennst du sie?, fragte er Mark.

Russische Boote, sagte Mark. Größer, vierzehn Meter, mit zwei Lizenzen, also haben sie einen extra Schäkel, vierhundert Meter Netz.

Russen?

Inzwischen wohl Alasker, sagte Mark. Aber russisch. Zwei Gemeinden hier, eine in der Nähe von Ninilchik. Gute Fischer, also brauchen sie uns normalerweise nicht. Haben wohl heute einen flauen Tag. Für gewöhnlich bleiben sie unter sich, ganz geschlossene Gemeinden, alles Familie, alles Fischer und Bootsbauer, höchste Fischerquote pro Kopf von allen Bevölkerungsgruppen hier.

Also sind sie die Besten?

Mark lachte. Die Norweger sind ganz üble Fischkiller. Hinten auf der anderen Seite der Bucht. Ortschaften, die man nur per Wasserflugzeug oder Boot erreicht. Sie haben die Kühe befruchtet und die Bullen getötet.

Wie bitte?

Entschuldigung, sagte Mark. Das ist ziemlich derb und politisch unkorrekt. Das sagt man so hier. Die Norweger haben die ganzen Aleutenfrauen geschwängert und die meisten Männer umgebracht, also tragen in diesen Ortschaften alle norwegische Nachnamen, Knudsen und so was. Praktisch keine aleutischen Nachnamen. Ich habe mal einen Sommer in so einem Ort gearbeitet, als Tischler, und das sind echte Fischkiller. Erbe von beiden Seiten. Und sie haben ihre eigenen Gesetze.

Was soll das heißen?, fragte Carl. Das Boot erschien ihm wahnsinnig langsam. Schlingerte über die Wellen, kam nirgendwo schnell vorbei. In der Zwischenzeit holten die Russen auf, das wusste er. Er verstand den Reiz dieser schnellen Aluminiumboote mit ihren Benzinmotoren.

Da war mal ein Junge, sagte Mark, ein Teenager, den irgendwas geärgert hatte – und in so einem Ort kann man sich bestimmt über vieles ärgern, Inzest und so, wer weiß, was da abläuft –, also hat er seine Tante beklaut, nichts Großes, aber dann klaut er jemandem den Geländewagen, fährt ihn an den Strand und schließlich rein ins Wasser. Hat ihn unter den Wasserspiegel gesetzt. Aber natürlich hat sich keiner was vormachen lassen. Sie haben ihn mitten ins Dorf geschleift und einen Fischsack übergestreift, dann sind alle Männer mit

Fischtötern auf ihn los. Sein eigener Vater hat ihn mitten auf den Kopf gehauen. Und ich steh da und frag mich, ob ich da gerade einen Mord beobachte, und ich glaube, ja. Ich habe nie nachgefragt. Ich war bloß da, um beim Hausbau zu helfen. Das war's.

Scheiße, sagte Carl.

Ich gebe Dora Bescheid, sagte Mark. Sie kommt hoch und übernimmt hier. Du hältst dich einfach zurück, und wenn wir Fisch fangen, kannst du mir wieder beim Einsammeln helfen.

Das Wasser nicht mehr türkis. Heute ein dunkles, dunkles Blau, mit Schwärze darin, einer Klarheit, kein treibender Gletscherschlick. Irene verstand nicht, wie es sich innerhalb eines Tages so vollkommen verändern konnte. Ein anderer See jetzt. Noch eine Metapher für das Ich, jede neue Version stellte alle vorangegangenen in Frage. Heute war sie nicht mehr wie vor zwei Wochen, vor den Kopfschmerzen, neulich nicht wie vor zwei Monaten, vor dem Ruhestand, im Klassenzimmer mit den Kindern. Und damals war sie nicht wie zuvor, als ihre eigenen Kinder noch zu Hause wohnten, bevor sie aus ihrem täglichen Leben verschwanden, und damals war sie nicht wie zu der Zeit, bevor sie und Gary hierher kamen, voller Hoffnung, oder in der Zeit kurz davor, auf sich gestellt mit einer Ausbildung und einer Arbeit, endlich frei, ein lichter Moment, in dem alles möglich war. Und damals wiederum war sie nicht das ungewollte Ding, das sie so viele Jahre gewesen war, dem vergessene Ecken in ungenutzten Zimmern oder sogar auf Dachböden oder, in einem Fall, im Keller gewährt wurden, und schon da war sie – im Grunde niemand, eine Art Geist – nicht wie an jenem Tag, da sie in dem Glauben nach Hause kam, sie habe noch eine Mutter.

Die Luft warm und schal, ungeladen. Das Ufer diesig,

Sitkafichten mit ihren seltsam knorrigen Verrenkungen wie ein ramponierter Wald, eben einer Naturkatastrophe entronnen, freigelegte bloße Felsen. Die Knöchelsteine nannten sie einen Flecken. Alles hier riesig und zugleich zu klein, beengt das Leben unter diesem Berg.

Gary wie immer vollkommen absorbiert, gefangen in seinem Kampf mit der Blockhütte, ohne Irene wahrzunehmen, ohne eine Ahnung, was sie letzte Nacht durchgemacht hatte, schlaflos, ohne eine Ahnung, wie sie sich jetzt fühlte, im Kopf drehte es sich wie ein Kreisel in aberwitziger Geschwindigkeit. Er dachte, sie erfand den Schmerz, dachte, er sei nicht echt. Sie saß im Boot direkt vor ihm, mit dem Gesicht zu ihm, er aber brachte es fertig, während der ganzen Überfahrt nach vorn zu blicken, ohne sie überhaupt zu sehen. So, unter anderem, ließ er sie verschwinden.

Als sie ankamen, kletterte Irene heraus und half, den Bug weiter an Land zu ziehen. Kaltes Metall selbst an einem warmen Tag.

Sie liefen über Blaubeeren und abgestorbene Äste, um ein Erlendickicht herum zum Podest und den Rechtecken aus Baumstämmen, die sie gebaut hatten, die Lagen der Hütte. Gary schob ein Stück Holz hochkant unter die Stelle, an der er den Hammer ansetzte, Irene hockte sich auf die Baumstämme, um sie zusammenzudrücken, und der fünfundzwanzig Zentimeter lange Nagel drang tief in den oberen Stamm ein.

Dann tat sich ein Spalt auf, ein Riss zu beiden Seiten des Nagels, ein Splittern.

Verdammt noch mal, sagte Gary. Aber er hämmerte

weiter, bis er tief im unteren Stamm angelangt war und die beiden Lagen fest zusammenhielten. Er schlug auf den Nagel, bis der Kopf im Holz versenkt war.

Okay, sagte Gary. Geht so.

Sie nahmen sich die nächste Seite vor, und Gary hämmerte wieder, verbissen, das Gesicht alt, so viele Falten. Verloren in seiner Arbeit, der Blick leer. Und Irene konnte es ihm nicht verdenken. Sie verstand seinen Wunsch nach Vergessen. Momentan allerdings wurde sie an sich erinnert. Jeder Hammerschlag ein Stich hinters rechte Auge, eine wellige rote Schliere, die aufwärts schoss wie in einem Comic, und sie dachte, sie würde ohnmächtig werden, was aber nicht passierte. Sie konnte durchhalten, es aussitzen. Es würde nicht ewig dauern. Sie nagelten alle vier Seiten fest und traten dann einen Schritt zurück, um ihr Werk zu bewundern.

Nicht schlecht, sagte Gary. Und es stimmte. Die Lücken hatten sich geschlossen. Höchstens mal ein Zentimeter, nichts, was Kitt oder Mörtel nicht beheben konnten.

Sie schleppten eine dritte Lage herbei, nasses Holz, vier Stämme, und Gary schlug wieder Nägel ein. Irene stand dahinter und dachte, dass es schnell gehen könnte. Vielleicht brauchte es gar nicht so lange, eine Hütte zu bauen.

Wie machen wir denn die Tür?, fragte sie Gary. Und die Fenster.

Gary hörte auf zu hämmern und richtete sich auf. Schwer atmend. Ach ja, sagte er. Wir brauchen eine Tür. Und mindestens ein Fenster, um auf den See zu gucken.

Genau, sagte Irene.

Gary setzte sich rittlings auf die Blockwand, ein Knie auf dem Podest. Ich glaube, wir schneiden sie einfach aus. Wenn wir an der oberen Kante sind, wo ein Fenster oder eine Tür hin sollen, säge ich die Stämme ab.

Okay, sagte Irene. Und wir kaufen ein richtiges Glasfenster mit Rahmen und eine Tür?

Klar, die kaufen wir erst, und dann säge ich die Lücken aus.

Gary hämmerte weiter, und Irene legte sich auf ein Farnbett. Schlaf eine schwere Hülle, die nie richtig zuging, Schmerz überall in den Ritzen. Rhoda würde heute Abend wieder Schmerzmittel mitbringen. Das hatte sie versprochen. Irene hatte noch eine Tablette übrig und versuchte, so lange wie möglich durchzuhalten. Scharfer Geruch nach Farn und Erde, dunkel und würzig, darauf konzentrierte sie sich, versuchte, Schlaf an den Geruch zu hängen, aber sie kam nicht davon, konnte sich nicht lange genug ablenken, um zu vergessen. Und es war unerträglich, in einer Position zu verharren, zu spüren, wie sich der Druck aufbaute.

Was machst du da?, fragte Gary.

Irene setzte sich auf. Ich muss das loswerden, sagte sie. Diesen Schmerz. Ich verzweifle allmählich.

Das müsste doch jetzt mal vorbei sein. Der Arzt hat gesagt, ein paar Tage, höchstens eine Woche, und dann bist du drüber weg.

Ich konnte letzte Nacht nicht schlafen. Nicht mal eine Minute. Nicht mal mit Tramadol.

Was?

Ja, bis das weggeht, schlafe ich vermutlich gar nicht mehr.

Das verstehe ich nicht.

Tja. Ist aber so.

Gary ging zu ihr, kniete sich neben sie und hielt mit beiden Händen ihren Kopf fest. Du weinst ja, sagte er.

Nein. Bloß Tränen. Das passiert jetzt dauernd. Macht mein Körper automatisch.

Wir müssen rausfinden, was dir fehlt, sagte er. Irgendwas stimmt doch da nicht.

Halleluja.

Er zog die Hände zurück. Sei nicht so.

Na ja, sagte sie. Wird langsam Zeit, dass du mir glaubst.

Entschuldige. Wir finden einen anderen Arzt. Einen Spezialisten. Vielleicht fahren wir morgen mal nach Anchorage.

Sie schlossen ihre Tagesarbeit ab, Gary endlich aufmerksam, half ihr über den Bug ins Boot, behielt sie auf dem Rückweg im Auge. Sie versuchte zu lächeln. Danke, sagte sie im Motorenlärm, aber er hörte sie nicht, und sie konnte sich zu keinem zweiten Versuch aufraffen.

Zu Hause ruhte sie sich im Schlafzimmer aus, während er Essen machte. Nahm ihre letzte Tramadol, wartete auf Rhoda. Und schlief beinahe ein. Sie sank tiefer und tiefer, kam aber nicht ganz von der Oberfläche weg. Dann hörte sie Rhoda vorfahren. Die Haustür, Gary im Gespräch. Die Schlafzimmertür, und Rhoda war bei ihr.

Wir bringen dich nach Anchorage, sagte Rhoda leise. Jim telefoniert gerade, um jemanden zu finden, und er hat dir Codein verschrieben, damit ich keine Tramadol mehr klauen muss.

Irene hatte Mühe, zum Sprechen aus sich hervorzukommen. Tiefer unten, als sie angenommen hatte. Danke, sagte sie schließlich. Jim ist ein feiner Kerl.

Ja, sagte Rhoda. Das ist er.

Rhoda half ihr, sich aufzurichten, und nahm ihren Arm, um sie beim Aufstehen zu stützen.

So schlimm ist es noch nicht, sagte Irene. Gehen kann ich.

Okay.

Das Problem ist der Kopf, nicht die Beine. Ich bin nicht im Pflegeheim. Ich bin fünfundfünfzig.

Okay, Mom, sagte Rhoda. Herrgott.

Entschuldige, Rhoda. Auf dich habe ich immer zählen können. Du hast immer geholfen, selbst als du klein warst. So bist du einfach, das hat nichts mit mir oder deinem Vater zu tun.

Danke, Mom.

Dann waren sie im Wohnraum, wo Gary Pasta und Salat auf den Tisch gestellt hatte.

Der Mann, mein Ehemann, sagte Irene. Hat das Abendessen bereitet. Danke.

Gary sah aus, als wüsste er nicht, was er dazu sagen sollte. Er wirkte etwas vor den Kopf gestoßen. Schlechtes Gewissen, dachte sie, ein weiteres Signal künftigen Betrugs. Vor den Kopf gestoßen, leichtes Sträuben der Nackenhaare beim Wort Ehemann. Kalt erwischt, weil er sich eingebildet hatte, unbemerkt zu entkommen, sie irgendwie abhängen und verschwinden zu können.

Das sieht toll aus, Dad, sagte Rhoda.

Ist bloß Pasta, sagte er. Wie geht es dir, Reney?

Ich bin froh, euch beide hier bei mir zu haben, sagte Irene mit Blick auf Gary und dann auf Rhoda.

Jim hat dir auch ein Schlafmittel verschrieben, sagte Rhoda. Dad hat gesagt, du konntest letzte Nacht nicht schlafen.

Sie kann nicht schlafen, sagte Gary. Sie muss schlafen können.

Irene probierte die Pasta. Der Appetit verflogen. Ihr war egal, ob sie jemals wieder aß. Machte die Augen zu und spürte, wie sie nach und nach hineingezogen wurde in ihre Mitte, als wäre sie die Schwerkraft selbst. Fleisch, das ins Nichts floh.

Was ist los, Mom?

Die Medikamente. Ich krieg nichts runter.

Mom, sagte Rhoda und rutschte näher, nahm Irenes Arm. Gary jedoch blieb, wo er war. Er hatte noch nie gewusst, wie er sie umsorgen sollte, und diese Situation würde daran nichts ändern. Irene wäre auf sich gestellt wie schon ihr ganzes Leben.

Meine Mutter hatte auch schreckliche Kopfschmerzen, sagte Irene.

Rhoda und Gary merkten jetzt beide auf.

Sie sagte, ihr tut der Kopf weh, aber ich wusste nicht, was es war. Ich sollte dann immer still sein, und das war ich. Ich war still. Tagelang habe ich keinen Laut von mir gegeben. Ich war ja noch ein Kind, das war also nicht so einfach.

Nun waren Rhoda und Gary still, und Irene machte die Augen zu. Sie wollte das Gesicht ihrer Mutter sehen. Doch wieder sah sie nur das eine, die Gestalt ihrer Mutter, in der Luft hängend, eine Gestalt, die nicht ihre Mutter sein konnte, und das wollte sie nicht sehen, also machte sie die Augen wieder auf.

Rhoda fuhr beunruhigt weg, ohne ihre Unruhe benennen zu können. Seltsames Gebaren ringsum. Ihre Mutter, ihr Vater, Jim. Keiner von ihnen so, wie er sein sollte. Und wo blieb sie dabei? Ihr Leben hing von ihnen ab.

Was war mit ihren Wünschen? Scherte das einen von ihnen auch nur einen feuchten Dreck? Es kotzte sie an, was besser war als diese Unruhe. Sie riss das Steuer zur Seite, riss es zur anderen Seite, würgte ihre Schrottkarre zickzack den Kiesweg hinunter, und da ging es ihr schon etwas besser. Los, Kakerlake, los, sagte sie.

Sie nahm die Ausfahrt zum unteren Ende des Sees und schlitterte zu Marks Haus hinauf.

Hey, du Arsch, sagte sie, als er an die Tür kam. Es war spät, und er sah müde aus oder bekifft.

Wie reizend.

Nicht ein einziger Besuch, sagte sie. Du konntest nicht ein einziges Mal rübergehen und nachsehen, wie es ihr geht?

Wie geht es ihr?

Sie ist tot.

Na, das ist doch eine Erleichterung, irgendwie, sagte Mark. Die Bürde ihres Unmuts und so weiter. Ihren Früchtekuchen werde ich allerdings vermissen und eine gewisse mädchenhafte Hoffnung.

Rhoda trat ihm mit ihrem Stiefel ans Schienbein, so kräftig, dass er jaulend hinfiel. Sie lief zu ihrem Wagen zurück, bevor Karen sich einmischen konnte.

Pfannkuchen und Dosenpfirsiche, als sie nach Hause kam, wenigstens das eine Rückkehr zur Normalität. Jim an der Küchenanrichte, das Klappern der Gabel in der Dose.

Ihr bekommt alle eine Verwarnung, sagte sie.

Wie bitte?

Ihr benehmt euch merkwürdig.

Alle?

Du und Mom und Dad. Ihr seid alle Freaks. Mein Bruder ist ein nichtsnutziger Arsch, aber ihr bringt mich alle drei um den Verstand.

Was hab ich denn gemacht?

Keine Ahnung, sagte sie. Aber es ist nicht gut. Hör auf damit.

Jim sah gekränkt aus. Ich habe für deine Mutter rumtelefoniert, sagte er. Das ist alles.

Entschuldigung, sagte Rhoda. Sie blieb einen Augenblick stehen, um runterzukommen. Ihr war, als würde sie sprinten, ihr Herz raste. Sie wollte, dass Jim sie in die Arme nahm, um sie zu erden, aber er stand nur da, abwesend. Meine Mutter hat mir irgendwie einen Riesenschreck eingejagt, sagte sie schließlich.

Womit denn?

Rhoda warf ihre Jacke ab und setzte sich auf einen der Barhocker. Das klingt jetzt bestimmt verrückt, sagte sie. Aber sie kann nicht schlafen, sie kann nicht essen, sie hat die ganze Zeit diese Schmerzen, und so verlässt sie uns. Sie geht irgendwohin weg in ihrem Kopf, zurück in ihre Kindheit, zu ihrer Mutter, und ich habe das Gefühl, sie ist schon verschwunden.

Könnte an den Medikamenten liegen.

Könnte. Das ist es aber nicht. Sie geht irgendwohin zurück, wo es ihr nicht gut tut.

Ich habe jedenfalls einen guten Arzt für sie gefunden. John Romano, den besten HNO-Arzt in Alaska.

In Anchorage?

Ja. Morgen ein Uhr.

Wie teuer ist der?

Er ist der teuerste, aber auch der beste und ist bereit, für deine Mutter die Hälfte zu berechnen. Alles für die Hälfte, selbst wenn sie am Ende eine OP braucht.

Eine OP?

Ja, Nebenhöhlen. Das kommt ziemlich häufig vor.

Rhoda stand auf und umarmte Jim. Danke, Jim, sagte sie. Und tut mir leid, dass ich dich angeblafft habe. Ich habe einfach Angst. Jim nahm sie in den Arm und legte ihr eine Hand in den Nacken, wie sie es gern mochte. So fühlte sie sich geborgen.

Wie alt war sie, als ihre Mutter sich umgebracht hat?, fragte Jim.

Zehn. In Rossland, British Columbia. Sie kam eines Tages aus der Schule und ging ins Haus und hat sie gefunden. Aber sie spricht nicht darüber. Vor ein paar Wochen hat sie mir erzählt, wie es war, an dem Tag auf das Haus zuzugehen. Das erste Mal überhaupt, dass sie mir das erzählt hat. Dass Schnee lag und wie der Anstrich ausgesehen hat. Irgendwas passiert mit ihr, schon vor den Kopfschmerzen. Sie wird ganz paranoid und seltsam und meint, dass Dad sie verlassen will.

Er verlässt sie?

Nein. Sie sieht Gespenster.

Hm, sagte Jim.

Lass uns nicht mehr drüber reden, sagte Rhoda. Lass uns über was Schönes reden. Lass uns darüber reden, was wir gern für eine Hochzeit hätten.

Okay, sagte Jim, ließ die Arme sinken und klopfte ihr leicht auf den Rücken.

Rhoda holte die Kataloge der Hotels auf Kauai, und sie setzten sich gemeinsam auf die Couch.

Dieses hier gefällt mir, sagte sie und schlug einen großformatigen Katalog auf, Meeresblicke und grünschwarze Berge mit Wasserfällen. Princeville in der Hanalei Bay. Hör dir das an. *Die Ewigkeit beginnt hier. Während die Sonne den Horizont küsst und Sie in goldenes Licht gebadet werden, wird Ihr Gelübde von unendlichen Passatwinden davongetragen und über Millionen Meilen pazifischen Ozeans verstreut.*

Klingt nicht schlecht, sagte Jim.

Wäre nicht so übel, sagte Rhoda. Ewigkeit und so weiter. Sieh dir diesen Pool an. Unendlichkeit, passend zur Ewigkeit.

Die Zimmer sehen auch nett aus. Teuer?

Rhoda ließ den Katalog sinken und sah Jim an. Der Preis spielt doch keine Rolle, oder? Das ist unsere Hochzeit. Die findet nur einmal statt.

Schon, sagte Jim. Nehm ich mal an.

Rhoda stieß ihm den Ellbogen in die Rippen, aber

sanft, und schlug den Katalog wieder auf. Und unser Tanz?, fragte sie. Wir müssen vielleicht nach Anchorage zum Unterricht. Ich glaube nicht, dass es hier so was gibt.

Anchorage?

Ich will einfach, dass es Stil hat, sagte sie. Seine Reaktionen gefielen ihr nicht. Vielleicht sollten wir ein andermal drüber reden.

Entschuldigung, sagte er.

Schon gut.

Das ist nur alles so ungewohnt.

Ist gut. Wir sind ja noch nicht mal verlobt. Ich denke halt gern darüber nach.

Jim wusste nicht, was er darauf antworten sollte. Rhodas trauriger Blick hinab in den Katalog, und ihm war, als müsste er auf der Stelle um ihre Hand anhalten, den Augenblick nutzen, aber er hatte keinen Ring. Und da gab es noch Monique. Eine unmögliche Situation. Also sagte er nichts. Er blickte auf den Katalog, und sie blätterte ihn langsam durch, und keiner sah den anderen an.

Carl war das Geld ausgegangen. Keine zehn Dollar mehr. Er musste den Campingplatz verlassen, also saß er in seinem Zelt und stopfte seinen billigen nassen Schlafsack in den Beutel, dann fragte er sich, was er mit Moniques machen sollte. Ihrer war neu, silber und grün in einem wasserdichten Biwaksack. Viel dicker und wärmer als seiner, aber auch leichter. Unbeschwerter durchs Leben. Carl legte sich auf ihren Schlafsack, drückte das Gesicht ins eingenähte Kissen, atmete tief ein. Und dann weinte er wieder hemmungslos. Er wusste nicht, wie er damit aufhören sollte. Rau und schmerzhaft, kein hilfreiches Weinen, keine Erleichterung. Dabei war sie nicht mal nett zu ihm gewesen. Er verstand das nicht.

Er zog seine Jeans aus, schlüpfte in ihren Schlafsack, zog den Reißverschluss zu und rollte sich ein. Der nächste Heulkrampf, sein Herz ein schrecklicher Knoten. Er fragte sich, wie lange das noch so gehen sollte. Er wollte, dass sie zurückkam. Er wollte, dass sie sich auf ihn legte, am Boden hielt. Monique, sagte er.

Leere in ihm, nichts als Leere. Kein Inhalt. Sie hatte irgendwie seine Mitte weggesprengt. Er sah ihr Gesicht vor sich, wie es damals war, als sie zum ersten Mal zusammenkamen, als es so schien, als ob sie ihn liebte. Ihr Lächeln ein wenig zaghaft sogar, als wäre auch sie nervös.

Carl tat sich unendlich leid, ein grenzenloses Leid, und er lag stundenlang da, bis der Campingplatzleiter kam, um ihm zu sagen, er müsse jetzt gehen oder bezahlen.

Entschuldigung, brachte Carl zwischen Schluchzern heraus. Ich gehe ja schon. Nur ein paar Minuten noch.

Jetzt sofort.

Okay. Ich gehe ja schon.

Jetzt.

Carl kroch aus Moniques Schlafsack und in den leichten Nieselregen, schutzlos und frierend unter dunklem Himmel. Er zog beide Rucksäcke heraus und baute das

Zelt ab. Musste sich wieder schnäuzen, weil er so eine Heulsuse war.

Sein Rucksack war schwer, fast dreißig Kilo, und Moniques Rucksack, den er jetzt an den Riemen hochhob, wog um die zwanzig. Carl richtete sich auf und schulterte ihn von vorn. Geriet etwas ins Rutschen, stieß mit dem Gesicht ans Gestell und verschränkte unten die Hände. Fünfzig Kilo Rucksack, und selbst wog er gerade mal fünfundsechzig, daher wusste er nicht, wie weit er kommen würde. Er musste sich zur Seite drehen, um zu sehen, wohin er ging, dann blind geradeaus laufen, dann wieder den Weg prüfen.

Carl wankte zum Ausgang und einen Kiesweg hinunter zum Highway. Niesel und Wind. Ihm war, als würden seine Knie mit den Schenkelknochen verwachsen, sein Kreuz knirschte, die Arme brannten.

Es war ein langer Weg den Kiesweg hinunter, und als er den Gehsteig erreichte, warf er beide Rucksäcke ab, worauf er sich fühlte, als würde er in die Luft springen, Schwerkraft ausgesetzt. Wow, sagte er.

Er streckte den Daumen raus, als ein Truck vorbeibrauste. Nie und nimmer konnte er diese beiden Rucksäcke drei Stunden in die Stadt schleppen.

Mehrere Autos fuhren vorbei, ohne ihr Tempo zu drosseln, und er merkte, dass er sie ein paar Minuten lang vergessen hatte. Das war der Schlüssel. Er musste sich beschäftigen. Er brauchte einen Job. Geld habe ich ja auch keins, sagte er laut. Vielleicht konnte Mark ihm etwas besorgen.

Rhoda beschloss, ihre Eltern nach Anchorage zu begleiten. Ich kann mir freinehmen. Ich muss jetzt für meine Mutter dasein.

Okay, sagte Jim.

Morgen bin ich zurück. Wir bleiben über Nacht.

Als Rhoda gegangen war, holte Jim Monique vom King Salmon Hotel ab und fuhr mit ihr nach Hause. Sie trug Jeans und Stiefel und ihre alte Daunenjacke. Setzte sich auf einen Barhocker und betrachtete das, was bei entsprechendem Himmel eine Aussicht gewesen wäre.

Sieht aus, als könntest du eine neue Jacke gebrauchen, sagte Jim.

Die hat meinem Dad gehört.

Oh.

Macht nichts, sagte sie. Mir egal. Bloß eine kleine Sentimentalität. Ein bisschen ist erlaubt.

Klar, sagte Jim.

Ich langweile mich zu Tode, sagte Monique. Ich glaube, ich muss zurück nach D.C. Hier ist ja nichts.

Ich bin hier.

Tja.

Das klang nicht gut.

Mir ist einfach langweilig. Vielleicht nehme ich ein Bad.

Also saß Jim schmollend auf der Couch, während sie

badete. Über eine Stunde war sie dort drin. Er dachte praktisch die ganze Zeit an Sex, und als sie rauskam, wirkte sie fröhlicher. Sie trug ein weißes Handtuch um den Kopf, sonst nichts. Lang und makellos. Sie kam herüber und setzte sich auf einen Polsterschemel, aufrecht mit geradem Rücken, und er fand, dass selbst ihre Haltung Klasse verriet.

Ich bin noch nie für Sex bezahlt worden, sagte Monique. Die Vorstellung, bezahlt zu werden, macht mich irgendwie an. Ich glaube, dann würde ich auch Dinge tun, die ich sonst nicht tun würde, und das macht mich noch mehr an.

Geld?, fragte Jim.

Genau, Geld. Das macht es interessant, glaube ich. Muss aber eine ordentliche Summe sein. Hol fünftausend in Hundertern. Das deckt den Nachmittag ab, glaube ich.

Fünftausend?

Jetzt, sagte sie. Und bring ein bisschen Eis mit. New York Superfudge Chunk. Und was immer du magst. Bondage, Spielzeug, Verkleidung, perverses Zeug, worauf immer du stehst. Mach's spannend. Und bring noch mehr Kleingeld mit, falls du auch den Abend willst.

Ist das dein Ernst?

Bist du über vierzig? Bin ich dreiundzwanzig? Hast du ein Muffinhäubchen? Habe ich mich rasiert?

Dieser Ton ist nicht notwendig.

Raff's endlich.

Ich glaube, das gefällt mir nicht.

Und wieso kriegst du dann einen Ständer, sobald du

mich siehst? Ich glaube, es gefällt dir durchaus. Und ich glaube, heute fangen wir mal damit an, dich am Hundehalsband rumzuführen. Du wirst kriechen und betteln, bevor ich dir gestatte, mich zu bezahlen. Komm ja nicht ohne Hundehalsband zurück.

Hast du sie noch alle?

Schön, sagte sie. Dann ziehe ich mich jetzt an. Und sie ging zurück ins Schlafzimmer.

Was geht hier vor?, fragte Jim.

Ich ziehe mich an, sagte Monique. Dann fahren wir zur Bank, wo du mir fünftausend abhebst, dann in mein Hotel, um meine Sachen abzuholen, vielleicht zum Campingplatz, wobei ich mir das wahrscheinlich schenke, und danach zum Flughafen, wo du mir ein Ticket kaufst. Wir können am Flughafen zu Mittag essen, wenn du magst. Aber ich verschwinde aus diesem Scheißkaff.

Ich mache das nicht. Er stand jetzt in der Tür zum Schlafzimmer und sah zu, wie sie Schlüpfer, BH und Jeans anzog.

Dann erzähle ich Rhoda alles, sagte sie.

Das ist Erpressung.

Nicht ganz. Ich bin eine Treuhandfondsgöre. Ich brauche kein Geld. Ich brauche genau genommen nie zu arbeiten, das ist das Päckchen, das ich zu tragen habe, was du natürlich nicht verstehen kannst. Das ist nämlich ganz schön ätzend. Aber dir will ich einfach nur eine Lektion erteilen. Du hast anscheinend nicht ganz kapiert, was du hier hattest, also helfe ich dir beim Kapieren.

Du kannst zu Fuß zum Flughafen gehen, sagte Jim.

Der Preis ist soeben auf Zehntausend gestiegen.

Jim war so wütend, er hätte sie umbringen können. Zum ersten Mal in seinem Leben hatte er solche Gefühle. Sie war nicht mal irritiert. Zog einfach ihre Stiefel an, als wäre nichts passiert. Als wäre er nichts.

Sie blickte auf und lächelte. Fäuste, sagte sie. Überlegst du, ob du mich schlagen sollst? Würdest du dich besser fühlen, wenn du dich wehrst? Sie stand auf, lächelte noch mehr, ging ein paar Schritte auf ihn zu und trat ihn so schnell, dass er nichts machen konnte. Ihr langes Bein gestreckt, ihr Stiefel in seinem Magen, und er fiel rückwärts in den Flur. Er krümmte sich und bekam keine Luft.

Sie stieg über ihn. Ich warte im Wagen.

Auf dem Weg nach Anchorage schien der Himmel nach unten zu drücken, grau und unstet, dunklere Regenstreifen. Herbst jetzt, nicht mehr lange bis zum Schnee. Die Bäume verfärbten sich bereits.

Rossland war ähnlich gewesen. Ein Fluss und kein Meer, aber die gleichen breiten Gebirgsmassen, dichter Wald, schneebedeckte Gipfel. Der gleiche schwere Himmel, der gleiche kalte Wind selbst im Sommer, böig, ständig Gänsehaut. Irene schloss die Augen und versuchte, sich zu erinnern, versuchte, dort zu stehen, versuchte, flache Bilder in eine Landschaft zu verwandeln, durch die sie nochmals gehen konnte, denn sie hatte fünfundvierzig Jahre im Bemühen zugebracht, zu vergessen. Sie hatte alles auslöschen wollen, und das erschien ihr jetzt als schrecklicher Verlust. Irene wusste nicht recht, was anders war, aber etwas war passiert. Sie wollte sich an ihre Mutter erinnern, wollte sich an ihren Vater erinnern, wollte sich an die Zeit erinnern, da sie zusammengelebt hatten.

Der Klang des Isländischen, nicht flach wie das Englische. Eine Art Musik, längere Vokale, jeder Ton klar, geformt, flüssig oder ein Atemhauch. In dieser Sprache ließ sich die Welt beleben. Ängstlicher, hübscher, niemals leer. Eine seit tausend Jahren unveränderte Sprache, ein Weg zurück in diese Zeit. Genau das hatte Gary angezogen. Ihre Verbindung zu dieser Urzeit, Isländisch heute fast dasselbe wie Altenglisch damals. In dieser Hinsicht war sie für ihn nie wirklich gewesen, sondern nur eine Vorstellung.

Aber sie wollte nicht an Gary denken. Sie wollte ihre Eltern finden, und die blieben Schatten. Wenn sie sie doch hören könnte. Wie war es möglich, jedes Wort zu vergessen, die Stimmen nicht hören zu können, die sie jeden Tag ihrer Kindheit gehört hatte?

Irene versuchte, sich an die Küche zu erinnern, wo sie an ihrem eigenen Tischchen gesessen hatte. Gelb gestrichenes Holz. Grobkörnig. Ihre Mutter an der Spüle, im Kleid, an ein Muster, eine Farbe konnte sie sich nicht erinnern, sie konnte beinahe das Wasser laufen hören, und sie wusste, dass ihre Mutter gesprochen hatte. Kein Gesicht, keine Stimme, ihr Vater sogar noch weiter weg. Und so waren ihr nur Vorstellungen geblieben. Es hatte eine andere Frau gegeben, das wusste sie, wobei sie nicht wusste, woher sie das wusste. In welchem Moment hatte sie das erfahren? Und hatte sie verstanden, was das bedeutete, dass ihr Vater sie beide verließ? Konnte sie das begriffen haben? Die Erwachsenenwelt ein Mysterium und eine Last, so viel wusste sie noch. Eine Verzweiflung so unbeweglich wie ein Berg. Ihre Eltern, die Entscheidungen trafen, ihr Schicksal besiegelten, und jetzt waren sie noch weiter fortgegangen, in mythische Ferne. Verwandelte Geschichten, die Wahrheit nicht zu ermitteln. Eine andere Frau, und ihre Mutter erhängte sich, und ihr Vater für immer weg, und sie sah ihn nie wieder. Aber was für eine Geschichte, die das erklären konnte?

Sie kamen von den Bergen herunter und fuhren am Wasser entlang, Turnagain Arm, ein langer Fjord, Felsen pur zu beiden Seiten, mit weißen Spitzen. Dem Pfad eines urzeitlichen Gletschers folgend, der möglicherweise dieses Tal und diese Bucht gefüllt hatte, wobei Irene nicht wusste, ob das stimmte. Das Wasser war wie ein Fluss, bei stehenden Wellen zwei Meter hoch, die »Sprungwelle« so extrem, dass sie tatsächlich einen Klang hatte, ein tiefes Röhren. Im Winter stockte hier das Eis und brach, tiefe Ströme und Rinnen kerbten sich durch Blöcke, groß wie Autos oder gar Häuser. Keiner draußen auf dem Wasser.

Sie fragte sich, ob Island so war. Sie war nie dagewesen. Sie hatte noch Verwandte dort, aber keinen, der sie je gesehen hatte. Sie wären Fremde, und sie würde nicht mehr mit ihnen sprechen können. Bis zehn hatte sie zu Hause nur Isländisch gesprochen, Englisch in der Schule, aber dann war diese Sprache für sie gestorben.

Auch die Geschichten hatte sie verloren, Kindergeschichten. In der Erinnerung sah sie nur Gestalten in einer Landschaft. Sie hatte ihre Bewegungen und Worte verloren, ihren Sinn. Eine Gestalt im Wald, das Gefühl für den Wald, beängstigend, oder eine Gestalt auf dem Meer, irgendein kleines Boot, ein uraltes Schiff. Ein Steinhaus, aber selbst da war sie sich nicht sicher. Es könnte ein Holzhaus gewesen sein mit einem Steinkamin.

Und Lieder. Die hatte es auch gegeben. Hoffnungslos verloren.

Aber es gab noch Dinge, die sie wusste. Ihre Mutter

hatte schreckliche Schmerzen im Kopf gehabt und um Ruhe gebeten. Wo sie herkamen, das wusste sie nicht. Vom Kummer über den Weggang des Vaters? Waren sie kurzfristig aufgetreten, erst zum Schluss, oder hatte es sich über Jahre hingezogen? War es bloß medizinisch, so etwas, wie Irene jetzt hatte? Und gab es überhaupt so etwas wie bloß medizinisch? Wenn etwas einmal das Leben bestimmte, verband es sich dann nicht mit dem, was man war, auch wenn es nur körperliche Ursachen hatte?

Irene schloss die Augen und versuchte, den Schmerz auszuatmen, ihn tiefer rutschen zu lassen. Dachte sie sich all das über ihre Mutter nur aus? Hatte ihre Mutter wirklich über Schmerzen in ihrem Kopf geklagt? Irene hatte kein Bild vor Augen, keinen Moment, in dem ihre Mutter sich die Stirn gerieben hätte, keinen Beleg. Und ihr Bewusstsein spielte ihr doch immer wieder Streiche. Wenn sie sich an etwas erinnern wollte, fing sie an, sich daran zu erinnern, bis sie nicht mehr wusste, was wirklich war. Zum Beispiel hatte sie eine Erinnerung an ihren Vater. Sie fuhren zusammen Schlitten, einen Holzschlitten mit Metallkufen. Sie stiegen einen riesigen Schneehügel hinauf, ihr Vater trug den Schlitten, und sie lachten. Als sie oben ankamen, legte sich ihr Vater bäuchlings darauf, Hände an der Lenkstange. Irene legte sich auf ihn, schmal und leicht, und schlang die Arme um seinen Hals. Ihr Vater juchzte, und sie fuhren los. Irene schrie vor Angst und Entzücken, und sie flogen in unglaublichem Tempo diesen Abhang hinunter. Aber vom Ende gab es verschiedene Versionen. In einer kippten sie und rutschten und rollten und landeten zusammen lachend in einem Knäuel. In einer anderen fuhren sie so schnell, dass Irene abhob und sich nur mit großer Mühe am Hals ihres Vaters festhalten konnte. Und in einer weiteren kippten sie, knallten hin, und sie weinte. Keines dieser Enden war wirklicher als die anderen, und so hatte es den Anschein, als wäre das Ganze erfunden. Höchstwahrscheinlich hatte es überhaupt nie einen Schlitten gegeben. Sie hatte sonst keine Erinnerungen daran. Die ganze Szene zu idyllisch, eine Winterszene. Der Versuch einer Erinnerung an ihren Vater.

Er war noch jung gewesen, als sie ihn das letzte Mal sah, Anfang dreißig. Blondes Haar, nicht das übliche dunkle der Isländer. Ein schmales Gesicht, sonnenverbrannt. Ein Förster, der jeden Tag mit einer Axt loszog. Fast eine Gestalt aus einer Kindergeschichte, und genau davor hatte sie Angst. Dass sie alles an ihm erfunden hatte. War er wirklich jeden Tag mit einer Axt losgezogen? Hatte er einen grünen Schal um den Hals getragen?

An seine Arme und Hände konnte sie sich allerdings erinnern. Kräftige Unterarme, braun und von Adern überzogen. Die Hände rau, schwielig. Sie sah sie vor sich, auf dem dunklen Holztisch bei Mahlzeiten. Sie wusste, dass die echt waren, eine Erinnerung. Erst wenn sie versuchte, sein Gesicht zu sehen oder seine Stimme zu hören, verlor sie sich.

Erinnerst du dich an deine Eltern?, fragte sie Gary.

Was? Gary wirkte aufgeschreckt.

Entschuldigung. Ich versuche mich an meine Eltern

zu erinnern, als ich klein war. Ihre Gesichter, ihre Stimmen. Erinnerst du dich an deine?

Ja, natürlich.

Woran erinnerst du dich?

Na ja, vieles.

Sag mir eins.

Herrgott, Irene. Da fällt mir so spontan nichts ein.

Nur eine Erinnerung, für mich.

Ja, Dad, sagte Rhoda von der Rückbank, die seitlich in den Pickup gequetscht war. Würde ich auch gern wissen. Du erzählst nie was aus deiner Kindheit.

Das ist hier wie die Inquisition, sagte Gary. Ich denke bloß an unseren Termin und wo wir heute Abend bleiben. Aber schön. Eine Kindheitserinnerung. Etwas aus Lakeport. Wie wär's mit einer Jagderinnerung?

Keine Gewehre, sagte Irene. Du hast es immer mit den Gewehren. Die ganzen Sachen, die du als Kind geschossen hast. Erzähl uns was anderes.

Genau, sagte Rhoda.

Herrgott. Mir fällt gerade nur Jagen und Fischen ein.

Erzähl uns was aus der Küche, sagte Rhoda.

Gary blies die Wangen auf. Na schön, sagte er schließlich. Das ist keine bestimmte Zeit. Ich erinnere mich einfach daran, wie mein Dad am Tisch beim Fenster sitzt, auf den See blickt und aus einem Topf Pilzrahmsuppe auf seine Pfannkuchen gießt. Und ich erinnere mich, wie er mir farbige Pfannkuchen gemacht hat. Blau und grün und was immer ich mir gewünscht habe.

Was hat er gesagt?, fragte Irene.

Was?

Was hat dein Vater zu dir gesagt, wenn er die Pfannkuchen gemacht hat oder die Suppe drübergegossen hat?

Keine Ahnung.

Genau das will ich wissen, sagte Irene. Ich will einen Moment, wo du dich genau erinnerst, was er gesagt hat oder was deine Mom gesagt hat und wie sie in diesem Moment ausgesehen haben.

Wieso fragst du danach, Mom?

Weil ich mich an meine Eltern nicht erinnern kann, nicht mal an einen einzigen Moment.

Dazu sagte erst mal keiner was, also blickte Irene aus ihrem Seitenfenster auf Felsen und Bäume, die rauen Bergflanken. Diese Felsen erzählen uns genauso viel über uns wie unsere Erinnerungen, sagte sie.

Die Felsen eine Art Zeichen für alles, was wahr ist auf der Welt, dachte Irene. In Lagen und Streifen, erkennbar, geordnet, aber im Grunde sämtlich bedeutungslos. Unter Druck geformt über Millionen oder Milliarden von Jahren, nach oben gewuchtet, gebogen und geschoren, alles umsonst. Die Felsen waren nur das, was sie waren. Nichts erwartete sie, und sie waren nicht Teil einer Geschichte.

Wir leben und sterben, sagte Irene. Und es spielt keine Rolle, ob wir uns daran erinnern, wer wir sind oder woher wir kommen. Es war ein anderes Leben.

Ich finde nicht, dass das stimmt, Mom.

Du bist noch jung.

Ich versuche immer noch, mich zu erinnern, sagte Gary. Und ich erinnere mich nur an die Spannungen.

Nur die bleiben im Gedächtnis. Beim Binokel, mein Dad legte einen Durch auf, aber das verstand ich nicht, also sagte ich so was wie, Moment, wie geht das denn, und da fragte mein Dad, willst du etwa sagen, ich hab geschummelt? Ich erinnere mich genau an die Worte und auch an seinen Blick, unversöhnlich. Er hatte seine Meinung, und was Mom oder ich sagten, war völlig egal.

Du erinnerst dich, sagte Irene. Du erinnerst dich wirklich.

Ja. Auch an andere Momente, aber aus irgendeinem Grund nur die angespannten. Wie Dad mir beim Aufsammeln der Walnüsse aus dem Vorgarten fünf Cent pro Stück geboten hat und Mom sagte, Doug, das ist zu viel, und wie besorgt sie ausgesehen hat und wie mir das aus irgendeinem Grund Angst gemacht hat, als würde etwas Schreckliches passieren. Meine früheste Sorge um Geld wahrscheinlich. An ihren Gesichtsausdruck kann ich mich noch erinnern.

Irene legte ihre Hand auf Garys Schulter. Danke, sagte sie. Du kannst dich wirklich erinnern. Und ich weiß nicht, wieso mir das nicht gelingt.

An irgendwas wirst du dich doch wohl erinnern, sagte Gary.

Nein. Wirklich nicht.

Ich habe massenhaft Erinnerungen an euch, sagte Rhoda. Rückblickend kommt es mir vor, als hättet ihr überhaupt nie den Mund gehalten.

Gary lachte. Danke, Spatz.

Irene lächelte. Sie hatte nie Mutter sein wollen,

eigentlich nicht, aber mit Rhoda hatte sie Glück gehabt. Mit Mark weniger.

Die Straße vor ihnen, kurz vor Anchorage, war vor lauter Wohnmobilen verstopft, letzte Sommerbesucher. Einige fuhren ran, um sich Wasserfälle oder die Bucht anzusehen. Sie sammelten sich dann in Anchorage, um die lange Fahrt durch Kanada ins Kernland anzutreten. Snowbirds auf dem Weg zu ihren Winterquartieren in Arizona und Florida.

Woran ich mich nicht erinnern kann, sagte Gary, ist dass mein Vater jemals von seinem Cherokee-Erbe erzählt hätte.

Er war Cherokee?, fragte Rhoda.

Ja, ein Viertel. Sein Vater halb. Wusstest du das nicht?

Ich auch nicht, sagte Irene. Verdammt noch mal.

Hab ich das nie erzählt?

Nein, sagten Rhoda und Irene.

Na, er auch nicht. Ich habe es von Mom erfahren.

Ihr seid beide Freaks. Meine Eltern sind Freaks. Und ich bin eine Cherokee, wie es scheint.

Bloß ein Sechzehntel, sagte Gary. Tut mir leid, dass es nicht mehr ist.

Dann schaltete Gary das Radio an, und sie lauschten alten Beatles-Songs.

Sie hatten vorgehabt, vor dem Arzttermin noch irgendwo zu Mittag zu essen, aber der Verkehr ließ ihnen keine Zeit. Irene betrat die Praxis, schwindelig vor Hunger und Medikamenten. Getrunken hatte sie auch nichts.

Sie kam sofort dran, pünktlich zum Termin, was eine

neue Erfahrung war. Dr. Romano groß, dunkel, gutaussehend, angegrautes Haar, Kinngrübchen. Er hatte wunderschöne Hände, volle Lippen. Wie eine römische Statue.

Er hörte sich Irenes Leidensgeschichte und Symptome an und legte dann den Stift hin.

Wir finden heraus, was Ihnen fehlt, sagte er. Manchmal zeigt sich eine Entzündung der Keilbeinhöhle nicht auf dem Röntgenbild. Sie liegt zu weit hinten, unter Ihrem Gehirn, sodass sie schwer sichtbar ist. Ich möchte, dass Sie eine Computertomographie machen.

Wann ginge das?, fragte Irene. Dazu muss ich wohl noch mal nach Anchorage kommen. Ich hatte wirklich gehofft, dass sich heute etwas klärt.

Ich habe schon einen Termin gemacht, sagte Dr. Romano. Es ist nebenan, Sie können gleich rübergehen.

Irene schnürte es den Hals zu. Von einem Arzt nicht wie Dreck behandelt zu werden, war eine neue Erfahrung für sie. Wow, brachte sie schließlich heraus. Danke.

Eine Viertelstunde später lag sie schon in der Röhre, versuchte, den Kopf stillzuhalten, versuchte, sich beim Atmen nicht zu sehr zu bewegen. Sie hielt die Augen geschlossen, um in der Enge nicht panisch zu werden, aber sie spürte die kalte Gegenwart der Maschine beim Klicken und Surren.

Anschließend fuhr Gary mit ihnen zum Mittagessen. Ein Imbiss abseits des Highway. Irene bestellte Heilbutt und Pommes.

An einem Plastiktisch warteten sie auf ihr Essen mit

Blick auf den Verkehr. Das war unglaublich, sagte Irene.

Ja, sagte Rhoda. Ich kann gar nicht glauben, wie schnell das gegangen ist. Was für ein Unterschied.

Frank sollte einen langsamen, qualvollen Tod sterben.

Irene, sagte Gary.

Doch. Er behandelt alle wie Müll, und er ist unfähig. Er sollte sterben.

Vielleicht ein bisschen extrem, Mom.

Irene lächelte. Okay. Frank soll leben. Aber ich bin einfach so froh über Dr. Romano. Er findet raus, was los ist, und ich kann gesund werden und nach vorne schauen. Inzwischen ist mir egal, wie schlimm so eine Operation ist. Der Schmerz muss weg.

Hat er schon was über Operation gesagt?, fragte Rhoda.

Nicht viel. Eine Woche liegen mit Nasentamponade, was höllisch klingt, aber dann ist das Gröbste vorbei, bloß noch ein paar Nachsorgetermine.

Hm, sagte Gary. Er mochte überhaupt nicht hinhören. Er war schon immer zart besaitet gewesen. Wenn mit einem der Kinder etwas war, musste Irene da alleine durch, von Windeln über Knochenbrüche bis zu Drogen. Gary schaffte es stets, sich aus dem Staub zu machen.

Du bist gefälligst für mich da, wenn ich operiert werde, sagte sie.

Was?, fragte Gary.

Du hast mich schon verstanden. Wenn es ungemütlich wird, haust du immer ab. Aber wenn ich operiert werde, wirst du jeden Morgen, Mittag und Abend an meinem Bett sitzen. Ich werde Schleim und Blut in deine Hand spucken, und dir wird's gefallen.

Herrgott, Irene.

Ich meine es ernst. Nicht, dass du wieder den Schwanz einziehst.

Mom, sagte Rhoda. Ich bin mir sicher, dass Dad für dich da sein wird, und ich auch.

Du wirst da sein, sagte Irene. Aber dein Dad wird abhauen. Ah, unser Essen ist fertig. Ich gehe es holen.

Tut mir leid, Dad, sagte Rhoda, als ihre Mutter weg war.

Schon okay. Sie dreht einfach ein bisschen durch. Nichts Neues.

Das ist ungerecht.

Wen kümmert's. Gerechtigkeit hat noch nie gezählt. Da führt ja offensichtlich keiner Buch.

Dad.

Egal.

Irene kam mit einem Tablett voller Fish and Chips zurück. Ihr habt über mich geredet.

Tja, sagte Rhoda.

Irene betupfte ihren Fisch mit einer Serviette, die sich sofort vollsaugte. Genug Öl?, fragte sie. Dann nahm sie einen Bissen mit Ketchup. Tiefgefroren, sagte sie. Sie nehmen tiefgefrorenen Heilbutt. Wer nimmt schon tiefgefrorenen Heilbutt?

Es schmeckt ganz gut, sagte Gary. Geht zumindest.

Geht, sagte Irene. Geht so. Dein Lebensmantra.

Mom, sagte Rhoda.

Und dann aßen sie nur noch. Keiner hatte mehr Lust zu reden. Sie fuhren zu einem Motel 6, meldeten sich an und gingen in ihr Zimmer.

Ich muss mich hinlegen, sagte Irene. Sie nahm noch eine Codein und versuchte, in den Schlaf zu sinken. Rhoda legte sich aufs andere Bett, schlief schnell ein mit schwerem, rauem Atem in dem kleinen Zimmer. Gary machte irgendwo einen Spaziergang, war wieder einmal verschwunden.

Irene hatte Angst vor Operationen, selbst der Aussicht auf eine Operation. Sie hatte sich nach den Risiken erkundigt, und Romano hatte gesagt, es bestehe das Risiko, zu erblinden, einen Sehnerv zu treffen. Das und an der Narkose zu sterben. Und die Knochen in ihrem Kopf könnten gereizt werden, nach der Operation wachsen und erneut alles blockieren. Sie verstand nicht so recht, wie ein Knochen wachsen konnte, aber anscheinend war das möglich. Und eine Woche lang könne sie nicht durch die tamponierte Nase atmen. Derweil würde sich ihr Rachen mit Blut füllen. Schon beim bloßen Gedanken packte sie die Panik. Man stelle sich vor, nicht schlucken und nicht atmen zu können.

Gary versuchte, beim Spazierengehen den Kopf durchzulüften. Er fühlte sich angeklagt. Seit Jahren schon, und was hatte er sich eigentlich zuschulden kommen lassen? Kein Verbrechen, dessen er sich bewusst gewesen wäre. Nur das Verbrechen des Miteinanders, das Verbrechen, da zu sein. Seine Ehe etwas Schweres und Bedrängendes.

Er lief nicht gern durch eine Stadt, nicht mal eine Stadt wie Anchorage, die zumeist einstöckig war und weitflächig und eigentlich gar keine Stadt. Schmutzig und leer, endlose Einkaufszeilen. Auto- und Truckhändler, Industriebedarf, fensterlose Nachtclubs, Fast Food und Waffengeschäfte. Ein sonniger Nachmittag an einem toten Ort.

Irene ging ihn an, schon eine ganze Weile. Er wusste nicht, wieso. Aber sie ließ nicht locker. Die ständigen Klagen. Er sei schwach, würde abhauen, sei nie für sie da, ein permanenter Versager, eine ständige Enttäuschung. Sie fand die Hütte idiotisch, fand sein Leben idiotisch. Und worauf zielte sie ab? Darauf, sie beide unglücklich zu machen?

Gary zog die Jacke aus, vom schnellen Gehen wurde ihm warm. Hoffentlich konnte der Arzt die Kopfschmerzen beheben. Das wäre eine Verbesserung. Der tägliche Wahnsinn würde erheblich gemindert.

Er versuchte, nicht über sie nachzudenken, versuchte, einfach nur zu laufen. Schlammbespritzte Pickups und Wohnmobile rollten vorbei, ballten sich vor roten Ampeln. Er mochte seine Wege zu Hause, den Pfad zu Marks Haus, den Pfad über den ersten Kamm, längere Wege den Berg hinauf. Auf der Insel noch mehr zu erkunden, viel mehr zu erkunden. Aber erst mal musste er eine Hütte fertigstellen. Ihm lief die Zeit davon.

Gary blieb stehen, machte die Augen zu und versuchte, sie vor sich zu sehen, versuchte, in seiner Hütte zu stehen, die Blockwände, der alte Eisenofen in der Ecke, Nickelfüße. Ein grober Tisch, fellbezogene Sitzbänke, ein Bett am Ende des Zimmers, darüber sein größtes Bärenfell. Holzwölfe zu beiden Seiten der Tür, das eine Fenster bleiverglast. Ein Schaukelstuhl mit Blick durch dieses Fenster, vielleicht eine Pfeife. Vielleicht würde er sich das Pfeiferauchen angewöhnen.

Gary seufzte, machte die Augen auf, ging weiter. Noch eine Menge Arbeit, bis er über diesen Schaukelstuhl nachdenken konnte. Und sehr wenig Hilfe. Jeder Schritt des Projekts würde ein Kampf werden. So war es.

Nach nicht allzu langer Zeit fand sich Gary wieder vor dem Motelzimmer, öffnete und schloss leise die Tür.

Ich schlafe nicht.

Das tut mir leid, Irene. Ich wünschte, du könntest schlafen.

Ich auch.

Er legte sich neben sie, den Arm über sie.

Danke, sagte sie, froh, ihn wiederzuhaben. Leichter,

die Zeit zu überstehen, wenn sie ihm dabei zuhören konnte, wie er einschlief.

Irene behielt die Uhr im Auge, während Gary und Rhoda ruhten, und schließlich war es vier. Sie stiegen in den Truck und fuhren zum Termin um halb fünf.

Romano steckte CT-Bilder an einen weißen Leuchtschirm. Irene konnte ihr Gehirn sehen, zusätzlich zu den Knochen auch das ganze weiche Gewebe. Ganz anders als ein Röntgenbild, alles sichtbar.

Diese dunklen Stellen hier, zeigte Romano, das ist Ihre Keilbeinhöhle.

Irene sah, dass sie unter ihrem Gehirn steckte, weit hinter ihrer Nase. Eine Stelle, die der umgebende Knochen vor den Röntgenstrahlen verbirgt.

Dunkel bedeutet, sie sind leer, sagte Romano.

Was?

Das ist doch eigentlich eine gute Nachricht. Und Ihre Stirnhöhlen sind frei. Das war die andere mögliche Ursache Ihrer Schmerzen hinter dem rechten Auge. Die Oberkieferknochen sind auch frei, wobei ich dort ohnehin nichts vermutet hatte. Da hätten Sie mehr Gesichtsschmerz gehabt.

Ich verstehe nicht ganz, sagte Irene. Da ist nichts, genau wie auf den Röntgenbildern?

Stimmt.

Da muss aber was sein.

Tut mir leid.

Aber wo kommen denn dann die fürchterlichen Kopfschmerzen her? Irene spürte, wie sie die Fassung verlor, und Romano legte ihr die Hand auf die Schulter.

Es tut mir leid, Irene. Nach Ihren Beschreibungen vermute ich, dass Sie tatsächlich eine Nebenhöhlenentzündung hatten, wahrscheinlich Stirnhöhle. Aber die scheint jetzt überstanden, ich weiß auch nicht, warum Sie immer noch Kopfschmerzen haben.

Es gibt keine andere Erklärung?

Nicht in meinem Bereich, sagte Romano. Ich bin Neurochirurg. Es könnte sein, dass die Entzündung und der Kopfschmerz, wenn das der Ausgangspunkt war, etwas anderes in Gang gesetzt haben, oder es könnte der Stress von den Kopfschmerzen und dem Schlafmangel sein. Haben Sie in letzter Zeit noch andere Sorgen gehabt, noch irgendeinen Anlass für Stress?

Hm, sagte Irene. Nur, dass dreißig Jahre Ehe gerade den Bach runtergehen und mein Leben gleich mit.

Das tut mir leid, sagte Romano, und es war deutlich, dass Irene zu weit gegangen war. Sie redete mit niemandem über ihr Leben, eine Grundregel – eine Art isländischer Kodex.

Das hätte ich nicht sagen sollen, räumte sie ein. Normalerweise sage ich so was nicht. Ich wollte die Operation. Damit alles weggeht. Der Schmerz ist da. Die Kopfschmerzen hören nicht auf, und sie machen mir Angst. Ich weiß nicht, was ich tun soll. Sie müssen unbedingt aufhören.

Sie müssen mit dem Codein aufhören, sagte Romano. Sie nehmen es schon lange genug, um süchtig zu werden, und das verursacht neue Probleme.

Aber ich kann nicht schlafen. Selbst das Codein reicht manchmal nicht aus.

Sie müssen noch heute damit aufhören. Keine Schmerzmittel, die stärker sind als Aspirin oder Advil. Und ich empfehle Ihnen, einen Psychiater aufzusuchen. Vielleicht bitten Sie ihn um ein Mittel gegen Angstzustände. Das könnte Ihnen beim Schlafen helfen, und mehr Schlaf könnte die Kopfschmerzen beheben.

Okay, sagte Irene, nickte und dachte, nie im Leben werde sie einen Seelenklempner aufsuchen. Und danke. Entschuldigung.

Sie brauchen sich nicht zu entschuldigen. Sie haben Schmerzen, und es tut mir leid, dass ich Ihnen nicht helfen kann.

Irene wartete an der Rezeption, um die Rechnung zu bezahlen, aber man ließ sie wissen, es seien keine Kosten angefallen. Irene kamen die Tränen, so freundlich. Durch den Schmerz war sie ganz nah am Wasser gebaut, der kleinste Anlass reichte aus. Doch sie tupfte sich die Augen und überlegte auf dem Weg ins Wartezimmer, was sie Gary und Rhoda berichten sollte.

Sie sahen ihre feuchten Augen. Beide standen sofort auf und nahmen sie in den Arm.

Es sind nicht die Nebenhöhlen, berichtete sie. Wir wissen immer noch nicht, woran es liegt.

Jim bekam einen Anruf von Rhoda. Sie kämen heute Abend noch nach Hause, keine Übernachtung in Anchorage. Sie klang müde am Telefon.

Ich mach uns was zu essen, sagte er. Wonach ist dir denn?

Irgendwas. Egal. Ich muss auflegen. Tut mir leid.

Jim fuhr zum Supermarkt. Er musste Rhoda etwas Leckeres kochen. Vielleicht sogar Omelette surprise zum Nachtisch. Überlegte, was sie am liebsten mochte, und stocherte im Nebel. Er hatte keine Ahnung, was sie richtig gerne aß. All die Mahlzeiten, die sie zubereitete, sie waren alle für ihn, seine Lieblingsgerichte.

Er war egoistisch gewesen und sich ihrer zu sicher. Das wurde ihm jetzt klar. Und er hatte gerade eine Menge Geld dafür bezahlt, dass sie es nicht erfuhr. Kein billiger Fick, sagte er laut.

Dummerweise fehlte ihm Monique noch immer. Trotz diesem Ende. Sie war die schönste Frau, mit der er je zusammengewesen sein würde. So viel stand fest. Etwas Besseres kam nicht mehr, und er hatte noch sein halbes Leben vor sich. Das war deprimierend. Rhoda allerdings war sicher, und verfügbar. Er würde einen Ring besorgen, und vielleicht hätten sie sogar Kinder, alles Aussichten, bei denen er auf der Stelle das Steuer rumreißen und in einen Graben fahren wollte.

Jim versuchte, einen kühlen Kopf zu bewahren. Rhoda würde merken, wenn er bei ihrer Rückkehr noch immer durcheinander war. Er würde so tun müssen, als sei es nur die Sorge um sie und ihre Mutter. Nach dieser ganzen Geschichte konnte er besser dastehen als je zuvor.

Besten Dank für den Hirnfick, Monique, sagte er.

Er stellte den Wagen ab und ging hinein, zur Fischabteilung. Riesige Königskrabbenbeine, sogar ganze Krabben mit einer Spannweite von bis zu ein Meter achtzig. Wie Aliens, die in einer Dunkelheit, kalt wie das All, über den Boden kriechen, unter Bergen von Druck. Eine Welt, die nicht existieren sollte, weit weg und unberührbar. Man konnte eine Krabbe hochholen, aber hinunter konnte man nicht, kam nicht zu ihnen. Und so verhielt es sich mit Monique. Er konnte sie kurz haben, und sein Geld konnte beinahe den Anschein erwecken, als passte er in ihre Welt, doch sie war unberührbar. Selbst wenn er in ihrem Alter gewesen wäre, hätte er am Ende ausgesehen wie Carl.

Wichser, sagte Jim.

Wie bitte?, fragte der Mann hinter der Theke.

Oh. Pardon, sagte Jim. Ich nehme die Krabbenbeine.

Dann kam die Frage, was sie zu den Beinen essen sollten. Nichts klang gut in Jims Ohren. Ihm war egal, ob er jemals wieder etwas aß. Aber er entschied sich für einen großen Salat. Rhoda mochte Salate. Und er besorgte all die Leckereien. Eingelegte Artischockenherzen, Pinienkerne, Moosbeeren, Avocado, Tomaten, gehobelten Gruyère, das ganze Programm. Dann die Zutaten für das Omelette surprise. Außerdem für den Notfall Eis von Ben and Jerry's, aber kein New York Superfudge Chunk. Cherry Garcia tat's auch.

In der Tiefkühlabteilung knickte Jim über seinem Einkaufswagen ein. Verharrte mit dem Gesicht am Salat. Er würde ihretwegen nicht weinen, niemals. Er musste sich auf seinen Atem konzentrieren, damit er ruhiger wurde, langsam ruhiger. Das würde schon werden. Immerhin war er Zahnarzt. Er verdiente mehr als die ganzen anderen Arschlöcher hier.

Momentan allerdings fühlte sich Alaska an wie das

Ende der Welt, ein Exil. Wer sonst nirgendwo hinpasste, kam hierher, und wer sich nirgendwo festhalten konnte, fiel einfach über den Rand. Winzige Ortschaften in einer großen Weite, Enklaven der Verzweiflung.

Er musste sich zusammenreißen. An der Kasse war keine Schlange, er war schnell wieder zu Hause und trug seine Einkäufe in die Küche. Und erst, als er die Tüten abstellte, wurde ihm klar, dass etwas anders war. Er war fremdgegangen, und selbst wenn er Rhoda jetzt heiratete, hatte er die Tür zu anderen Frauen aufgestoßen, und er wusste, er würde hindurchgehen. Er würde wieder fremdgehen. Wenn es einmal möglich war, ließ es sich nicht aufhalten. Er würde weitere Frauen finden, höchstwahrscheinlich Patientinnen. Oder Mitarbeiterinnen. Er konnte noch eine Stelle als Zahnreinigerin ausschreiben oder als Praxishilfe. Er konnte Rhoda erzählen, dass er sie sich anstatt eines Partners holte. Um zu expandieren. Aber er würde eine Affäre einstellen. Nur danach würde er suchen, eine nach der anderen, heuern und feuern. Wieso er daran nicht früher gedacht hatte. Rhoda würde es irgendwann herausfinden, aber dann würde er sich einfach, wenn nötig, die nächste Frau nehmen und dazu die nächste Staffel von Affären. Das war alles kein Verbrechen. Und wenn er dafür sorgte, dass sie einen Ehevertrag unterschrieb, entstand ihm auch kein Schaden.

Die Frage war doch, worum es eigentlich ging in seinem Leben. Er glaubte nicht an Gott, und er hatte nicht den richtigen Beruf, um berühmt oder mächtig zu werden. Glaube, Ruhm und Macht – die drei konnten ein

Leben rechtfertigen, unter Umständen, jedenfalls die Illusion erzeugen, das eigene Leben habe einen Sinn. Der ganze Mist von wegen ein guter Mensch sein, andere gut behandeln und Zeit mit der Familie verbringen, es war Mist, weil man es an nichts festmachen konnte. Es gab keine kosmischen Wertungslisten. Kinder zu haben, schien einige Leute zu erfüllen, aber im Grunde stimmte das nicht. Sie logen, weil sie ihr Leben verloren hatten und es zu spät war. Und Geld, für sich genommen, bedeutete gar nichts. Also blieb nur Sex übrig, und da war Geld von Nutzen.

Jim stand an der Spüle, wusch den Salat und begriff, dass er die Lösung gefunden hatte. Er würde sein Leben dem Sex widmen. Sich fit machen und so viele Frauen wie möglich nehmen. Er wünschte, das wäre ihm früher aufgegangen, als er noch nicht einundvierzig war, denn früher wäre es viel einfacher gewesen, aber es war immer noch nicht zu spät. Er hatte noch mindestens zehn Jahre, bevor sein Leben sich in etwas auflöste, über das er nicht nachdenken wollte.

Er zerpflückte den Salat, schnitt Tomaten, teilte die Avocado, fügte die anderen Zutaten hinzu, setzte Wasser für die Krabbenbeine auf und legte dann erst mal eine Pause ein, weil er nicht wusste, wann sie nach Hause kam. Und das Omelette surprise ließ er bleiben. Zu viel Mühe.

Carl verbrachte den ganzen Tag am Coffee Bus. Karen gab ihm einen Kaffee aus, und als sie merkte, dass er kein Geld hatte, gab sie ihm auch Sandwiches. Er saß gegen den Bus gelehnt, je ein Rucksack zu beiden Seiten. Nickte Kunden zu und schrieb Postkarten. Eine schrieb er an sich selbst.

Lieber Carl, Hoffentlich sehe ich dich bald wieder. Du wirkst ein bisschen verloren. Wir haben uns lange nicht mehr unterhalten. Ich glaube, wir müssen uns endlich eingestehen, dass es nicht gut läuft. Wir haben beide Träume, aber führen sie uns in dieselbe Richtung? Ha ha, Carl.

Carl trug die Adresse ein und legte sie zu den übrigen Postkarten. All das setzte voraus, dass er irgendwann genug Geld hatte, um Briefmarken zu kaufen. Er wartete auf Mark, damit er ihn um einen Job bitten konnte.

Aber Mark kam nicht, und um acht Uhr abends schloss Karen den Bus ab.

Er fischt bis sieben, sagte Karen. Aber dann müssen sie zum Dock und entladen. Dauert noch etwas, bis er kommt, also nehme ich dich einfach mit nach Hause, und du kannst dort mit ihm reden.

Danke, sagte Carl und kletterte mit den Rucksäcken in ihren VW-Bus.

Wo ist Monique?

Carl hatte den ganzen Tag mit den beiden Rucksäcken dagesessen, insofern war es etwas merkwürdig, dass Karen jetzt fragte.

Hat mich sitzenlassen, sagte er.

Karen nickte und bog auf die Straße. Tut mir leid.

Es war unvermeidlich, sagte Carl. Sie hat mich nie gemocht. Aber wenigstens könnte sie ihr Zeug abholen. Finde ich nicht so nett, dass ich das mit rumschleppen muss.

Ja, pflichtete Karen ihm bei. Dann fing sie an zu murmeln. Flüstern und Kopfzucken, tiefes Gegrummel, Aha-Ausrufe, alles dabei, wie eine komplette Unterhaltung mit einer anderen Person. Carl neben ihr, auf Armeslänge, völlig ausgeblendet. Er fragte sich, ob sie was genommen hatte oder irgendwie gestört war. Das war ihm an ihr bisher nicht aufgefallen. Aber er wollte nicht unterbrechen.

Karen fuhr im Slalom den Kiesweg zum See hinunter. Schwenk nach rechts, kleiner Ruck und Schwenk nach links, dann wieder nach rechts. Carl war froh, als sie am Ziel waren.

Karen ging hinein und machte sich ans Kochen, eingeschlossen in ihrer Welt. Carl trug die Rucksäcke nacheinander hinein und setzte sich ins Wohnzimmer. Unbearbeiteter Sperrholzboden, eine schmutzige alte Couch, aber ganz bequem. Die Luft erstaunlich kalt. Keine Heizung oder Dämmung, von irgendwoher wehte der Wind. Carl hatte seine Jacke ausgezogen, zog sie nun aber wieder an und setzte die Kapuze auf. Nicht wärmer als draußen.

Carl hatte Hunger. Sandwiches und Kaffee reichten nicht. Eine gewisse Tortur, hier auf der Couch zu sitzen und zu wissen, dass Essen in der Nähe war. Er konnte nicht einfach aufstehen und sich einen Happen holen. Es gab bestimmt geräucherten Lachs. Essen in Reichweite, aber unberührbar. Obwohl: würde sie in ihrer Murmelei überhaupt was mitkriegen?

Endlich fuhr Mark vor und kam herein.

Mein Bruder vom anderen Planeten, sagte er zu Carl. Zum Gruße.

Ahoi, sagte Carl, bemüht, angemessen zu kontern.

Hast du Monique mitgebracht?

Sie hat mich sitzenlassen.

Ah, sagte Mark. Kennst du schon meinen Analysis-Witz?

Nein.

E zum X geht mit C die Straße runter, und sie treffen ein Integralzeichen.

Wie bitte?

Hattest du keine Differenzialrechnung?

Nein.

Na, dann ist egal. Langer Witz. Hab ich aber heute einer Frau in der Fischfabrik erzählt, und sie hat's kapiert. Sie spricht fünf Sprachen.

Tut mir leid, sagte Carl.

Mark ging zu Karen, um sie zu umarmen, und sie widmeten sich einem komischen kleinen Ritual mit Ohrenmassage. Anscheinend waren Mark auf dem Boot die Ohren kalt geworden, und Karens Hände waren außergewöhnlich warm. Zu peinlich, also setzte sich Carl wieder auf die Couch und sah in die andere Richtung. Er hörte Geschlürfe und Gemurmel und bemühte sich, nur auf die Bäume und den See zu blicken, der dazwischen durchschien.

Carl empfand sich als sehr arm. Er musste hier sitzen, weil er sonst nirgends hin konnte. Wenn man arm war, musste man um Gefallen bitten und rumlungern und warten und mit Leuten zusammen sein, mit denen man nicht zusammen sein wollte. Und war derweil im Wesentlichen unsichtbar. Carl wollte das nicht mehr. Er würde sein Hauptfach wechseln, auch wenn er dafür ein Jahr länger aufs College musste. Und er würde Mark von Jim und Monique erzählen. Das war die einzige Schwachstelle der Reichen. Sie hatten Geheimnisse.

Mark fand schließlich seinen Weg zur Couch, nach Ohrenmassage und wer weiß was noch. Hombre, sagte er. In der Fabrik gibt es einen Typen, der in acht Sprachen »Wer hat hier gefurzt?« sagen kann.

Hm, sagte Carl. Er wusste nie, was er zu Mark sagen sollte. Und ihm war nicht klar, wie er von dort überleiten sollte zu der Frage, ob Mark einen Job für ihn habe.

Er kann es auf Thai.

Wie war das Fischen?, fragte Carl.

Mühsam, sagte Mark. Drei-Meter-Wellen. Haben den Fang drastisch reduziert. Unmöglich, Masse zu machen. Wir haben nur knapp fünfhundert Kilo geschafft.

Klingt nach viel.

Ist es aber nicht.

Hättet ihr mehr schaffen können, wenn ihr Hilfe gehabt hättet?

Mark blinzelte ihn fragend an.

Okay, sagte Carl. Das war jetzt wohl ziemlich offensichtlich. Ich bin pleite und brauche einen Job. Irgendeine Chance auf dem Boot?

Mark schlug Carl gönnerisch auf die Schulter. Bedauere, sagte er. Auf ein Boot zu kommen, ist unmöglich. Du musst hier leben und alle kennen und jeden Sommer hier sein. Du brauchst Erfahrung. Die Typen, die raufwollen, stehen Schlange. Und außerdem ist die Saison zu Ende.

Okay, sagte Carl. Klingt einleuchtend. Aber er war enttäuscht. Keine Chance. Er starrte auf die mageren Bäume, die zum See hin immer zwergenhafter wurden. Sie wurden kürzer und kürzer, je näher sie am Wasser standen. Ein Wald für die kleinen Leute, wie Carl. Ich bin ein Wicht, sagte er zu Mark mit gespieltem irischem Akzent.

Hey, sagte Mark. Locker bleiben, Mann. Du findest was, bloß nicht auf einem Boot.

Ich muss sofort was finden, leider. Ich hab keine fünf Dollar mehr. Ich hätte vielleicht früher was anleiern sollen.

Schon, lachte Mark. Vielleicht. Aber hey, wahrscheinlich kann ich dir einen Job in der Fischfabrik besorgen.

Ehrlich?

Ja. Acht Dollar die Stunde, nicht viel, aber du brauchst keine Erfahrung. Du kannst am Waschtisch anfangen, einfach nur Membranen rauszupfen und das letzte Blut abwaschen. Hast du in fünf Minuten drauf.

Danke, Mark. Das wäre ideal.

Lass uns mit einem Pfeifchen feiern.

Carl wollte Nein sagen, wie immer, aber dann dachte er, scheiß drauf. Marihuana würde ihn nicht umbringen. Okay, sagte er.

So ist's recht, sagte Mark, und er stopfte ein Pfeifchen und steckte es an, kurzes Paffen. Dann nahm er einen tiefen Zug, hielt die Luft an und reichte Carl die Pfeife.

Carl mochte weder den Geruch noch den Rauch und bedauerte, sich untreu zu werden. Er hatte noch nie irgendwas probiert, nicht mal eine Zigarette oder ein alkoholisches Getränk. Darauf war er stolz, und damit war es nun vorbei. Aber zum Teufel damit. Er sog den heißen Rauch ein, beißend und beklemmend, und hustete kurzatmig.

Mark lachte, und auch Karen kam, um mitzulachen.

Entjungfert, sagte Mark zu ihr. Genau hier, in unserer bescheidenen Hütte.

Karen nahm einen Zug und entschwebte wieder in die Küche.

Carl wartete auf ein Gefühl, eine veränderte Wahrnehmung, irgendwas. Er hoffte auf Visionen, schmelzende Wände vielleicht. Aber nichts passierte. Mark reichte ihm die Pfeife, und er zog wieder, hielt die Luft an, wie Mark es ihm geraten hatte, atmete aus und hustete wieder.

Und?, fragte Mark.

Ich spüre nichts, sagte Carl.

Gar nichts?, fragte Mark.

Gar nichts.

Nimm noch mal.

Also probierte Carl erneut, aber eigentlich bekam er davon nur einen leichten Kopfschmerz im Nacken und einen pilzigen Geschmack im Mund, Druck auf der Lunge.

Noch mal, sagte Mark, und Carl nahm einen vierten Zug, aber dann gab er es auf.

Manchmal passiert beim ersten Mal gar nichts, sagte Mark.

Carl war sich nicht sicher, ob es ein zweites Mal geben würde. Es war alles enttäuschend. Monique vögelt Jim, sagte er zu Mark. Und er blickte in die Küche, zu Karen, die ihn jetzt ansah. Ich habe die beiden im Wohnzimmer gesehen, als wir dort übernachtet haben, und sie hat sich ziemlich oft abgesetzt.

Mark stopfte noch ein Pfeifchen.

Rhodas Jim?, fragte Karen.

Genau, der Zahnarzt.

Mark steckte sie an und nahm einen tiefen Zug, dann reichte er sie an Carl weiter.

Nein danke, sagte Carl. Das reicht mir erst mal.

Mark zuckte die Schultern und hielt die Pfeife in die Luft, damit Karen sie holen konnte. Sie nahm einen Zug und gab sie zurück.

Das war sie also, die große Enthüllung, der lang erwartete Augenblick. Carls Geheimnis, das wie ein Meteor in die Welt einschlug.

Essen ist fertig, sagte Karen.

Milchig vor Schlick und ruhig. Man konnte sich vorstellen, es wäre nur knöcheltief. Als Gary den Motor ausstellte und sie ans Ufer glitten, hörte Irene Möwen auf einem felsigen Plätzchen weiter oben am See. Die kleinste der Inseln, freiliegender Fels, weiß bedeckt von Guano. Kein Wind heute, sonnig und still, das letzte gute Wetter des Sommers. Nächste Woche laut Vorhersage die ersten Herbststürme.

Irene blickte über den Rand und sah unter dem Rumpf blaugraue Steine auftauchen. Das milchige Wasser von nahem irgendwie klar, ein Spiegel, der die Steine vergrößerte, sie näher brachte. Es sah aus, als müssten sie bereits aufsetzen. Schließlich stieß das Boot an, schrappte über den Boden, und Irene hievte ihren Rucksack hoch, kletterte vorsichtig über die Seite, und die Gummistiefel saugten sich im Wasser an Knöchel und Schienbeine. Glitschig. Im Rucksack ein Zelt und Schlafsack, Töpfe und Pfannen, Kleidung. Gary mit einem Coleman-Kocher und einem weiteren Zelt. Für ein Lager, damit sie länger arbeiten konnten. Vom Aufstehen bis zum Schlafengehen würden sie an der Hütte arbeiten.

Irene vorsichtig auf den glatten Steinen, ein paar Schritte an Land, mehr Steine, aber trocken und grau, kleine Grasbüschel, winzige Gezeitentümpel mit Algen und Mücken, in einer Wolke jetzt um sie herum, an Knöcheln und Handgelenken, überall, wo Blut und Knochen frei lagen. Ein schmaler Streifen Gras und Fels am Ufer entlang, dann höheres Gras und Wildblumen, die nicht mehr blühten. Höchstwahrscheinlich gab es Zwergiris, Nadelrose, Moosauge, rosa Erdglöckchen, Wintergrün und andere gelbe und weiße Blumen, die sie noch nicht benennen konnte. Totholz und Furchen überall, Irene bemüht, mit dem schweren Rucksack nicht zu stolpern.

Das Erlendickicht ein dritter Streifen vom Ufer aufwärts, hellgrün in der Sonne, die ganze Erde grün. Dicht bewachsen hier, Spinnweben ein Geflecht in der Luft. Irene versuchte, sanft aufzutreten, um Irritationen zu vermeiden. Ihr Mann hinter hier, schnellere Schritte, das Knacken kleiner Zweige.

Ein perfekter Tag, um das Lager aufzuschlagen, sagte er im Vorbeigehen, und sie antwortete nicht. Sie hielt den Kopf gesenkt, rotes Feuerkraut in einem großen Flecken, die Spitzen bereits erblüht. Ein Zeichen von Herbst, Anfang vom Ende. Sechs Wochen bis zum Schnee, wenn die Spitzen blühen, und sie hatten sich schon vor einiger Zeit geöffnet, wobei Irene nicht gemerkt hatte, wann genau. Nach vielen Jahren hier konnte man diese Blume schon fürchten, insofern war es komisch, dass sie es nicht gemerkt hatte.

Irene ging durch niederes Dickicht bis zum Waldrand, wo ihre Hütte an einer Seite zu weit nach innen wankte, auf der anderen zu weit nach außen. Das Ganze kurz vorm Umkippen. Sie hatten eine Ladung Kanthölzer mit, um Stützen zu bauen.

Irene ging zum Boot zurück, Gary entgegen, der grinsend die Augenbrauen hob. Lecker, sagte er, in der Hand eine Plastikdose mit Verpflegung.

Irene wollte etwas erwidern, wollte es ihnen leichter machen. Aber sie konnte nicht. Ohne Medikamente war alles schneidend scharf. Sie musste sich vorsichtig bewegen, musste Reden und Mimik meiden.

Sie nahm ein halbes Dutzend Kanthölzer aus dem Boot, ging langsam hinauf durch Büschel und Furchen, legte das Holz ab und ging zurück, um die nächste Ladung zu holen. Ihr fehlte nichts, also brauchte sie nur zu warten, bis der Schmerz vorüberging.

Was für ein schönes Fleckchen, sagte Gary. Ich liebe diesen Ort.

Er ist schön, sagte sie und zuckte zusammen. Aber Gary war auf dem Sprung, bekam es nicht mit. Er setzte eine Kühlbox ab und drehte sich fix um für die nächste Ladung.

Werkzeug und Material, genügend Essen für zwei Wochen, eine Klobrille für ein Plumpsklo, weitere Nägel und ein Fenster und eine Tür, Kanthölzer und eine Seilwinde zum Zurechtziehen der Wände: Sie gingen jetzt in die Vollen.

Eine letzte Ladung Holz, dann machte Gary eine Fläche für das Zelt frei, neben einem Birkenhain, hinter der Hütte. Kannst du mir mit dem Zelt helfen?, rief er, als stünde sie nicht neben ihm an einem windstillen Tag. Es war die Aufregung. Er wollte alles gleichzeitig machen.

Also half sie ihm, ein großes Zelt, Platz genug für zwei und ihre ganze Kleidung und Ausrüstung.

Was ist mit dem Essen?, fragte Irene. Wie halten wir es von Bären fern?

Keine Bären hier, sagte Gary. Das ist eine Insel.

Bären können auch schwimmen.

Schon, aber sie kommen nicht mal eben auf Besuch. Das ist weit weg vom anderen Ufer.

Bloß ein paar hundert Meter an der engsten Stelle, oder?

In etwa. Lassen wir das Essen erst mal im Zelt. Hilf mir mit der Kühlbox. Also lagerten sie ihr Essen neben den Schlafsäcken.

Jetzt das andere Zelt, sagte Gary. Sie suchten nach einer ebenen Fläche, tasteten sich durchs Unterholz. Große Placken Bärlapp, fedrig und weich, Frauenfarn, Schildfarn, ein Bereich mit größerem Schatten.

Scheint in Ordnung hier, sagte Gary. In diesem schlafen wir nicht, also kann es ein bisschen hubbelig sein.

Irene half mit, noch eine Plane und das Zelt zu entrollen, half mit, die Pflöcke einzuschlagen und die Persenning zu spannen. Wenn doch nur die Hütte auch so einfach wäre. Gary und sie verstauten Werkzeug und Material, alles außer dem Holz im Zelt, dann traten sie zurück, um ihr kleines Lager zu begutachten.

Nicht schlecht, sagte Gary. Als Nächstes das Plumpsklo.

Irene blickte auf den See, so ruhig heute, dass sich die Berge darin spiegelten. Klare Gipfel, Schneeflecken, die die Grate markierten, den Rand des Harding Icefield. Sonnig und warm, etwa zwanzig Grad. Sie hatte ihre Jacke ausgezogen. Ein Tag, an dem manchmal alles möglich schien.

Es sollte nicht zu weit von der Hütte weg sein, sagte Gary nun. Wir müssen es ja den ganzen Winter über benutzen.

Bauen wir es einfach hinten an die Hütte dran, sagte Irene. Damit wir gar nicht raus müssen.

Irene.

Was? Jedes Mal, wenn ich mal muss, wate ich durch den Schnee?

Der Schnee ist nicht so schlimm hier.

Nicht kalt und nicht nass?

Irene.

Selber Irene. Bau das verdammte Ding hinten an die Hütte, an die Wand. Bau eine Tür rein.

Dann riechen wir das Plumpsklo den ganzen Winter.

Meinetwegen. Wenn wir schon wie Scheiße leben sollen, dann können wir die Scheiße auch riechen.

Gary wandte sich von ihr ab. Ein Moment, auf den er wartete, das wusste sie. Genügend Streit um diese lächerliche Hütte, und er hatte seine Rechtfertigung, um wegzugehen. Man musste sie nur in eine unmögliche Situation bringen und dann sagen, die Ehe sei unmöglich. Das Schöne daran war, dass er sich selbst so gut belügen konnte, er würde immer noch meinen, er sei der Gute. Er würde tatsächlich glauben, nach Kräften alles getan zu haben.

Hör zu, sagte sie. Du kannst es doch drei Meter von der Hütte weg bauen, mit einer kleinen Verbindung.

Einer Tür an beiden Enden. Vielleicht riecht es dann nicht.

Gary überlegte. Er ging die Rückwand der Hütte ab, drehte sich ein paarmal, schritt die Entfernungen ab. Okay, sagte er schließlich. So was kann ich machen. Aber wir müssen das Versorgungszelt versetzen, um Platz zu schaffen.

Krise abgewendet, und wenn es so leicht war, konnte sie doch vielleicht auf der Stelle die gesamte Hütte ablehnen. Einfach Nein sagen zu der ganzen Idee und nach Hause gehen. Aber sie wusste, dass das nicht möglich war. Weil es bei der Hütte nicht um die Hütte ging.

Sie holten Werkzeug und Material aus dem zweiten Zelt, fanden eine andere Stelle weiter hinten, bauten es auf und bestückten es wieder. Ein Nachmittag, der verging, Gary, der auf die Uhr sah.

Es wird spät, sagte er, und wir haben noch nicht mal mit dem Plumpsklo angefangen. Indirekte Bestrafung, Vorführung der Konsequenzen.

Ja, sagte Irene. Zu dumm, dass es nicht Juni ist.

Gary danach schmallippig. Nahm den Spaten, um einen Pfad durchs Unterholz zu schlagen, einen schmalen Durchgang zu einem größeren Platz fürs Plumpsklo, gut ein mal ein Meter. Sein T-Shirt dunkel vor Schweiß.

Irene zog irgendwann die Kühlbox aus ihrem Zelt, setzte sich darauf und sah ihm beim Arbeiten zu. Grub sich bis China durch, riss ein Loch in die Erde, um sie wissen zu lassen, wie er sich fühlte. Wie ein kleiner Junge. Sie sollte ihn packen, ihm die Brustwarze in den Mund stecken und ihn so lange wiegen, bis er einschlief.

Es ging Irene gegen den Strich, dass sie sich dreißig Jahre lang um diesen Mann hatte kümmern müssen. Die Last seiner Klagen und seiner Unduldsamkeit, sein Versagen und, im Gegenzug, seine Unnahbarkeit. Wieso war ihr irgendetwas davon annehmbar erschienen?

Irene konnte nicht mehr zusehen. Sie stand auf und ging in den Wald. Alles beschattet hier, kühler, die Stämme dichter, jeder Baum mit Forken dürrer toter Äste, dünne gebogene Finger, Überbleibsel vielleicht aus der Zeit, da sie noch viel jünger waren. Peitschten ihr entgegen, als sie sich durchschlug, all das neue Grün viel höher. Fichte und Birke, Bäume, von denen man nach vielen Jahren in Alaska genug haben konnte. Die gelegentliche Pappel mit ihrer raueren Borke, ein paar Espen.

Enge Pfade taten sich auf wie Gassen, und sie folgte ihnen, Wildpfade. Kleine Flecken Moos und Farn, der Wald still. Irene Jägerin oder Gejagte, so oder so dasselbe Gefühl, dieselbe Wahrnehmung des Waldes, dasselbe Warten auf Geräusch oder Bewegung, dieselbe Wahrnehmung des Atems. Es war wieder Zeit zu jagen, ihren Bogen hierher mitzunehmen. Aber sie wurde jetzt begleitet von dieser neuen Sache, diesem neuen Verrat des Körpers, etwas, das sie nicht angehen, nicht verfolgen, niemals sehen konnte, weil es nicht existierte. Irene stieg höher, erklomm vom Wald verborgene Plateaus und Abhänge, bis sie einen Buckel erreichte, von dem aus es nicht höher ging, noch immer umschlossen, noch immer keine Aussicht, ein Panorama, das da war, doch von allen Seiten blockiert.

Sonntag, und Rhoda und Jim hatten einen freien Tag, also schliefen sie lange, schliefen miteinander, schliefen noch ein bisschen und lagen dann einfach da. Jim mit geschlossenen Augen, Rhoda mit dem Kopf auf seiner Brust, mit Blick nach draußen. Träge Wellen rollten die Bucht hinauf, ein klarer, sonniger Tag. Schlanke schwarze Fichten, vereinzelt, auf dem flachen Ufer vor dem Strand. Sie waren Rhoda immer wie Menschen erschienen, Vagabunden auf dem Weg zur See hinaus, jeder für sich. Sie konnte sich einen niedrigen Ast als Hand vorstellen, darin ein kleiner Koffer.

Die Bäume sehen aus wie Menschen, sagte Rhoda.

Was?, sagte Jim.

Die Fichten da draußen, wie Menschen, ein bisschen struppig, wie die Whos aus Whoville.

Hm, sagte er.

Du guckst ja gar nicht.

Okay, sagte er und schob sich ein Kissen unter den Kopf. Rhoda rutschte auf seiner Brust nach unten. Die Bäume da draußen?, fragte er.

Genau.

Ich glaube, ich weiß. Die Kleinen die Kinder, die größeren die Erwachsenen. Sie haben in etwa die richtige Größe.

Und wo gehen sie hin?, fragte sie.

Klingt nach einer gewichtigen Frage.

Hm, sagte Rhoda. War es nicht. Daran habe ich nicht gedacht.

Entschuldigung, sagte er.

Meine Eltern sind so merkwürdig. Versprich mir, dass wir nie so werden.

Wenn's weiter nichts ist.

Rhoda lachte. Das sind Freaks.

Das hast du gesagt.

Wann lerne ich denn deine Eltern kennen?

Weiß ich nicht, sagte Jim. Sie sind nach Arizona gezogen.

Das ist immer das Einzige, was du von ihnen erzählst.

Na ja, ich fahre nicht runter, und sie kommen nicht hoch.

Das ist traurig.

Nein. Es ist eine zufällige Beziehung, willkürlich. Die hätte ich mir nie als Freunde ausgesucht. Ich mag sie nicht mal.

Das ist richtig traurig.

Für mich nicht. Mir ist es völlig egal.

Hm, sagte Rhoda. Ihr gefiel diese Seite von Jim nicht, kalt und von allen abgeschnitten. Es klang nicht echt, und ganz gewiss passte es nicht zu ihrer Vision von Kindern und trauten Familienszenen. Zufällig und willkürlich.

Bin ich auch zufällig und willkürlich?, fragte sie schließlich.

Rhoda, sagte er.

Im Ernst. Einfach nur, weil ich hier bin und verfügbar?

Nein. Ich liebe dich. Das weißt du.

Rhoda richtete sich auf und sah ihm in die Augen. Ehrlich?, fragte sie. Kannst du mir das versprechen?

Absolut, sagte er und zog sie zu einem Kuss heran.

Okay, sagte sie und legte sich wieder auf seine Brust. Einige Brusthaare wurden grau. Eine Veränderung im Laufe des vergangenen Jahres, seit sie zusammenwohnten. Und sein Bauch wurde runder, ein kleine Erhebung. Polsterung an den Seiten. Elf Jahre älter als sie.

Ich mache mir Sorgen um Mom, sagte sie.

Ja. Ich dachte, Romano findet was.

Ich weiß nicht, was mit ihr ist. Ich weiß nicht, wie ich ihr helfen soll.

Hm.

Rhoda merkte, dass Jim sich nicht wirklich für das Thema interessierte. Zu durcheinander und kompliziert. Du willst darüber nicht reden.

Schon gut, sagte Jim. Wirklich.

Ich versuche, sie zu verstehen, und das gelingt mir einfach nicht. Vielleicht ist es der Ruhestand. Ich weiß, dass sie ihre Arbeit vermisst und sich jetzt nutzlos fühlt. Und sie haben nicht so viel Geld, wie sie im Alter haben wollten, das macht ihr wahrscheinlich auch Sorgen. Aber da ist noch was anderes, etwas Wichtigeres. Es ist, als hätte sie ihre eigenen geheimen Abmachungen mit den Göttern.

Wow, sagte Jim. Das klingt ein bisschen hochtrabend.

Ich meine es ernst. Sie ist zu dem Schluss gekommen, dass die Welt gegen sie ist, und es ist, als würde sie sich für den Kampf wappnen. Sie ist völlig paranoid.

Und dann versuche ich, etwas zu sagen, und sie weiß, ich gehöre nicht zu den Göttern. Ich habe keine Entscheidungsbefugnis. Ich darf nur zusehen, also bin ich unwichtig.

Das stimmt nicht. Du bist ihr wichtig.

Früher. Jetzt nicht mehr. Ich glaube, der Schmerz in ihrem Kopf kommt davon, dass sie sich für den Krieg rüstet. Und zwar mit Dad, das weiß ich, aber nicht, worum es da wirklich geht, weil ich nicht beteiligt bin.

Rhoda, sagte Jim. Nimm's mir nicht übel, aber ich glaube, dass du jetzt selber überschnappst. Du interpretierst zu viel rein. Sie hat Schmerzen, wahrscheinlich weil sie so ein Nervenbündel ist. Oder sie muss sich an den Ruhestand gewöhnen, wie du sagst. Aber damit hat's sich. Sie kommt drüber weg.

Das glaube ich nicht. Und Rhoda wurde klar, dass dies der Wahrheit entsprach. Auf einmal wurde sie sehr traurig. Sie glaubte nicht, dass ihre Mutter sich erholen würde. Weil ihr Problem, was immer es war, ihr gesamtes Leben umfing. Das war der Schlüssel. Es überspannte die Zeit. Ich glaube nicht, dass sie sich erholt, sagte sie zu Jim. Wirklich nicht.

Da hielt Jim sie fest, schlang beide Arme um sie, und sie machte die Augen zu und hätte gern alles irgendwie angehalten, nur war überall Dunkelheit, eine Leere, nichts, woran sie sich festhalten konnte. Wann heiratest du mich, Jim?, fragte sie. Ich brauche etwas Festes. Sie konnte nicht fassen, dass sie das eben gesagt hatte, dass sie diese Worte ausgesprochen hatte. Hatte sie aber.

Es folgte eine lange, hässliche Pause, und sie spürte,

wie sein Atem und sein Herzschlag sich beschleunigten. Ich liebe dich, Rhoda, sagte er schließlich.

Reicht nicht. Wann heiratest du mich?

Der Waschtisch war ein kalter Aluminiumtrog, ein Planschbecken aus Blut und Salzwasser. Carls Hände klamm vor Kälte, die Finger wund. Der Lachs kam ausgenommen und geköpft zu ihm, aber er musste mit seinen dreifach behandschuhten Händen die klaren dünnen Membranen fassen und herausziehen, dann auf den Boden werfen. Vier oder fünf Versuche für jede Membran, bevor er sie fand, und manchmal war sie gar nicht da.

Das Tscha-tschank der Köpfmaschine ein steter Rhythmus, alle paar Sekunden, noch ein Fisch für ihn, und er wurde allmählich panisch. Zu viele Fische, Stau am Waschtisch. Metallica in voller Lautstärke aus den Boxen über ihm.

Diese Arbeit machten außer ihm noch drei, alle schneller, trotzdem stapelten sich die Fische, füllten das Blutbad. Die Frau ihm gegenüber, auch eine Collegestudentin, nahm gar keine Membranen heraus, das stresste ihn zusätzlich. Sie strich dem Fisch flüchtig über die Seite, um das Blut abzuwaschen, lugte dann kurz in den ausgenommenen Teil des Körpers, wo sich die Membranen versteckten, und warf den Fisch in eine weiße Plastikschütte in der Mitte des Tisches, weiter zu den Kontrolleuren. Mit jedem Wurf brachte sie es fertig, den Schwanz so gegen die Schütte zu klatschen, dass Carl Schleim und Wasser ins Gesicht spritzten. Das hatte sie perfektioniert. Und sie schaffte drei Mal so viele Fische wie er.

Dann die zwei Kontrolleurinnen am Ende des Trogs, ähnliches Alter, aber keine Studentinnen. Ihre Aufgabe bestand eigentlich darin, die Fische kurz zu prüfen und zu sortieren. Die mit Schnitten oder gebrochener Mittelgräte in eine Seitenwanne. Jede andere Lachsart in eine andere Wanne, weil nur Rotlachs verarbeitet wurde. Sie aber zogen eine Membran heraus oder drückten einen Blutfleck weg oder zupften ein Kiemenstück ab, wenn der Fisch nicht sauber war, und es schien sie nicht zu scheren, dass sie das mit jedem einzelnen Fisch der Studentin machen mussten und mit keinem von Carl. Einheimische. Plauderten die ganze Zeit, mussten Metallica überbrüllen. Sie arbeiteten seit Jahren hier, und sie hatten keine hohe Meinung von dieser Firma.

Scheiße, aus einer Fischfabrik kann man nicht gefeuert werden, sagte eine zur anderen, vor allem nicht aus dieser. Drunter kommt nichts mehr.

Sie plauderten über Männer und Geld, und sie arbeiteten schon so lange hier, dass sie sich nicht konzentrieren mussten. Carl kämpfte mit jedem Fisch. Erst die Membran, versuchen, irgendwo in der Nähe des Afters einen Zipfel zu finden, dann oben, wo der Kopf entfernt worden war, nach den beiden Blutsäcken suchen. Um dieses Blut herauszutreiben, musste er mit einem Daumen fest drücken. Dann prüfen, ob irgendwelche Kiementeile hängengeblieben waren, und versuchen, das letzte Blut von der Mittelgräte zu kratzen. Unmöglich, alles zu erwischen, und er hatte keine Hilfsmittel. Nur einen groben Baumwollhandschuh über einem Plastikhandschuh über einem weiteren Baumwollhandschuh. Weil theoretisch alles schon am Fließband von einer Person mit einem Löffel entfernt worden war. Das war die Person, der Carl am meisten grollte.

Allerdings grollte Carl allen, die stromaufwärts standen. Sie waren allesamt gelernt, allesamt besser bezahlt und hatten allesamt leichtere Aufgaben. Einer stand da mit einer Schaufel und half, den Fisch aus riesigen Tanks zu holen. Dieser Typ verbrachte viel Zeit damit, einfach nur dazustehen und dabei zuzusehen, wie die Fische an ihm vorbeizogen. Jemand anders richtete die Fische so aus, dass ihre Köpfe alle in eine Richtung zeigten. Den Job hätte Carl gern gehabt. Ein weiterer Typ setzte vom After bis zum Schlund einen schnellen Schnitt an. Pro Fisch einmal das Messer schlenzen. Dann der Köpfer. Er bewegte den Fisch nur wenige Zentimeter, richtete den Kopf für die schweren Klingen aus. Eine Guillotine und gefährlich. Aber er trug ein Taljereep, das am Tisch befestigt war und seine Hand daran hinderte, zu weit vorzuschnellen. Und er bewegte den Fisch so gut wie gar nicht.

Ausschließlich Männer an der Spitze des Stroms, bis zur nächsten Station, wo die Innereien herausgerissen wurden. Das machte eine Frau. Die Innereien reisten auf einem kleinen Förderband zu einer weiteren Frau, die den Rogen, den roten Sack mit Eiern, in einen kleinen Plastikeimer warf. Wie eine Wahrsagerin, die aus jedem platschenden Geschlinge auf ihrem Tisch eine Zukunft las. Vor dem nächsten Platsch wischte sie flüchtig über die Innereien.

Danach wieder Messer und Männer, ein rascher Schnitt, um das Blut entlang des Rückgrats zu öffnen. Dann eine Frau mit einem Löffel, um das ganze Blut herauszuschöpfen, und ein Mann mit einer Spritzdüse zum Wegspülen. All das auf einem breiten Förderband, hellblaues Plastik, und die Fische landeten mit einem Flupp im Waschtrog. Jedes Flupp bespritzte den Typen links von Carl, und jedes Mal zuckte der Typ zusammen. Schlimmste Position der Fabrik, und obwohl Carl wie ein Wahnsinniger pinkeln musste, rührte er sich nicht vom Fleck, weil er wusste, dass der Typ aufrücken und er selbst dann dort feststecken würde.

Das Problem war also entweder die Frau mit dem Löffel oder der Mann mit der Spritzdüse. Einer von ihnen sollte eigentlich die Membranen und die Blutflecken beseitigen, stattdessen leiteten sie die Fische einfach so schnell wie möglich weiter. Die Lachse stapelten sich auf dem Waschtisch, bis sie über die Ränder zu quellen drohten und das Förderband verstopften, und es gab kein Wasser zum Waschen in Reichweite. Ein Berg von Kadavern und keine Möglichkeit zu waschen, und Carl dachte, er müsste schreien.

Sean, der Manager, tauchte am sauberen Aluminiumtisch hinter den Kontrolleurinnen auf und bellte, man solle ihm Fische weiterleiten. Also schnappten sich die Kontrolleurinnen schnell Fische vom Waschtisch und leiteten etwa fünfzig Stück weiter. Sean warf einen flüchtigen Blick hinein und schob sie weiter, dorthin, wo sie in Eis gepackt wurden, fertig zum Transport. Ein weiteres Zeichen dafür, dass Carls Tätigkeit völlig gegenstandslos war. Der Boss schickte den ganzen Fisch auf eine Abkürzung, nachdem Carl um fünf Uhr morgens über eine Stunde lang lauter Mist über Qualitätskontrolle in der Fabrik hatte über sich ergehen lassen müssen. Es gab zum Beispiel einen Eimer mit heißer Chlorlösung zum Händewaschen, das würde helfen, den Fisch sauberer zu machen und die Haltbarkeit zu verlängern, aber er konnte nicht riskieren, zu diesem Eimer zu gehen, um sich die Hände zu wärmen, denn dann würde der Typ neben ihm aufrücken, und Carl würde von jedem neuen Lachs bespritzt. Ein wandernder Kontrolleur prüfte die Temperaturen und vergewisserte sich, dass alle ihre Arbeit machten, aber wenn er neben der Frau gegenüber Carl stand, fand er ihren leeren Blick in den Kadaver offensichtlich ausreichend.

Für Carl traten hier alle Lebenslektionen offen zutage. Alles, was er bereits auf dem College hätte lernen sollen. Alles, was er über seine Zukunft wissen musste. Im Geiste stellte er die Liste zusammen, während er Blut drückte und Membranen zupfte:

1. Arbeite nicht mit anderen zusammen.
2. Arbeite nicht mit den Händen.
3. Sei froh, dass du nicht als Frau arbeiten musst.
4. So etwas wie Qualitätskontrolle gibt es nicht. Alle anderen Geschäftsprinzipien sind auch Schwach-

sinn. Die Geschäftswelt ist der Ort, wo Gedanken und Sprache zugrundegehen.

5. Arbeit bedeutet nichts außer Geld. Such dir also einen Job, der mehr bedeutet als das hier, am besten etwas, das sich nicht nach Arbeit anfühlt.

Die wichtigste Lektion war allerdings, dass Carl auf der Stelle verschwinden musste. Fürs Ausharren in einer beschissenen Situation gab es keinen Preis zu gewinnen. Er würde heute Abend seine Mutter anrufen und sie um ein Rückflugticket bitten. Ihm war egal, was das am Ende kosten würde. Hier würde er keinen weiteren Tag bleiben.

Schließlich gingen alle in die Pause, fünfzehn Minuten nach vier Stunden Lachs. Carl brauchte fünf Minuten, um seine Regenlatzhose auszuziehen und zu pinkeln, dann stand er draußen beim Lagerfeuer. Eine Metallgrube im Lehm, keine Flammen, nur ein paar Kohlen und jede Menge Rauch. Der Rauch blies die meiste Zeit in Carls Richtung und hüllte ihn ein. Er und seine Fischverarbeitungskollegen standen im Kreis und starrten in die Kohlen, einer erzählte von seinem Kneipenstreit und kurzen Knastaufenthalt. Er war heute Morgen rechtzeitig zur Arbeit entlassen worden.

Meine Ex kommt rein mit diesem bekannten Crackdealer, und das bedeutet, dieser Kerl verbringt Zeit mit meinem Kind. Ich weiß, wer er ist, und er weiß, wer ich bin. Er kommt direkt auf mich zu, und ich mach nichts. Ich sitz einfach da, während er rumlabert.

Carl konnte sich nur mit Mühe einen Reim auf diese

Geschichte machen, weil der Typ so sanftmütig aussah. Im gleichen Alter wie Carl, ein bisschen feister und kräftiger, hellroter Bart, aber er sah nicht aus wie jemand, dessen Ex mit einem Crackdealer zusammen war.

Etwa eine halbe Stunde, jedenfalls unfassbar lange, brüllt der mir ins Gesicht. Ich dachte, der hört irgendwann auf, aber nein, also sag ich irgendwann, wir klären das vor der Tür.

Wir klären das vor der Tür, wiederholte Carl laut. Welch ein Klischee, dachte er leise grinsend, doch niemand schloss sich ihm an. Irritierte Blicke vom Erzähler und von anderen, bloß eine kleine Unterbrechung der Geschichte. Carl ein Außenseiter, wie üblich.

Ich schieb meine Bierflasche in die Tasche, was er nicht mitkriegt, und als wir draußen sind, hau ich den Hals am Geländer ab und sag ihm, ich bin bereit.

Die Gruppe war beeindruckt, merkte Carl. Carl war nicht beeindruckt. Er konnte nicht fassen, dass er mit solchen Sponks rumhing.

Als er die Flasche sieht, hat er die Hosen voll. Wir drehen uns im Kreis, und er traut sich nicht näher ran. Und dann kommen die Bullen, und zwar mein Freund Bill. Ich so, soll ich mir die Handschellen selber anlegen? Er kennt das schon, ist nicht das erste Mal, und sagt so, Alter, du und deine Scheiße immer. Alles cool also. Ich hab auf der Wache übernachtet, und sie haben mich rechtzeitig zur Arbeit rausgelassen.

Alle blickten noch etwa eine Minute in die Kohlen, kein Kommentar zu der Geschichte, dann war es Zeit, wieder reinzugehen, Ende der Pause. Zurück zu den Innereien.

Carl diesmal in der Pole Position, jedes Mal, wenn ein Kadaver in der Wanne landete, eine Dusche. Er versuchte, nicht zu zucken. Kalter Schleim im Gesicht und am linken Ohr, im Haar. Es ist bloß Schleim und Blut, sagte er sich. Das lässt sich abwaschen. Er dachte über irgendein kleines Manöver nach, mit dem er dem Betrieb und seinen Kollegen schaden könnte, aber ihm fiel nichts ein. Er war inkonsequent. Er hätte die Arbeitsverweigerung der Frau ihm gegenüber nachahmen können, aber da er schon mal hier stand, würde er auch die Membranen und das Blut beseitigen. Nur noch vier Stunden. Seine rechte Hand verkrampfte sich vor Kälte, aber das würde er ignorieren.

Er musste seine Mom anrufen, sich von Mark verabschieden und ihm danken und sich außerdem überlegen, was er mit Moniques Rucksack machen sollte.

Der Lachs kam jetzt mit Köpfen an. Ausgenommen und ohne Kiemen, aber mit Köpfen. Eine Änderung im Vorgehen, und Carl war nicht informiert worden, aber seine Aufgabe noch immer dieselbe. Die Augen geweitet, silbrig umrahmt. Hakenförmige Unterkiefer bei manchen, fast wie Schnäbel. Vielleicht die Männchen. Membranen fand er nicht.

Da ist was anders, rief er einer der Kontrolleurinnen über die Musik zu. Ich kann keine Membran finden.

Die hier sind schon gestern durchgegangen, rief sie zurück. Kopf und Kiemen. Neue Ansage, keine Kiemen mehr.

Cool, sagte er.

Ja, rief sie. Super. Warum nicht alles doppelt machen. Motto in dieser Fabrik.

Du klingst wie eine genervte Angestellte.

Du mich auch.

Carl versuchte zu lachen, aber sie hatte es ziemlich fies herausgebracht und sah ihn auch nicht mehr an. Die übrigen Tagelöhner am Waschtisch blickten kurz auf, kein Mitgefühl, und blickten wieder auf den Fisch.

Ein Stillstand, genügend Zeit für die Tagelöhner, aufzuholen, und dann kam ein halbes Dutzend kleinerer Lachse, komplett. Weder ausgenommen noch geköpft, von den Herrschaften stromaufwärts einfach durchgewunken. Carl war verwirrt, wusch sie aber rasch im Bluttrog und schob einen Lachs weiter. Kleiner, leichter, eine kleine Patrone. Eine andere Art, aber er fragte nicht nach. Was scherte es irgendwen.

Und dann zogen sie alle an einen anderen langen Tisch auf der anderen Seite der Halle um. Plastikschubkarren voller Heilbutt. Platte Gespenster. Seitliche Münder und volle Lippen, geöffnet, ein Ausdruck von Verzweiflung. Ihre Oberseiten dunkelgrün gefleckt, getarnt, hässlich. Ein Urtier ohne eine Vorstellung vom Menschen. Grundfische, sicher verborgen in der Tiefe, alles schluckend, was in ihre Nähe kommt, und so hätten sie die nächsten hundert Millionen Jahre weitermachen können. Carl wollte an dieser Zerstörung nicht mehr teilhaben, also trat er vom Band zurück und suchte Sean auf, den Boss.

Tut mir leid, sagte er zu Sean. Ich kann das nicht. Ich muss nach Hause.

Sie müssen die Schicht fertigmachen, sagte Sean.

Ich kann nicht. Ich muss jetzt weg.

Dann gehen Sie ohne Bezahlung.

Nein, sagte Carl. Sie bezahlen mich für meine sechs Stunden, achtundvierzig Dollar bar auf der Stelle, oder ich tue Ihnen etwas an. Ich meine es ernst. Ich hasse diesen Ort und alle Menschen hier drin, und das werde ich alles an Ihnen auslassen. Also geben Sie mir jetzt mein Scheißgeld.

Sean lächelte. Verpiss dich, sagte er. Dann drehte er sich um und ging langsam weg.

Carl stand da, kochend vor Wut über diesen jüngsten Beweis dafür, dass sich die Welt nicht seinem Willen beugte, dann ging er zur Ablage, um sein Regenzeug aufzuhängen. Er zog die Gummistiefel aus, zog seine Schuhe an und ging. Mit seinem und Moniques Rucksack wankte er den Strand hinauf zum Campingplatz, wo Wohnmobile zum Keschern zusammengekommen waren. Leere Bootsanhänger, Allradwagen und Dirtbikes, Netze und Müll und Zelte. Sie hatten eine tiefe Grubenlatrine, die er schon benutzt hatte, und die war ideal für Moniques Zeug. Er würde ihren Scheiß nicht mehr mit sich rumschleppen.

Er musste warten, und endlich kam ein dicker alter Mann heraus, der die Holztür weit aufschwang. Carl ließ seinen Rucksack draußen auf dem Boden stehen, ging mit Moniques hinein und schloss die Tür. Dämmerlicht, dicke Luft, er wollte keine Scheiße an den

Rucksack kriegen, weil er den zu behalten gedachte, also trat er hinaus und setzte ihn ab, öffnete ihn und holte einen Packen Kleidung heraus. Die Schlüpfer, die ihn einmal so erregt hatten, ihre T-Shirts, Socken und Jeans, Schals, Pullis, das ganze Zeug, er stand über der Latrine und warf ein Stück nach dem anderen hinein. Leck mich, Monique, sagte er zur Toilette. Und leck mich, Alaska. Danke vielmals für diesen reizenden Sommer. Der alte Mann hatte den Haufen unten mit sehr heller brauner Scheiße bedeckt, die nun von ihrer Kleidung bedeckt wurde. Das ist Alaska, genau das, sagte Carl. Ein Ort, wo Leute scheißen gehen. Ein großes Klo, sonst nichts.

Ihren teuren Schlafsack und andere kleine Ausrüstungsgegenstände hob er auf. Eine Stirnlampe, einen winzigen Kocher, ein Messer. Jedes letzte bisschen Kleidung jedoch wanderte ins Loch, und er fühlte sich besser, sehr viel besser. Ihr Rucksack jetzt leichter, er konnte ihn mit einer Hand tragen.

Danach telefonierte er. Rief seine Mutter per R-Gespräch an. Ich muss hier weg, sagte er.

Was ist mit Monique?, fragte sie.

Hat mich wegen einem Zahnarzt verlassen. Einem alten Furz, vierzig oder so was.

Ach, Bärchen.

Ja, sagte er, den Tränen nahe, wehleidig. Die Stimme seiner Mutter erfüllte ihn ganz und gar mit Selbstmitleid.

Du findest jemand anders, sagte sie.

Ja, sagte er. Er konnte kaum sprechen, die Brust eng,

und diese ganze Szene kam ihm lächerlich vor, lachhaft. Doch Gefühle kann man nicht spielen, und er war dankbar, seine Mom zu haben, ein Mensch auf dieser Welt, der ihm helfen würde. Sie sagte, sie werde ihm in der nächsten Stunde Geld überweisen, damit er etwas essen und am Morgen den Bus nach Anchorage nehmen könne, und sie werde ihm einen Flug buchen. Liebesbekundungen, und dann wanderte er zum Strand, um sein Zelt aufzuschlagen. Er hatte Mark suchen wollen, um ihm zu danken, aber inzwischen war es ihm egal. Er war fertig mit Alaska.

Der erste Herbststurm. Gary stemmte sich gegen Windböen und Regen, während er die nächste Lage Baumstämme festzunageln versuchte. Zeit. Er war nicht rechtzeitig fertig geworden, und jetzt musste er dafür bezahlen. Ein Temperatursturz von fünfzehn Grad, der Himmel dunkel, eine Böswilligkeit, ein Biest, leibhaft und erpicht. Verständlich, dass die Alten den Dingen Namen gegeben hatten. Der See eine Bestie, auch zu Schaumkronen erweckt, Brandungswellen, die sich zwei Meter hoch aufbäumten, gegen das Ufer schlugen. Der Wind in Böen, verdichtet, kälter und kälter, geboren im Eisfeld, beschleunigt im Windkanal über dem Skilak Glacier, durch Berge getrichtert.

Atol ytha gewealc, rief Gary, das schreckliche Tosen der Wogen. Irene im Zelt, er war allein und konnte reden. *Bitre breostceare*, bitteres Herzweh, *hu ic oft throwade*, wie oft ich litt, *gewindcdagum*, in Tagen der Mühsal, *atol ytha gewealc*. Wegen dieses Gedichts hatte er zur See fahren wollen, aber er hatte es nicht getan. Dieser Sturm vielleicht die größte Annäherung bisher. *Iscealdne sae*, eiskalte See, *winter wunade*, im Winter bewohnt, *wraeccan lastum*, auf Pfaden des Exils, und das stimmte. Er hatte beinahe sein ganzes Erwachsenenleben im Exil zugebracht, in Alaska, einem selbstgewählten Exil, das ebenso gut war wie jedes Meer, und jetzt wollte er das Schlimmste erleben, was dieser Sturm für ihn bereithielt. Er wollte frühen Schnee, er wollte leiden. Er wollte den Preis zahlen. Her damit, du Wichser, brüllte er in den Sturm. *Isig fethera*, schrie er. Eisflügelig.

Er versuchte, einen Blick auf das Boot am Ufer zu werfen, aber der Regen bohrte sich in seine Augäpfel, Nadelstiche, die Luft mit Wasser getränkt, dass er keine zwanzig Meter weit sehen konnte. Das Boot bereits an Land getrieben, gegen Felsen geschlagen und gestoßen, aber es war aus Aluminium und würde überleben, leider. Besser, es wäre aus Holz und würde zersplittern, gebrochener Kiel, kein Weg zurück, besser, die Insel wäre unbewohnt von anderen, niemand, der helfen konnte. Gary wollte verlassen sein, allein, nicht einmal Irene als Zeugin. Er wollte, dass sie verschwand, spurlos, nie dagewesen. Bittere Frau, schmollend im Zelt, Bestrafungen ersinnend, die schlimmer waren als jeder Sturm.

Gary hielt das Holz fest und schlug Nägel ein, drückte das Holz zusammen, fügte eine Wand, die nichts abhalten würde. Holz eine Genugtuung, weil es einmal lebendig war. Eine Möglichkeit, es der Erde heimzuzahlen, seine eigene kleine Bestrafung zu verabreichen.

Er stand schwankend auf dem Podest und fing sich bei jeder neuen Böe, hielt die linke Hand am Holz. Nägel zwischen den Zähnen, weitere in seiner Tasche. Geschmack nach verzinktem Stahl. Arme und Schultern inzwischen zäh, fit, drahtig vom Einsatz, genügend Zeit hier draußen. Muskeln eine Form der Erinnerung und

Rückkehr, harte Arbeit der einzige Trost. Also schuftete er stundenlang, schnitt neue Baumstämme, sägte ihre Enden und legte sie zurecht, hämmerte wieder. Rammte Streben darunter, passte die Wände ein wenig an, scherte sich nicht darum, ob sie jemals wirklich passten. Das Podest war zum Käfig geworden, zu einem Kampfplatz.

Das Zelt ein ganz anderer Kampfplatz. Der alte Trampel schäumte, wartete. Aber das stimmte natürlich alles gar nicht. Er sah durchaus, dass er sich in diesem Unwetter einfach nur aufregte. Das richtige Leben nicht so simpel. Seine Beziehung zu dem Trampel nicht so simpel. Aber es tat gut, hier draußen zu stehen und ein bisschen Dampf abzulassen, und jetzt hatte er Appetit auf Mittagessen.

Hey Reney, sagte er, als er den Reißverschluss aufzog. Platz für einen alten Mann hier drin?

Er hörte so etwas wie ein Grunzen, duckte sich schnell hinein und zog den Reißverschluss wieder zu.

Wow, sagte er. Dieser Sturm hat's in sich.

Mach unsere Sachen nicht nass.

Ich sehe mich vor. Und er blieb am Rand bei der Klappe, als er Mantel, Latzhose und Stiefel abstreifte. Gut, ein Zelt mit voller Stehhöhe zu haben, sagte er, aber er sah, dass sich eine Menge Wind darin fing. Irene lag in ihrem Schlafsack. Immer noch nicht gut?, fragte er.

Nein.

Konntest du schlafen?

Nein.

Weil das Zelt im Wind hin und her schwankt?

Ja, das und der Schmerz. Und nicht zu Hause zu sein.

Tut mir leid, sagte er.

Schon gut. Ich weiß, dass wir hier draußen sein müssen, um vor dem Schnee fertig zu werden.

Gary kroch neben sie in seinen Schlafsack. Mittag, aber dunkel. Dauert nicht mehr lang, sagte er. Versprochen. Dann sind wir in der Hütte und haben ein Dach.

Irene antwortete nicht. Sie lag zusammengerollt, Gesicht abgewandt.

Also lag er in seinem Schlafsack und blickte hinauf ins schwach hinterleuchtete blaue Nylon. Wütende Bewegung, das Tosen unglaublich. Als würde man in einem Hurrikan leben. Wenn man dalag, konnte man Angst bekommen, auch wenn nichts passierte. Das Zelt würde nicht einstürzen. Der Sturm würde nicht hereinkommen. Sie waren in Sicherheit. Doch wenn man genügend Zeit in dieser Enge zubrachte, konnte man bald alles glauben. Man konnte das Ende nahen fühlen. Schrecken, aufgetürmt aus dem Nichts, aus Nylon und Wind. Der Geist so anfällig.

Man kann verrückt werden, wenn man hier im Zelt liegt, sagte er zu Irene.

Ja.

Vielleicht solltest du ein bisschen mit rauskommen.

Nein.

Es ist nicht so übel draußen. Kalt, aber nicht so kalt. Und das Regenzeug hält.

Nein danke.

Sie drehte durch, das merkte er. Wurde hier drin ein bisschen verrückt. Aber im Grunde konnte er nichts machen. Selbst wenn sie wollten, konnten sie in diesem

Sturm nicht mit dem Boot raus. Also machte er die Augen zu und versuchte, etwas zu schlummern. Danach würde er etwas essen und weiterbauen. Es war eine schlichte Hütte. Das konnte nicht so lange dauern. Er musste nur einfach alles zusammennageln.

Er versuchte, nicht an die Hütte zu denken. Er konnte nie schlafen, wenn die Gedanken kreisten. Und er versuchte, das Zeltgetose auszublenden, aber nach etwa zwanzig Minuten gab er auf. Er nahm sich Erdnussbutter und Marmelade, schmierte sich ein Sandwich und zog sich beim Essen das Regenzeug an.

Ich gehe, sagte er.

Grüße an den Sturm.

Ha, sagte er, trat in die Böen hinaus und zog schnell den Reißverschluss zu. Er drehte sich mit dem Rücken zum Wind, spürte selbst durchs Regenzeug einen kurzen Kälteschauer und stopfte sich den Rest des Sandwichs rein. Kaute zu Ende und steckte sich ein paar Nägel in den Mund. Ein bisschen Zink zum Nachtisch, sagte er sich und genoss die Situation, in den Wind gebückt mit dem Hammer in der Hand. Er hätte ein Wikinger sein können, der in den Sturm hinauszog, nur mit Fell behangen, mit Schwert und Schild. Oder einem Streithammer, einem großen Eisenstück am Ende eines Stocks. Er hätte das gekonnt. Er wäre Manns genug gewesen. Rudern und Segeln, mit jeder Welle die Gischt, Tage oder gar Wochen auf dem Wasser in der Erwartung, Land zu sichten. Und wenn es sich dann tatsächlich aus dem Nebel schälte, würden sie an der Küste entlangschleichen auf der Suche nach einer Siedlung, klein, auf einer

Landspitze hockend oder versteckt in einer Bucht. Und sie würden aufs Land zuhalten, direkt auf den Strand laufen, das Vorschiff auf Sand, und mit ihren Hämmern und Schwertern und Speeren über die Seiten springen und die Männer abschlachten, die gekommen waren, sie zu begrüßen. Das Gefühl, einem anderen Mann mit dem Hammer auf den Kopf zu schlagen. Unvergleichlich, da war sich Gary sicher. Brutal und echt. Wie Tiere, nichts Trügerisches. Die Stärkeren töten die Schwächeren.

Und dann würden sie in den Ort hineinlaufen, Lehmstraßen und Katen, Stöcker und Reetdächer, und sie würden wissen, dass die Männer bereits alle tot waren. Frauen und Kinder, und Gary vor einer Hütte mit einer Frau darin. Sie hätte Angst. Nackte Beine, und hier, merkte er, rutschte er in schlechte Filme ab, keiner hätte nackte Beine in dieser Umgebung und nur oben Fell. Keine String-Tangas oder Wonderbras aus Tierhaut. Trotzdem machte es ihn an, sich eine Frau vorzustellen, die dort auf einem Fell lag. Er würde sie ausziehen, ihr die Felle herunterreißen.

Es machte ihn richtig an, auch wenn er wusste, wie töricht das war, vor allem für einen Kenner der angelsächsischen Geschichte. Gary blickte zum Zelt hinüber. Es war lange her und selten genug, dass er überhaupt etwas spürte. Aber Irene würde ihn für verrückt halten, mitten im Sturm mit einem Ständer hereinzukommen, nass und kalt, und Abhilfe zu erwarten. Also ging Gary um die Hütte herum, lehnte sich gegen die vordere Blockwand, Rücken zum ungeheuerlichen Wind, und knöpfte die Hose auf. Er schloss die Augen und sah die

Frau vor sich, wie er ihr die Schenkel öffnete. Sie wehrte sich immer noch, versuchte, ihm die Augen auszukratzen, also drang er in sie ein, drückte ihre Arme nieder.

Er spürte den Druck und kam gegen die Hüttenwand, jämmerliche kleine Spritzer, zuckende Hüften, und er drückte sich ans Holz, Augen noch immer geschlossen, drückte sich gegen die Wand und wartete, bis sein Atem sich beruhigt hatte.

Dann bückte er sich und wischte sich die Hand an einigen Farnblättern ab, griff sich ein Büschel, um seinen Schwanz an der Spitze abzuwischen, und knöpfte sich wieder zu. Die Hütte zu säubern, die Mühe machte er sich nicht. Irene würde das niemals auffallen, schon gar nicht bei dem vielen Regen.

Gary ging wieder zum Podest und nahm Hammer und Nägel. Er war müde jetzt, schämte sich seiner brutalen Phantasie. Eine Frau zu vergewaltigen. Das sah ihm nicht ähnlich, und es sollte ihn auch nicht erregen. Es war so lange her, dass Irene und er miteinander geschlafen hatten. Er wusste nicht, warum. Der Schmerz in ihrem Kopf, sicherlich, aber auch davor schon. Er verstand die Ehe nicht. Die schrittweise Verweigerung aller Begierden, der frühe Tod des Selbst und aller Möglichkeiten. Die frühzeitige Beendigung des Lebens. Aber das stimmte nicht, das wusste er. So wirkte es nur zur Zeit, in einer schlechten Phase. Wenn Irene sich erholt hatte und zu ihrer alten Form zurückgekehrt war, würde er sich anders fühlen. Er stand mit dem Gesicht im Wind und Regen, Augen geschlossen, und versuchte, sich ihr nah zu fühlen, versuchte zu erspüren, was das

Beste war, das Gefühl, dass sie beide einander Geborgenheit schenkten, Nestwärme, nicht allein zu sein auf der Welt, aber momentan spürte er einfach überhaupt keine Verbindung. Am liebsten würde er sie nie mehr sehen. Und vielleicht war das seine Schuld. Vielleicht war er einfach so. Vielleicht war er zu einer solchen Verbindung gar nicht fähig. Aber darüber mochte er nicht nachdenken. Also legte er den Arm über eine Wand, klemmte sie mit seinem ganzen Gewicht fest und schlug einen Nagel in den oberen Baumstamm, hämmerte, bis er durch war, bis er sich in den nächsten Stamm gebohrt hatte und die Lagen zusammenpresste, dann trat er einen Schritt zurück und schlug den nächsten Nagel ein.

Rhoda versuchte, einen Golden Retriever zu retten, eine Hündin, die wochenlang ohne Futter in einem Schuppen eingesperrt gewesen war. Ausreichend Wasser hatte sie gerade mal so am Leben gehalten. Das rotgoldene Fell schmutzig und verfilzt, Rippen und Wirbelsäule vorstehend, ein Schädel mit schlaff herabhängender Haut. Und trotz alledem noch gutmütig. Leckte Rhodas Hand, sah sie liebevoll an, musste dann wieder den Kopf ablegen, keine Energie mehr. Das brachte Rhoda um, wenn Tiere misshandelt wurden. Sie verstand nicht, wie jemand dazu fähig war.

Braves Mädchen, sagte Rhoda, als sie die Infusion vorbereitete. Wir päppeln dich schon wieder auf. Ein kleines Aufbäumen, ängstlich beim Stich der Nadel, aber Rhoda blieb bei ihr und beruhigte sie. Wie schön du bist, sagte Rhoda. Wir bauen dich wieder auf. Aber sie wusste, die Hündin konnte schon am nächsten Morgen tot sein. Diesen Aspekt ihrer Arbeit hasste sie.

Also ging sie in die Mittagspause. Sie musste hier raus, und es war sowieso fast zwei. Volle Regenmontur, nur um zum Wagen zu kommen. Es schüttete wie aus Kübeln, irrwitziger Wind. Und kalt. Sie fragte sich, wie klug es war, in diesem Wetter irgendwohin zu fahren, sie blieb noch auf dem Parkplatz und versuchte erneut, ihre Mutter zu erreichen, kam aber nicht durch. Sie hatte ihr ein Handy geschenkt, aber vielleicht hatte die Insel keine Verbindung. Sie hätten es vorher ausprobieren sollen, anstatt auf Unwetter zu warten. Was, wenn da draußen etwas schiefging? Sie kamen nicht weg von der Insel, konnten niemanden anrufen.

Verdammt, sagte Rhoda. Sie versuchte es noch ein paarmal, setzte dann rückwärts raus und fuhr langsam auf den belebten Highway. Sie wollte eine Hähnchenpastete. Trostfutter. Kalorienbombe, aber sie brauchte etwas.

Ein weiterer Sprint über einen von Pfützen übersäten Parkplatz, dann saß sie in einer Nische, trank heißen Tee und wartete auf ihre Pastete. Sie fühlte sich verloren, allein. So was passierte mit ihr an Regentagen, dazu noch der misshandelte Hund, der starb, ihre Eltern, die unerreichbar auf dieser Insel hockten, und Jim, der sie nicht heiraten wollte. Und ihre besten Freunde waren mit den Jahren alle weggezogen, an Orte wie New York und San Diego und Seattle, bessere Orte. Keiner blieb, es sei denn, man steckte fest. Niemand zum Reden. Ihre Mutter, aber die konnte sie nicht erreichen.

Rhoda legte die Stirn auf den Tisch und blieb so, bis die Pastete kam.

Müde, Schätzchen?, fragte die Kellnerin.

Nein, nur ungeheiratet und ungeliebt.

Ach, Schätzchen, sagte die Kellnerin und drückte Rhodas Schulter. Ich finde ja, Männer sind wie diese Pastete, nur hat Gott die Füllung vergessen.

Ha, sagte Rhoda. Danke.

Gern geschehen, Schätzchen. Sagen Sie einfach Bescheid, wenn Sie noch was brauchen.

Rhoda hob vorsichtig den Deckel ab, legte ihn daneben und teilte sich Teig und Füllung so ein, dass sie nicht am Ende eins von beidem übrig hatte. Die Pastete war gut. Nahrung fürs Gemüt. Sie hätte am liebsten geweint, beherrschte sich aber. War Heiraten zu viel verlangt? Sie war bereit, alles zu geben, ihr ganzes Leben, war es dann wirklich zu viel verlangt?

Jim war derjenige, der sie aufgefordert hatte, zu ihm zu ziehen. Ständiger Zugriff auf Sex. Vielleicht war das alles. Lästig, quer durch die Stadt zu fahren, und ihre Wohnung klein und dunkel, mit altem Teppich. Vielleicht hatte er sie nur aufgefordert, zu ihm zu ziehen, um diese Wohnung nicht mehr sehen zu müssen. Sie bot Dienste, das war alles. Sex, Kochen und Putzen, Botengänge und Hilfe mit dem Schreibkram. Sie sollte Geld dafür nehmen.

Sie aß ein größeres Stück Teig, ihr war danach, auch wenn das Verhältnis nachher nicht mehr stimmte. Alles sollte anders sein. Er sollte sie lieben und für sie sorgen wollen. Der Liebe sollte die Sorge folgen. Eigentlich lag das auf der Hand.

Rhoda machte die Augen zu und hörte auf zu kauen, starrte einen Augenblick in den leeren dunklen Raum hinter ihren Augen. Sie spürte, wie ihre Mundwinkel sich finster senkten, und ihr war egal, ob das jemand sah. Ihr Gesicht schwer, die Wangen alt. Sie kaute weiter und schluckte. Nichts in ihr außer Sehnsucht. Nach einem Zuhause und einem Ehemann und dem Ende der

Geldsorgen und dem Ende der Sorge um ihre Mutter. Sie würde die Zeit drangeben, die sie brauchte, um auf die andere Seite zu gelangen. Die Wochen und Monate nicht leben, wenn es einen Schnellvorlauf gäbe zu besseren Zeiten.

Schätzchen, sagte die Kellnerin, und Rhoda machte die Augen auf. Nur Nachtisch konnte da jetzt noch helfen.

Rhoda lächelte. Ein Eisbecher, mit allem.

Recht so.

Rhoda war schon ziemlich satt, aß aber die letzten Bissen ihrer Pastete, um den Weg frei zu machen für den Eisbecher. Teures Mittagessen, und ihr ging der Teig aus, aber egal.

Ihre Kellnerin hatte recht. Sie verstand überhaupt nicht, wo bei Jim die Füllung war. Schöner goldener Teig außenrum. Zahnarzt mit Geld und Ansehen. Als sie erzählte, dass sie mit ihm zusammen sei, waren alle beeindruckt. Sein Haus passte auch in diesen Traum. Ihr Leben ein gemachtes Bett.

Und er konnte witzig sein. Er dachte sich sogar kleine Lieder aus, Lieder über sie, wobei das jetzt auch schon eine Weile her war. Und er sah keinen Sport oder überhaupt fern, das war gut. Er hatte keine widerlichen Männerfreunde, beziehungsweise gar keine Freunde, das war wohl eher negativ als positiv. Er jagte nicht und fischte nicht, das blieb ihr also erspart. Er bastelte keine lächerlichen Autos in der Garage. Er sah sich nicht heimlich Pornos an und war auch nicht süchtig nach Computerspielen. Aber wofür lebte er eigentlich? Was war ihm wichtig? Sie, hatte sie einmal gedacht, und ihre gemeinsame Zukunft, eine Familie. Er hatte von Kindern gesprochen, aber vielleicht war sie es auch gewesen, die von Kindern gesprochen hatte. Sie hatte keine Ahnung, was er wollte, und wenn sie das nicht wusste, dann wusste sie vielleicht überhaupt nicht, wer er war.

Bei diesem Gedanken stutzte sie. Sie starrte auf den fleckigen Restaurantteppich und fragte sich, was sie eigentlich liebte. Bloß eine Idee? Hatte ihre Liebe überhaupt etwas mit ihm zu tun?

Der billige Teppich hatte Fleur-de-Lis-Muster, Möchtegernmonarchie. Hellbrauner Plastikstreifen an der Trennwand, dort, wo sie auf den Teppich traf, Nägelköpfe sichtbar. Sie hasste billig und deprimierend und kalt und einsam. Das war sie, mehr nicht. Bloß eine, die all diese Dinge hasste und vor ihnen davonlief. Sie hatte auch keine Füllung.

Bitte schön, sagte die Kellnerin, und Rhoda konnte nicht mal antworten. Als wäre das alles unwichtig. Sie starrte auf den Eisbecher, je eine halbe Banane zu beiden Seiten, obwohl sie kein Bananensplit bestellt hatte, und die drei Eiscremesorten, die seit mindestens fünfzig Jahren serviert wurden, mit den vier Soßen, und obendrauf drei Kirschen. Eine Formel für Glück wie Ehemann, Haus und Kinder, drei Häufchen, und irgendwie sollte man davon satt werden oder sich beim Versuch überfressen.

Der Coleman-Kocher hatte eine Rückwand, einen Windschutz, aber wenn Irene die auszuklappen versuchte, kippte der Kocher und verlor Benzin, zu starker Wind. Jede Menge Propangaskocher auf dem Markt, und sie benutzten noch einen mit Flüssigbrennstoff. Sie würde das Zelt vollqualmen. Der Wind auf Dauer hassenswert. Gepresst und rachsüchtig.

Irenes Kapuze wurde hinuntergeweht, ihr Kopf jetzt dem Regen ausgesetzt, doch sie drückte den Feuerzünder an den Brenner, klickte, und der Funke sprang über. Ein kurzer Wärmeblitz an ihrer Hand. Sie regulierte die Flamme, und sie hielt, doch die Windstöße so stark, dass nie ein vollständiger Ring entstand, die eine oder die andere Seite immer ausging.

Irene setzte ihre Kapuze wieder auf, wandte sich vom Wind ab und zitterte. Er sollte sichtbar sein. Man sollte den Wind sehen können. Er hatte Wucht und Gewicht, ein nackt in die Welt getragener Wille, unversöhnlich. Er würde wehen, bis die ganze Welt glatt war und nichts mehr im Wege stand.

Der Fünfliter-Wasserbehälter war schwer, also kippte Irene ihn nur an, füllte einen Topf, stellte ihn auf den Kocher und schloss den Deckel. Das Wasser sollte in etwa zwei Stunden kochen. Nach ihrer Schätzung. Noch so ein unmöglicher Teil ihres blöden Plans. Koch uns doch ein paar Nudeln, Irene. Klar, Big Daddy, kommt sofort. Lass du dich mal nicht aufhalten mit deinem Haufen Stöcker.

Irene kauerte sich so tief sie konnte, das Gesicht dicht an einem Flecken Zinnkraut, dürren, verzweigten Spindeln. Jetzt nur eine Handbreit, sagte sie zu den Pflanzen, aber ihr wart mal höher, stimmt's? Sie sahen schmächtig aus, hinfällig, doch einst waren sie so hoch gewachsen wie Mammutbäume, früher, als andere Pflanzen noch nicht wussten, wie sie über fünf Zentimeter hinauswachsen sollten. Die ersten mit einem Gefäßsystem. Das Leben der Pflanzen wie das der Menschen, voller Kämpfe und Herrschaft, voller Verlust und Träume, die nie wahr wurden oder nur kurz. Und das war das Schlimmste, etwas zu haben und dann nicht mehr zu haben, das war gewiss mit Abstand das Schlimmste.

Irene riss das ganze Zinnkraut heraus, warf es zur Seite. Zeit zu gehen, sagte sie zu den Pflanzen. Ihr seid schon zu lange da. Dann stand sie auf, stemmte sich gegen die Böe und stapfte zu Gary, zur Bruchbude.

Gary sägte sich durch die Vorderwand, ruckartig, vor, zurück.

Kannst du mal gegen die Wand drücken?, rief Gary. Die Säge klemmt.

Die Wand bog sich bereits und keilte die Säge ein. Wie würde es erst aussehen, wenn er einen Teil herausnahm? Irene wusste, dass er so weit gar nicht gedacht hatte. Sie lehnte sich neben ihm gegen die Wand. Geruch nach Sägespänen selbst in diesem Wind, Garys Gepuste und Geschnaufe neben ihr, das Geräusch reißender Sägezähne. Ihm gefiel es, das wusste sie. Und vielleicht sollte sie ihm nicht grollen. Sie hielt sich am obersten Baumstamm fest, raue Borke, legte die Wange daran und spürte, wie sich die ganze Wand bewegte.

Wieder eine Bündelung hinter ihrem rechten Auge, eine Verwerfungslinie, die Knochen ihres Schädels sich verschiebende tektonische Platten, die an den Rändern mahlten. Ihr einziges Ziel jeden Tag war inzwischen, durch den Tag zu kommen, ihr einziges Ziel in jeder schlaflosen Nacht, durch die Nacht zu kommen. Auf die Existenz reduziert, das schiere Überleben, und vielleicht hatte das auch was Gutes, etwas Aufrichtiges. Allerdings fühlte sie noch andere Dinge, leise schwebende Töne irgendwo da draußen: Einsamkeit, zum Beispiel. Rhoda fehlte ihr. Sie hatte noch nicht ganz aufgehört zu fühlen.

Irene fragte sich, ob es das Ende ihrer Mutter möglich gemacht hatte, das Verblassen des Gefühls. Sie hatte es sich immer genau andersherum vorgestellt: ihre Mutter außer sich, fassungslos, ihren Mann an eine andere Frau verloren zu haben, unfähig, sich ihr Leben ohne ihn vorzustellen. Was aber, wenn sie einfach gar nichts mehr gefühlt hatte, nachdem alles verloren war? Das war eine neue Möglichkeit, etwas, worauf Irene nicht gekommen wäre. Und es fühlte sich gefährlich an. Man konnte dort enden, ohne den Übergang zu bemerken.

Fester, rief Gary. Sie klemmt immer noch.

Entschuldigung, rief Irene zurück und drückte fester gegen die Wand, während ihre Füße über das Sperrholz rutschten. Sie bezweifelte, dass je eine Hütte so erbaut worden war, dass man gegen die Wände drücken musste, Wände, die so kümmerlich waren, dass sie sich im Wind bogen. Selbst die frühesten Pioniere mit ihrem groben Werkzeug hätten das besser hingekriegt.

Noch fester zu schieben, drückte ihr auf den Kopf, gab dem Schmerz eine neue Intensität, die Kälte und der Wind und die Anstrengung eine perfekte Kombination. Das war die andere Möglichkeit: Selbstmord, um den Schmerz zu beenden. Eine einfache Gleichung. Leben nicht lohnend, wenn man nur Schmerz empfand, und wenn der Schmerz unendlich schien, war die logische Folge, sein Leben zu beenden. Aber sie würde es ihrer Mutter nie verzeihen. Ihre Mutter hätte sie lieben müssen, und das hätte ausreichen müssen. Irene würde Rhoda so etwas niemals antun.

Irene musste einen Augenblick nachlassen, der Druck im Kopf zu stark, das Ganze ein Ballon.

Weiter, rief Gary.

Ich kann nicht, antwortete sie. Mein Kopf.

Gary hörte auf zu sägen, die Säge eingeklemmt im Holz. Er richtete sich auf und musste sich mit einer Hand an der Wand festhalten, um nicht umgeweht zu werden. Irene duckte sich gegen den Wind.

Du kannst nicht arbeiten? Garys Lippen zogen sich etwas zurück, ärgerlich, ungeduldig. Aber dann merkte er vielleicht, wie das klang. Schloss den Mund, blickte weg. Tut mir leid, sagte er.

Ja, mir auch.

Was?, fragte er. Versteh dich nicht bei dem Wind.

Prügelnder Wind, je schneller, desto lauter das Heulen.

Ich sagte, ja, mir auch.

Ah.

Sie merkte, dass er nicht zu fragen wagte, was sie meinte.

Gary blickte auf die Wand hinunter, an der er sägte, sie bog sich nach hinten, klemmte die Lücke ein. Ich glaube, ich muss das vorher besser abstützen, rief er. Wenn ich die Stützen setze, kannst du drücken, während ich sie festnagele?

Ja, rief sie. Schon.

Gary kletterte über die Rückwand und ging zu den Kanthölzern. Irene sackte in der Hütte zusammen, größtenteils vor dem Wind geschützt, zog den Kopf ein, das Kinn in die Jacke, verschränkte die Arme, schloss die Augen.

Ein angemessenes Bild für ihre drei Jahrzehnte in Alaska, kauernd in Regenzeug, verborgen, so klein wie möglich, Mücken abwehrend, die es irgendwie trotz Wind fertigbrachten, zu fliegen. Frierend und allein. Nicht die grandiose Vision, zu der man neigen würde, mit ausgebreiteten Armen an einem sonnigen Tag an einem offenen Hang mit lila Lupinen, im Blick die umgebenden Berge. Das hier war ihr Leben, und sie wollte, dass es vorbeiging. Jedenfalls jetzt. Dichter Regen kam wieder herunter, und ihr fiel das Nudelwasser ein, aber sie wollte nicht aufstehen.

Gary sägte sich durch den Holzhaufen. Die Stützen würden wie Knie von jeder Wand in den Raum ragen, unmöglich, drinnen herumzulaufen, ohne über sie zu stolpern. Erstes Haus der Welt, das so konstruiert war. Irene, die glückliche Ehefrau.

Aber sie sollte nicht so engstirnig sein, so kleinlich. So jemand wollte sie nicht sein. Also stand sie auf, segelte übers Podest, kletterte über die Rückwand und ging nach dem Wasser sehen. Hob den Deckel ab, sah keine Bläschen. Hatte auch keine erwartet.

Sie ging zu Gary. Ein von Sägespänen bedeckter Flecken jetzt, hell und rötlich im Regen. Das Wasser kocht nicht, rief sie. Zu viel Wind. Wie wär's mit Sandwich?

Ja, sagte Gary, ohne aufzublicken, auf das Sägen konzentriert.

Irene stellte die Kochplatte aus und ließ den Topf mit Wasser fürs nächste Mal darauf stehen. Laut Vorhersage noch eine Woche Sturm, vielleicht zwei, das würde also dauern. Sie kniete sich in die Zeltöffnung, achtete darauf, nicht auf die Schlafsäcke zu tropfen, und schmierte Sandwiches. Machte vier, für den Nachmittag gleich mit. Mandelmus und Preiselbeerkonfitüre, nicht schlecht.

Essen fassen, rief sie aus dem Zelt. Kniend wie vor einem Altar, aber für welchen Gott? Ein Außenposten der Gläubigen, die sich noch auf keinen Namen geeinigt hatten. Die ihren Gott noch formten, noch zu ihren Ängsten fanden und allen Konsequenzen. Vor allem aber, wofür stand dieser Gott? Irene wollte kein Leben nach dem Tod. Dieses Leben war mehr als genug. Und sie brauchte keine Vergebung. Sie wollte einfach nur zurück, was man ihr genommen hatte. Einen

Fundbüro-Gott. Das wäre ausreichend. Keinen weiteren Firlefanz, nichts Mystisches. Einfach nur her mit dem, was man ihr genommen hatte. Geht das?, fragte sie.

Natürlich keine Antwort. Das Zelt genauso wild wie Flammen, aber um Zeichen zu deuten, müsste man sie sehen wollen. Man müsste halb debil sein oder aus einer anderen Zeit. Das war das Problem mit dem Jetzt. Man konnte nicht glauben, und nicht zu glauben, war furchtbar.

Gary ließ sich neben sie sacken, noch so ein potenzieller Büßer auf Knien. Also, sagte er. Ich habe ein paar Rahmen zusammengehämmert.

Das Haus des Herrn werde erbaut, sagte Irene. Halleluja.

Wie bitte?

Entschuldigung, sagte Irene. War ein Witz. Hier so auf den Knien komme ich mir vor wie in einer Kirche.

Hm, sagte Gary. Du hast recht. Ungläubige beim fremden Ritual, wie die angelsächsischen Christen. Wir haben sogar den Sturm da draußen. Sie würden eine christliche Beerdigung ausrichten, aber für alle Fälle trotzdem den Kopf abschlagen. Dann würden sie woanders noch ein paar lebendige Köpfe abschlagen.

Klingt gut, sagte Irene. Wenn ich lange genug hier draußen bleibe, könnte ich wahrscheinlich einen Mord begehen.

So schlimm ist es nicht.

Ich wäre zwar lieber bewusstlos, aber davon abgesehen ist es ganz nett, ja.

Irene.

Sie kaute ihr Sandwich und sagte nichts mehr. Ihr war nicht nach Reden. Einen Augenblick hatte alles heiter ausgesehen. Und dieser Augenblick hatte etwa eine halbe Minute angehalten. Das Zelt ein Loch vor ihnen, das sie lockte. Sie wollte sich wieder hinlegen.

Wir brauchen ein Dach, sagte Gary. Wenn wir die Phase erreichen, sieht alles besser aus.

Das Mandelmus war zu salzig, das Sandwich pappte in ihrem Mund. Rhoda fehlt mir, sagte sie. Früher ist sie jeden Tag oder alle zwei Tage vorbeigekommen, das kann sie jetzt nicht mehr.

Wenn wir fertig sind, kann sie rauskommen und uns besuchen.

Du hast mich von allen abgeschnitten. Und damit meine ich nicht erst jetzt. Ich meine seit dreißig Jahren. Mich von meiner Familie abgeschnitten, von deiner Familie, von Freunden, die wir hier hätten haben können, von meinen Arbeitskollegen, die du nicht bei dir zu Hause haben wolltest. Du hast mich einsam gemacht, und jetzt ist es zu spät.

Moment mal, Irene. Ganz langsam. Du sattelst hier gerade einen tonnenschweren Ausraster.

Du hast mein Leben zerstört, du Scheißkerl.

Schön, sagte er. Ich habe dein Leben zerstört. Gary ließ sein ungegessenes Sandwich liegen und stakste davon, um an seinem eigenen unförmigen Tempel weiterzuhämmern.

Und wozu das Ganze?, fragte Irene. Warum musste ihr alles genommen werden? Im Ruhestand, die Kinder erwachsen, Freunde und Familie weggebrochen, alles, was ihre Ehe einmal ausgemacht hatte, was sie ausgemacht hatte. Alles weg. Was war übrig?

Sie aß ihr Sandwich auf und stellte sich dann in Regen und Wind, leere Wasser, die nicht die Kraft zur Läuterung besaßen, ging zur Hütte, kletterte über die Rückwand und stellte sich neben ihren Mann, um zu drücken, damit er eine klobige Stütze setzen konnte, einige zusammengenagelte Kanthölzer. Sie sagte nichts, und er sagte nichts. Sie arbeiteten nur, erst an einer Seite des Fensters, dann an der nächsten, Gary auf den Knien, Schulter gegen die Wand gestemmt, um die Stämme an die Kante des Sperrholzbodens zu schieben und Nägel einzuschlagen.

Irene wusste, dass es ihr leid tun sollte, aber sie fühlte nichts. Sie überließ Gary der Aufgabe, das Fenster auszusägen, ein Loch in der Wand, das ihre einzige Aussicht werden sollte, ein offensichtliches Symbol, so wollte es scheinen, für die Verengung ihres Lebens, und ging ins Zelt zurück, um sich hinzulegen.

Das Zelt über ihr so viel lauter als alles andere, dass sie schließlich einschlief, in die einzig wahre Zuflucht driftete. Als sie aufwachte, war es Nacht, und Gary lag neben ihr in seinem Schlafsack. Bist du wach?, fragte sie.

Ja.

Woran denkst du?

»The Seafarer«. *Calde gethrungen*, trug er ihr vor, *waeron mine fet, forste gebunden, caldum clommum, thaer tha ceare seofedun hat ymb heortan.*

Und was heißt das?, fragte sie. Du willst ja, dass ich dich frage.

Von Kälte gezwickt waren meine Füße, von Frost gefesselt, von kalten Ketten, *caldum clommum*, dort seufzten die Ängste mir heiß ums Herz.

Ja, du hast es schwer, sagte sie.

Was weißt denn du schon?

Der Sturm kam aus kälteren Gefilden, ein früher Herbst, der einen frühen Winter versprach. Die Beringsee drückend, die Arktis spürbar nah. Die Blätter hatten sich bereits verfärbt, und es war noch September. Die Espen inzwischen golden und gelb. Rhoda hatte den Übergang nicht bemerkt. Es schien, als hätten sich die Blätter über Nacht verfärbt und die Wohnmobile verzogen. Die Straßen wirkten leer, dichte Regenbänder zogen vorbei, kein Mensch auf der Uferpromenade, als sie die Brücke überquerte. Der Fluss angeschwollen und schnell, die Lachse bereits verrottet, ihre verzweifelte Wanderung beendet. Morgens jetzt dunkler, das Licht schnell verschwunden.

Seit über einer Woche schon erreichte Rhoda ihre Mutter nicht, und inzwischen konnte sie an nichts anderes denken als an ihre Mutter und ihren Vater dort draußen auf dieser Insel im Sturm. Kalt jetzt, nahe dem Gefrierpunkt, und sie wohnten im Zelt und bauten eine Hütte. In diesem Wetter konnten sie allerdings gar nicht bauen. Also Tag und Nacht im Zelt, in Wartestellung. Sie mussten ja verrückt werden. Oder einer von ihnen konnte sich verletzen, und es war zu rau, um mit dem Boot Hilfe zu holen. Rhoda wusste nicht, ob noch jemand anders dort draußen war. Nur Sommerhütten noch auf Caribou. Früher lebten da ein halbes Dutzend

Familien das ganze Jahr über, aber jetzt waren ihre Eltern wohl die Einzigen.

Rhoda tat sich schwer bei der Arbeit. Sie konnte sich nicht konzentrieren. Sie kam fast eine Viertelstunde zu spät, begrüßte Dr. Turin und Sandy vom Empfang und zog den Regenmantel aus. Ging ins Hinterzimmer und begrüßte Chippy, einen Arktischen Ziesel, den irgendein Schwachkopf als Haustier aufgezogen hatte. Sein Schwanz zu klein, wie der eines Streifenhörnchens. Bären-Burrito. Tundra-Ratte. Aber irgendwie hatte er Glück gehabt und war seinem Schicksal entronnen. Er würde den ganzen Winter über Heizung haben, den Winterschlaf überspringen, sich von Katzenfutter ernähren und fernsehen. Wie würde sein kleines Hirn das alles verkraften?

Rhoda sah sich den Tagesplan an. Hauptsächlich Flohbäder. Wenig los, seit die unangemeldeten Besucher gen Süden weitergezogen waren. Sie war zum Mittagessen mit Jim verabredet. Er wollte sie nett ausführen – eine Überraschung, hatte er gesagt, wobei es in der Stadt nur eine Handvoll nette Restaurants gab, insofern würde sich die Überraschung in Grenzen halten.

Ein Summen von Sandy, und Rhoda ging nach vorn, um einen Mops namens Corker abzuholen, nach hinten mitzunehmen und in die Wanne zu setzen. Er hätte gern nach irgendwelchen Gliedmaßen geschnappt, das merkte sie, aber sie blieb hinter ihm und machte ihn gefügig.

Jim hatte sie sich auch gefügig gemacht in der letzten Woche. Unbeabsichtigt. Sie hatte die Hoffnung aufgegeben, eingesehen, dass es nicht funktionierte, und dadurch irgendwie Oberwasser bekommen. Sie fühlte sich wie die wandelnden Toten, schlaflos vor Sorge um ihre Eltern, unattraktiv und zur Jungfernschaft verdammt, und irgendwie machte das Jim scharf. Das war so idiotisch, dass sie gar nicht erst versuchen wollte, es zu verstehen, denn im Endeffekt würde er sich ihrer doch wieder sicher sein, wie immer schon. Sie verließ ihn nur deshalb nicht, weil sie sonst nirgends hin konnte.

Corker kauerte sich zitternd hin, und Rhoda hoffte, der Grund dafür sei nicht allein die Kälte, sondern auch Angst. Er hatte lange genug seinen Willen bekommen. Zeit, ihn etwas anderes spüren zu lassen.

Das Flohshampoo reizte wie immer Rhodas Augen, die rot aufquollen, sodass sie im Restaurant aussehen würde, als hätte sie geweint. Sie spülte Corker ein letztes Mal, er schüttelte sich, nicht sehr gründlich, sie trocknete ihn ab und sah dabei ihren Vater vor sich, wie er da draußen einen Herzinfarkt erlitt, während er im Regen arbeitete, sich selbst antrieb und einen großen Baumstamm hob – wie er einfach vornüberkippte. Wie ihre Mutter ihm zu helfen versuchte, nach jemandem rief, die Stimme verloren im Sturm, keine Hilfe weit und breit, kein Telefon. Ihre Mutter würde ihn ans Ufer schleppen müssen, versuchen müssen, ihn ins Boot zu hieven, das von Wellen geschüttelt wurde, Wellen, die vielleicht über ihrem Kopf zusammenschlugen und sie umwarfen, sodass sie sich das Bein brach, vielleicht bewusstlos wurde, und Rhoda würde es nicht mal erfahren. Der

Sturm würde noch eine Woche weiter wüten, ihre Eltern würden bäuchlings im Wasser liegen, tot oder an den Strand gespült, von Wellen überschwappt, die Leiber weiß und aufgedunsen, die Lippen blau.

Verdammt noch mal, sagte sie. Wie konnten sie mir das antun? Dann fiel ihr ein, dass sie ihren Eltern ein Satellitentelefon kaufen könnte. Das würde funktionieren. So könnte sie sie erreichen. Sie wusste nicht, weshalb sie nicht schon früher darauf gekommen war.

Sie ließ Corker zum Trocknen bei den Wärmelampen und blätterte in den Gelben Seiten. Ein halbes Dutzend Anrufe später wusste sie, dass keiner ein Satellitentelefon vorrätig hatte, dass sie aber online eins bestellen konnte. Dann fand sie heraus, dass es fast 1500 Dollar kostete plus Sprechzeit für 1,49 Dollar pro Minute, wenn sie 500 Minuten kaufte, also noch mal 750 Dollar.

Autsch, sagte sie. Sie würde Jim fragen müssen. Ihre einzige Chance. Sie brauchte das Telefon, und sie hatte eine Bezahlung für all ihre häuslichen Dienste verdient. Aber vielleicht war sie auch gerade ein bisschen streng mit ihm.

Um zwölf rief Jim an und forderte sie auf, zum Kenai Landing zu kommen. Er würde sich verspäten. Also fuhr sie dorthin, eine knappe Viertelstunde entfernt. Eine alte umgebaute Fischkonservenfabrik. Mark hatte hier auf Booten gearbeitet, als sie noch voll in Betrieb war. Jetzt wurden nur noch in einem der zwei großen Lagerhäuser Fische verarbeitet. Das andere war in Boutiquen umgewandelt worden, Werkstatt und

Arbeiterunterkünfte in Hotels, und eine kleinere Lagerhalle war jetzt ein Restaurant.

Der Wind stärker hier am Cook Inlet. Kälter. Der Regen schwerer. Sie parkte so nah wie möglich, musste aber etwa hundert Meter rennen. In diesem Regen sah alles noch immer nach einer Fabrik aus, einer Industrieanlage, kalten grauen Lagerhäusern und harter Arbeit. Ein reizender Ort fürs Mittagessen.

Als sie jedoch die Tür aufstieß, wartete Jim mit einem breiten Grinsen auf sie, sichtbar erfreut über ihren Anblick, was nett war. Tut mir leid, das mit dem Regen, sagte er.

Sie wurden ihr Regenzeug los und setzten sich in eine Nische. Jim bestellte Königskrabbenbeine für sie beide, eine Delikatesse. Wie läuft's bei der Arbeit?, fragte er.

Jim erkundigte sich nie nach ihrer Arbeit, aber sie beschloss, dem geschenkten Gaul nicht ins Maul zu schauen. Jemand hat einen Arktischen Ziesel angeschleppt, sagte sie.

Als Haustier?

Genau. Er behauptet, Chippy sei total schlau. Ich glaube, er plant, ihm diesen Winter diverse Kartenspiele beizubringen.

Jim lachte. Es gibt solche und solche.

Und genau die haben wir hier.

Ha, sagte Jim.

Da wurde es seltsam still. Ihr fiel nichts ein, und er schien mit den Gedanken woanders. Blickte auf Besteck und Serviette. Er war ein Spinner, schlicht und ergreifend. Sie wusste nicht, wieso ihr das nicht schon früher aufgefallen war.

Jim rutschte aus der Nische, langsam und umständlich, stand einen Augenblick da und blickte zu Boden, dann sank er auf ein Knie. In der Hand hielt er eine kleine Schatulle.

Rhoda, sagte er und sah nun zu ihr hinauf, und sie konnte es nicht fassen. Er hatte ihr keine Chance gelassen, sich darauf einzustellen. Er öffnete die Schatulle und zeigte ihr den Ring, einen großen Diamanten mit Prinzess-Schliff, mit kleineren Diamanten zu beiden Seiten, keine Form, die sie sich ausgesucht hätte, aber hier war er, ein großer Diamant. Willst du mich heiraten?

Er sah ängstlich aus. Und auf einmal bekam sie Angst. Alles, was sie sich gewünscht hatte, und nichts davon geschah wie in ihrer Vorstellung, aber immerhin geschah es. Dieses triste Restaurant, fast leer, ein Regentag, sie roch nach Flohbad, ihre Augen gereizt, aber zum Teufel. Ja, sagte sie. Sie stand auf, und er hielt sie fest, und sie küssten sich, so, wie es sein sollte. Der Ring jetzt an ihrem Finger, für sie sichtbar an seiner Schulter, als sie ihn umarmte, ihren Ehemann oder Verlobten. Zukünftigen. Sie wollte es ihrer Mutter erzählen.

Das muss ich Mom erzählen, sagte sie.

Ja, sagte Jim. Wir können es deinen Eltern erzählen.

Aber sie ist auf dieser Insel. Rhoda ließ Jim los und setzte sich wieder. Die Kellner und Kellnerinnen klatschten jetzt, über einen riesigen leeren Raum hinweg. Danke, rief Rhoda ihnen zu und rang sich ein Lächeln ab.

Rhoda, sagte Jim und setzte sich wieder auf seine Seite. Es ist gut. Du wirst es ihr bald sagen können.

Ich will es ihr jetzt sagen. Ich will, dass meine Mom es weiß.

Jim warf einen Blick über die Schulter auf das Restaurantpersonal, winkte kurz. Rhoda, die werden annehmen, dass etwas nicht stimmt. Du siehst so unglücklich aus.

Ich glaube, ich muss gleich weinen, sagte sie, und dann weinte sie. Sie schlug die Hände vors Gesicht.

Das Klatschen versiegte, und keiner kam herüber. Rhoda versuchte sich zu beherrschen, aber sie wollte ihre Mutter hier haben, und sie hatte Angst, dass etwas passiert sein könnte. Ich habe Angst, dass sie verletzt sind, sagte sie zu Jim. Man kann sie überhaupt nicht erreichen.

Rhoda, hörst du bitte auf zu weinen? Ich will nicht, dass diese Leute einen falschen Eindruck kriegen.

Schön, sagte Rhoda, nahm die Hände vom Gesicht und tupfte sich die Augen mit ihrer Serviette. Ich werde dich nicht blamieren, das ist ja jetzt das Wichtigste.

Rhoda. So ist es nicht. Sie verstehen es bloß nicht.

Ich gehe zurück zur Arbeit, sagte sie. Und sie stand auf, nahm ihre Handtasche und ihren Regenmantel.

Bitte, sagte Jim.

Wir sehen uns heute Abend. Ich fahre nach der Arbeit zu ihrem Haus.

In diesem Regen? Das sind vierzig Minuten, und dann der Kiesweg.

Wir sehen uns heute Abend. Sie marschierte durch die

Eingangstür, ohne die Belegschaft zu beachten, die sie bestimmt geschlossen anstarrte, und rannte durch den Regen zu ihrem Wagen, wo sie so viel weinen konnte, wie sie wollte, den ganzen Weg zurück zur Arbeit.

Als sie dort ankam, wischte sie sich das Gesicht mit einem Kleenex, und keiner fand etwas dabei, weil ihre Augen hier ohnehin immer verquollen waren. Sie konnte sich verstecken. Sie wusch einen grauen Terrier und fragte sich, weshalb es ihr so mies ging. Sie liebte Jim. Sie wollte Jim gern heiraten. Mehr wollte sie im Grunde gar nicht. Aber irgendwie wurde das alles dadurch zunichte gemacht, dass sie es ihrer Mutter nicht erzählen konnte, und das verstand sie nicht. Sie fühlte sich leer und allein und hatte Angst, wo sie doch eigentlich glücklich sein sollte.

Der Nachmittag zog sich ewig hin, ein Flohbad nach dem anderen. Sie hatte kleine Bisse an den Armen und fühlte es in ihrem Haar krabbeln. Vor allem die kleineren Hunde waren Flohschwämme.

Sie musste lange arbeiten, bis nach sieben, die Zeit kroch voran und kein Anruf von Jim, kein Besuch, um nach ihr zu sehen. Sie packte zusammen, eilte durch Kälte und Regen zu ihrem Wagen und nahm den Highway Richtung See. Tief stehende Sonne, die so viel früher unterging als noch vor wenigen Wochen. Sie drehte das Gebläse auf, hatte die Scheibenheizung laufen.

Rhoda ärgerte sich, dass Jim weder angerufen hatte noch vorbeigekommen war, aber sie versuchte, zuversichtlich zu bleiben. Sie würden diesen Winter auf Kauai heiraten, vielleicht in Hanalei Bay. Doch der Gedanke daran erschöpfte Rhoda. All die Jahre des Träumens, und jetzt, da es passierte, konnte sie sich nicht mal darauf konzentrieren. Danke, Mom und Dad, sagte sie. Und danke, Jim.

So viel Wasser auf der Straße. Ein Truck bretterte vorbei und sprühte sie dermaßen voll, dass sie einen Augenblick lang gar nichts sehen konnte. Blindfahrt bei sechzig Meilen die Stunde. Sie ging vom Gas.

Endlich tauchten die von Kugeln durchsiebten Hinweisschilder zum See auf, und sie bog in den Kiesweg ein. Sie wusste nicht, wieso sie hier rausfuhr. Die beiden würden nicht zu Hause sein. Und sie sollte bei Jim sein. Aber sie musste einfach nachsehen.

Sonst niemand auf dieser Straße. Ein langer, einsamer Kiesbogen mitten im Nirgendwo. Der Sommerverkehr vorbei. Bäume durchgepustet und gebeugt. Kies laut an der Unterseite ihres Wagens, die Windschutzscheibe schlierig und dann klar und dann wieder bedeckt, entlang der Ränder beschlagen.

Sie fuhr bei ihren Eltern vor und lief schnell zur Haustür, aber hier war schon eine Weile keiner mehr gewesen. Kleine Äste auf dem Zugang. Sie hämmerte an die Tür, aber natürlich keine Reaktion. Blickte hinunter aufs Unkraut in den Pflanzkübeln. Kälter hier als in Soldotna. Dunkel und windig, nah an den Bergen und dem Gletscher. Rhoda wusste nicht, was sie tun sollte. Sie brauchte unbedingt Gewissheit, dass ihre Mutter wohlauf war.

Sie lehnte sich an die Haustür, legte die Wange daran und schloss die Augen. Sie musste nachdenken, doch in ihr war nur Angst. Sie könnte zum Anleger gehen. Vielleicht war dort etwas.

Also fuhr sie zum Campingplatz. Der Pickup ihres Vaters auf dem Parkplatz und sonst nichts. Die Sonne war untergegangen, verhüllt von Regen und Wolken, kaum noch Licht. Fast dunkel, als sie zum Anleger hinunterging. Brandungswellen, wie sie gedacht hatte, weißes Aufblitzen beinahe in Kopfhöhe. Steil und kompakt, lauter als der Wind, wenn sie an Land krachten. Der Regen wie Nadeln in ihrem Gesicht, kalt und schmierig, beinahe Schnee.

Idioten, brüllte sie über den See. Keine Möglichkeit, sie zu erreichen, selbst wenn sie ein Boot hätte. Nur wenige Meilen entfernt und abgeschnitten vom Rest der Welt.

Gary fiel auf, dass der Regen jetzt anders aufs Zelt fiel. Sanfter. Der erste Schnee, wie ein erhörtes Gebet. Noch kein Dach auf ihrer Hütte, aber der Schnee war gekommen. Bis vor Kurzem hätte er das nicht so gesehen. Er hätte ob des frühen Wechsels der Jahreszeiten getobt und gewütet, sich von der Zeit betrogen gefühlt. Aber jetzt wusste er, dass er es so wollte. Er wollte den Schnee. Er setzte sich im Schlafsack auf, zog leise den Reißverschluss auf.

Ich bin wach, sagte Irene. Du musst nicht leise sein. Ich bin immer wach.

Es schneit, sagte er.

Ich weiß. Es schneit seit Stunden.

Ich gehe mal kurz gucken. Er zog Hose, Hemd und Pullover an und stellte sich in den Eingang, um Stiefel und Regenzeug anzuziehen. Das Zelt noch immer vom Wind gebeutelt, der peitschte und ruckelte, aber kein prasselnder Regen mehr.

Er trat in unerwartete Kälte hinaus. Noch nicht mal Oktober, doch es fühlte sich an wie Oktober. Nicht genug Kleidung unter dem Regenzeug, aber er würde sowieso nur kurz draußen sein. Er stemmte sich gegen Wind und Schnee und ging ans Ufer, wollte die Wellen sehen. Dunkel draußen, schwarz, aber die Wellen würden brechen, sich weiß zeigen.

Das Unterholz dicht, überall totes Geäst. Erlenzweige, die nach ihm ausschlugen. Der Schnee kalt auf seinen Wangen, wenn er schmolz. Große Flocken, zart. Er hätte sie gern gesehen.

Durch Erlen ins büschelige Unterholz am Ufer, dichtes Gras, und jetzt konnte er das Weiß der Wellen sehen, schwächer, als er sich vorgestellt hatte, und die verwehte Gischt auf den Wangen spüren.

Nap nihtscua, verdunkelter Nachtschatten, *northan sniwde*, Schnee vom Norden. Genau das liebte Gary. *Hrim hrusan bond*, überfrorene Welt, *haegl feol on eorthan*, Hagel fiel auf die Erde, *corna caldast*, kälteste Körner. Seine Lieblingsstelle im Gedicht, weil es eine unerwartete Wendung darstellte, eine Überraschung. Nach all seinen Leiden auf stürmischer See will der Seefahrer bloß wieder hinaus. Nicht bei der Harfe sind seine Gedanken, nicht beim Empfangen des Rings, nicht beim Vergnügen an Frauen oder weltlichen Hoffnungen. Allein beim Tosen der Wogen.

Ein tausend Jahre altes Verlangen, eine Sehnsucht nach *atol ytha gewealc*, dem schrecklichen Tosen der Wogen, und endlich hatte Gary es verstanden. An der Uni war er zu jung gewesen, zu konventionell, er hatte geglaubt, das Gedicht handle allein von Religion. Er hatte noch kein vertanes Leben gesehen, hatte noch nicht die schiere Sehnsucht begriffen nach dem, was letztlich eine Art Auslöschung war. Das Verlangen zu wissen, was die Welt anrichten kann, zu sehen, was man aushält, und schließlich, während es einen zerreißt, zu sehen, woraus man gemacht ist. Die Auslöschung, hinweggefegt zu werden, das barg eine gewisse Glückseligkeit. Doch ewig hat Sehnsucht, wer auf die See hinausfährt, seine Sehnsucht ist es, dem Schlimmsten ins Auge zu blicken, die zarte Hoffnung auf eine größere Woge.

Gary zitterte vor Kälte, wollte aber den Elementen reiner entgegentreten. Er schob sich die Kapuze vom Kopf, öffnete seine Regenjacke, legte sie ins Gras zu seinen Füßen. Mit voller Wucht traf ihn der Wind, nahm ihm alle Wärme. Gary zog den Pullover aus und dann sein Hemd. Mit nackter Brust hob er dem Sturm die Arme entgegen und brüllte in Wind und Schnee wie ein Verrückter. Ein lebendiger Mann, dachte er und fragte sich, ob er irgendeine Form von Wiedergeburt erwartete, von Erlösung. Dass er überhaupt dachte, ging ihm allerdings gegen den Strich. Er wollte aller Gedanken ledig sein, wollte, dass sein Kopf aufhörte zu arbeiten. Also trat er in die Gischt, an den Strand, auf glitschige, von Schleim bedeckte Steine und ging langsam, feierlich mit erhobenen Armen, während der gepeinigte Körper haltlos zitterte. Er rutschte aus und musste sich mit einer Hand abstützen. Die Beine jetzt von Wellen umpeitscht, die auf ihn zustürzten, der erste Brecher bis zum Bauch, und er stemmte sich seitwärts gegen das Wasser, Arme jetzt hinuntergestreckt, gewappnet, von einer weiteren Welle erfasst, die ihn umwarf, und er fiel, tauchte unter, ein Arm bis hinauf zur Schulter zerschrammt von den Steinen, dann war er wieder draußen, dann von der nächsten Welle durchtränkt. Er brüllte, juchzte und johlte, fühlte sich so gut wie seit Jahren nicht, versuchte nicht mehr, aufrecht zu stehen, streckte sich einfach auf den Steinen aus, hielt die Luft an, wenn er umspült wurde, schüttelte sich im Wellental, johlte wieder. Ihm war nicht mal mehr so kalt.

Die Welt jedoch hatte verschiedene Größen. Dieses umfassende Gefühl der Ausdehnung, der Verbindung konnte sich Augenblicke später klein anfühlen, hart und kalt, und Gary wusste nicht, wie das vor sich ging. Der Augenblick war verstrichen, bevor er ihn so ausgekostet hatte, wie er es gern gewollt hätte, und auch wenn er jetzt hier blieb, würde er sich nicht wiederholen. Das wusste er. Aber er blieb trotzdem, weil ihm diese Regel nicht gefiel. War es eine Regel der Welt oder einfach eine Grenze des Ich, und wie würde man je den Unterschied erkennen?

Wieso kann ich nicht aufhören, den Augenblick zu betrachten?, fragte er laut. Wieso kann ich ihn nicht einfach leben? Warum muss es nach fünf Minuten vorbei sein?

Das Bewusstsein, es war nicht wirklich ein Segen. Er hatte diese Gedanken schon vor dreißig Jahren gehabt, als sie hier ankamen, und seitdem war es nicht besser geworden. Verändert hatte sich nur seine Hingabe. Damals war sie von Zuversicht gespeist gewesen, jetzt war sie entschlossener, an Auslöschung gekoppelt, erwartete keine Gegenleistung. Hab nichts Besseres zu tun, erzählte er den Wellen.

Das Wasser mehr als nur ein Medium, mehr als Wellen und Temperatur. Es rieb sich an seiner Haut. Es hatte Körper und Wucht. Es tat weh, drinzubleiben, trotz der Taubheit. Deshalb kroch er schließlich doch davon. Er konnte nicht aufstehen. Die Steine taten seinen Knien weh, selbst durch die Jeans. Er kroch aus den Wellen, auf den Strand, zu den Grasbüscheln, dornig und rau, tastete, bis er Hemd, Pullover und Regenjacke fand. Er zog sie nicht an. Hielt sie einfach in der Hand, als er über Totholz und Blaubeergesträuch kroch, über Moosplacken und was sonst noch den Boden bedeckte. Er schaffte es zum Zelt, zog den Reißverschluss auf, die Hand taub wie eine Keule, und kroch hinein.

Du zitterst, sagte Irene. Deine Zähne klappern, als würden sie gleich splittern. Was hast du da draußen gemacht?

War schwimmen, sagte er und nestelte an den Knöpfen seiner Jeans herum im Bemühen, aus den nassen Kleidern herauszukommen.

Schwimmen.

Genau. Ich brauche Hilfe mit meiner Hose. Krieg die Knöpfe nicht. Beeil dich bitte.

Na toll. Aber sie kroch herüber, um zu helfen. Ihre Hände heiß auf seiner Haut. Du bist eiskalt, sagte sie. Komm ja nicht auf die Idee, zu mir in den Schlafsack kriechen zu wollen.

Danke, sagte er.

Dank dir selber. Du machst solchen Schwachsinn schon viel zu lange.

Von Jeans, Stiefeln und Socken befreit, fand Gary ein Handtuch, um sich abzutrocknen, fand seine Thermo-Unterwäsche, erst das Hemd, dann die Hose, und stieg in den Schlafsack. Fand seine Mütze. Bis oben eingemummt, zog er die Kordel zu. Jetzt war es gut.

Folgendes habe ich dir zu sagen, sagte Irene.

Lassen wir das.

Nein. Deine Vorstellung, dass du mehr verdienst, als du bekommen hast, das ist das Problem.

Ich brauche keine Predigt. Ich bin mir meiner Fehler bewusst.

Nein, das bist du nicht. Dein Leben entspricht nicht deinen Erwartungen. Du glaubst, du seist für mehr bestimmt gewesen. Du glaubst, du seist mehr wert.

Ich weiß, wer ich bin.

Nein, das weißt du nicht.

Leck mich.

Nicht einfach so. Du glaubst, du hättest was Besseres verdient als mich.

Hab ich ja vielleicht auch.

Da schlug Irene zu, ein fester Hieb, der von seinem Oberarm abprallte. Er rollte sich in seinem Schlafsack ein, und sie schlug weiter zu, sagte nichts, prügelte bloß fest auf ihn ein. Schlug ihm nicht ins Gesicht. Hielt sich noch zurück. Warum so zurückhaltend?, fragte er. Warum schlägst zu mir nicht ins Gesicht.

Weil ich dich liebe, du Arschloch. Und dann weinte sie.

Gary wandte sich von ihr ab. Lass sie weinen. Vielleicht würde sie dann gehen. Und er wusste, das war gemein, aber er fühlte einfach nicht, was er hätte fühlen müssen, um dagegen anzugehen. Vielleicht fehlte ihm ein Wesenszug, was auch immer es war, was Menschen miteinander verband. Aber er wollte einfach nur in Ruhe gelassen werden. Und war das wirklich ein Verbrechen?

Als Gary am Morgen aufwachte, war Irene weg. Seine Nase war verstopft, sodass er durch den Mund atmen musste, Halsschmerzen. Kopfweh. Also drehte er sich um und versuchte, wieder einzuschlafen.

Er hörte Hämmern, der Wind verebbt, das Zelt nicht mehr wild. Irene an der Hütte zugange, aber er fragte sich, was sie tat. Vielleicht nahm sie sie auseinander und baute gar nicht.

Das scheuchte ihn hoch, die Vorstellung, dass sie möglicherweise die Hütte demolierte. Er zog eine trockene Garnitur Kleider an, seine Latzhose und ein altes Paar Stiefel, seine nasse Regenjacke. Öffnete die Zelttür und trat in eine weiße Welt. Der Schnee nicht tief, vielleicht drei Zentimeter, aber atemberaubend in seiner Kraft, alles zu verwandeln. Entfernung und Tiefe umrissen, die aufwärts zeigenden Blätter weiß, die Stängel darunter im Schatten. Selbst die Fichten – die Oberseiten der Nadeln allesamt weiß, nur die Oberseiten. Die Welt konturiert und vollständig erneuert, anderes Licht. Gestern konnte genauso gut sechs Monate her sein.

Wow, sagte Gary. Das ist wunderschön.

Irene hielt im Hämmern inne und blickte um sich unter der Kapuze ihrer grünen Regenjacke. Ja, sagte sie. Aber sie sah Gary nicht an. Hämmerte weiter.

Gary ging zur Hütte, trat durch die Hintertür, vollständig ausgeschnitten und verstrebt. An der Vorderwand die Lücke fürs Fenster, nicht ganz viereckig. Lagen von Baumstämmen darüber, die höchste bei zwei Meter fünfzig. Irene aufrecht auf einer Aluminiumtrittleiter beim Einschlagen der letzten Nägel.

Danke, sagte Gary. Sieht aus, als seien wir bereit für ein Dach.

Ja, sagte sie. Wie ist der Plan?

Ich wollte es eigentlich mit Baumstämmen machen, sagte Gary. Aber ich sehe nicht, wie das funktionieren soll. Da wird es bloß reinregnen.

Keine Antwort von Irene. Auf der Hut, das merkte er. Hatte viel zu sagen, aber hielt sich zurück, was ihm recht war. Sie versenkte einen Nagel, fünf Schläge. Der Wind fächelte durch die Bäume, viel leichter als zuvor.

Insofern werde ich wohl in der Stadt Deckblech kaufen. Nicht der Stil, den ich wollte, aber wir brauchen ein Dach. Der Wind lässt nach, also sollten wir übersetzen können, vielleicht morgen oder übermorgen.

Der Plan gefällt mir.

Wir müssen es schräg decken, sagte Gary, damit der Schnee abgleitet. Wir machen die Rückwand höher und holen uns ein paar dicke Kanthölzer als Dachbalken von der Rück- bis zur Vorderwand. So sollte es halten, glaube ich.

Irene stieg vom Tritt, blickte durch die Fensterlücke, stand da mit hängenden Schultern, Hammer in der Hand. Klingt gut, sagte sie schließlich. Das wird gehen.

Sie sah ihn noch immer nicht an, und Gary war beinahe, als sollte er sich einen Ruck geben, etwas sagen, um die Distanz zu überbrücken, Frieden zu schließen.

Sich vielleicht für letzte Nacht entschuldigen, dafür, dass er gesagt hatte, er habe was Besseres verdient als sie. Aber sie hatte ihn schließlich angegriffen, und im Moment war ihm nicht nach diesem Ruck. Er war unterkühlt. Aus irgendeinem Grund dachte er an Ariadne und die Passage bei Catull, wo im Herzen der Braut vielfältiger Kummer sich wälzt, vielleicht, weil Irenes Schultern so hingen. Er konnte ihr Gesicht nicht erkennen, aber wie sie da in den Schnee starrte, sah sie aus, als sei alles verloren. Er konnte sich nicht ans Lateinische erinnern. Ariadne sah zu, wie Theseus auf seinem Schiff davonfuhr, sie verließ, genau wie Aeneas es mit Dido tun würde und Gary seit Jahren, vielleicht sogar Jahrzehnten erwog, es mit Irene zu tun. Und jetzt war möglicherweise die Zeit gekommen, ihre Ehe eingehen zu lassen. Vielleicht war es besser für beide. Von Anfang an falsch, etwas, das ihrer beider Leben kleiner gemacht hatte. Schwer zu sagen, was der Wahrheit entsprach. Ein Teil von ihm wollte sich entschuldigen, die Arme um sie schlingen, ihr sagen, sie sei alles, was er habe auf der Welt, aber das war nur Gewohnheit, nichts, dem zu trauen war.

Ich gehe das Holz sägen, sagte er.

Rhoda fand Mark auf der Gokart-Bahn. Seine Freunde und er gingen immer am ersten Schneetag dorthin, um zu kreiseln und ineinander zu krachen. Die Fischsaison war vorbei, und sie hatten nichts zu tun, außer Drogen zu nehmen und solchen Schwachsinn zu machen. Rhoda blieb am Maschendrahtzaun und rief, um auf sich aufmerksam zu machen, aber natürlich konnte er sie unmöglich hören. Rund ein Dutzend knatternder Motoren. Mark in Tarnjacke und einer Russenmütze mit Ohrklappen. Sein Freund Jason in einer rosa Hello-Kitty-Jacke, nur so aus Scheiß.

Rings um die Bahn standen alte Reifenstapel, dahinter der Zaun, dahinter die kaputten Wohnmobile einiger Fischer, die hier das ganze Jahr über wohnten, Marks Kumpel. Eine deprimierende Hölle, mit der Rhoda nichts mehr zu tun haben wollte. Ein Ort, an dem sie während der Highschooljahre ihr Dasein gefristet hatte, mit Haschisch und Sex am Rande von Kiesplätzen. Sie wollte vergessen, dass irgendetwas davon jemals passiert war.

Sie nahm eine Handvoll Kiesel und warf sie nach Mark, als er um die Ecke sauste. Er schlitterte, hielt an, sah sie, grinste, winkte ab und stieg aufs Gas. Tok, mit einem Schal wie der Rote Baron, knallte von hinten auf ihn drauf und schob Marks Auto seitwärts in die Barriere. Toks Bruder Tollef kam um die Kurve geschossen und rammte Mark noch einmal, dass dieser gegen seinen Sitzgurt geschleudert wurde. Zeternd stieg Mark aufs Gas, um dort wegzukommen, und schaffte vielleicht zehn Meter, bevor Hello Kitty vorbeizischte und sich hinüberbeugte, um ihm in den Nacken zu klatschen. Aber dann befreite sich Mark und jagte ihnen hinterher.

Rhoda ging durch eine Lücke im Zaun zu einer kleinen Tribüne, die einzige Zuschauerin. Auf dieser Tribüne hatte sie einmal mit Jason geschlafen, ein abstoßender Gedanke. Das war auch im Schnee gewesen, allerdings viel kälter, mitten im Winter. Daraus war nicht ihr Leben geworden; das war die Hauptsache.

Sie schaute sich die rüden Gesten und Schweinereien, Donutschlachten und Karambolagen noch eine Viertelstunde an. Schwänze auf Rädern. Wartete, bis sie genug hatten und zum Eingang zurückschlenderten, einander anrempelten und die Hosen strammzogen. Sie gingen an ihr vorbei, ohne anzuhalten, Jason mit einem leisen Lächeln. Wir gehen zu Coolie's, falls du ein Bier willst, warf Mark ihr über die Schulter zu.

Hey. Ich bin hier, um mit dir zu reden.

Bedauere, sagte er. Ich habe anderweitige Verpflichtungen. Er sagte das in seinem gespielten britischen Akzent und erntete natürlich prompt einen Lacher.

Ich muss nach Caribou Island. Du kannst ein Boot besorgen.

Mark blieb stehen, wenigstens das, und drehte sich

um. Seine Freunde gingen weiter. Wieso musst du da raus?

Unsere Eltern, sagte sie. Weißt du noch? Die Leute, die dich gezeugt und aufgezogen haben? Sie sind den ganzen Sturm über da draußen gewesen, in einem Zelt, und sind nicht zu erreichen. Ich muss wissen, ob es ihnen gutgeht.

Es geht ihnen gut, sagte Mark und wandte sich ab.

Hör zu, sagte Rhoda, aber ihr versagte die Stimme. Ihr kamen die Tränen. Ich weiß, dass du mich nicht magst, aber ich mache mir ernsthaft Sorgen um sie, und ich brauche deine Hilfe.

Da wurde sie überrascht. Mark drehte sich um, kam zu ihr, nahm sie in den Arm und klopfte ihr auf den Rücken. Okay, sagte er. Entschuldigung. Ich besorge ein Boot. Wann willst du denn rüber?

Heute?

Für heute ist es zu spät. Wir wär's mit morgen früh zehn Uhr, am unteren Campingplatz?

Danke, Mark. Du kannst ja doch nett sein.

Sollte nicht zur Gewohnheit werden, sagte er lächelnd. Bis morgen. Er trabte seinen Freunden hinterher.

Dann fiel es ihr ein. Hey, rief sie. Ich heirate.

Mark hob den Arm zum Zeichen, dass er verstanden habe, aber das war alles. Er drehte sich nicht um.

Rhoda kehrte zur Arbeit zurück und nahm sich für den nächsten Tag frei. Sie hielt bis zum Abend durch und fuhr dann zu Jim nach Hause. Ein Riesenarsenal an Fitnessgeräten in der Mitte des Wohnzimmers, in

Metallic-Hellblau. Jim in Lycra-Shorts und Unterhemd, gerade dabei, eine Stange hinter den Kopf zu ziehen.

Wow, sagte sie. Was zum Teufel ist das denn?

Das ist der Jim von morgen, sagte Jim. Ich habe noch mindestens zehn gute Jahre.

Okay, sagte sie. Sie war sich nicht sicher, was sie da vor sich hatte. Das sollten schon mehr werden als zehn. Ich bin erst dreißig.

No problemo, sagte er. Du lebst bald mit einem Knackarsch zusammen.

Sie sah zu, wie er seine Trainingseinheit beendete. Zum Schluss war er außer Atem und rot im Gesicht, fleckig, Arme und Schultern sahen alt und schlaff aus.

Du denkst nicht an andere Frauen, oder?

Wie bitte?

Dieses ganze Training auf einmal, kurz nachdem du mir einen Antrag gemacht hast. Sieht irgendwie nach Panikreaktion aus, als würdest du dich attraktiv machen, damit du nicht auf eine Partnerin beschränkt bist.

Rhoda.

Ernsthaft. Du hast gesagt, du hättest noch zehn gute Jahre. Gut wofür?

Jim stand auf und warf sich das Trainingshandtuch über die Schulter. Rhoda, sagte er. Du bist die einzige Frau, die ich will. Okay?

Sie suchte nach irgendetwas in seinen Augen, einem Zeichen der Lüge, blickte auch auf seinen Mund.

Rhoda, ich liebe dich.

Okay. Sie umarmte ihn. Ich glaube, ich bin einfach

immer noch angespannt wegen Mom. Ich fahre morgen nach Caribou Island. Mark fährt mich.

Bei diesem Wetter? Zur falschen Zeit auf dem Skilak Lake, da kannst du umkommen.

Der Sturm hat sich verzogen. Morgen früh soll es gar keinen Wind mehr geben. Vielleicht nicht mal Schnee.

Du solltest da nicht rausfahren. Warte doch, bis sie zurückkommen. Sie müssen bald zurückkommen, um Vorräte zu holen. Sie sind schon fast eine Woche da.

Zehn Tage.

Na, sag ich doch. Sie kommen bald.

Rhoda mochte nicht darüber reden. Sie ging zum Kühlschrank und holte Zutaten fürs Abendessen heraus. Hähnchen, das aufgebraucht werden musste, Oliven, Feta, rote Zwiebeln. Vielleicht Couscous. Sie hörte Jim keuchen. Schwer zu glauben, dass die neuen Muskeln für sie bestimmt waren.

Kochen half. Besonders in einer solchen Küche. An einem guten Herd, mit sechs Kochplatten. Der Topf mit Couscous in der hinteren Reihe. Dann tat sie Olivenöl in eine Pfanne, gab gehackten Knoblauch dazu, briet die Hähnchenbrüste an. Schnitt rote Zwiebeln. Kochen wirkte beruhigend auf sie. Sie atmete langsamer. Sie war panisch gewesen, ohne es zu wissen. Wohl den ganzen Tag schon.

Hey, rief sie Jim zu.

Ja?

Ich brauche ein Satellitentelefon. Die sind teuer. Aber ich muss mit meiner Mutter sprechen. Das macht mich ganz kirre.

Wie teuer sind die denn?

Tausendfünfhundert, etwas weniger vielleicht. Plus siebenhundertfünfzig für Minuten.

Autsch.

Ich brauche es.

Okay.

Das Hühnchen war braun, fast durch, die roten Zwiebeln glasig. Sie goss die Tomatensoße zu, Oliven und ein wenig Sud, ließ alles aufkochen und schaltete dann zu einem Simmern herunter. Fügte Pfeffer hinzu, weitere Gewürze für griechisches Hühnchen fielen ihr nicht ein. Gab ein wenig Balsamico hinein, dann noch etwas Madeira. Wahrscheinlich unpassend für dieses Essen, aber egal. Betrunkenes Huhn. Sie schenkte sich einen Cabernet ein.

Ich nehme auch gleich einen, sagte Jim. Nur kurz duschen.

Rhoda trank ihren Wein und starrte aufs Huhn, die Oliven dunkel in der Soße. Etwas hatte sich verändert. Die Luft irgendwie kühler vielleicht, dünner, trennender. Nur sie beide hier in diesem Haus. Vielleicht, weil es vorher ein Ziel gegeben hatte. Den Antrag. Rhoda erkannte, dass man sich in der Ehe einsam fühlen mochte. Ein neues Gefühl, das sie weder richtig beschreiben noch greifen konnte. Etwas an den Rändern, etwas, das ihr nicht gefiel. Sie konnte sich lange Phasen vorstellen, in denen sie kaum ein Wort wechselten, nur für sich durchs Haus gingen. Und sie fragte sich, ob Kinder diese Lücke füllen würden. Ein Kind würde neues Augenmerk fordern, einen neuen Mittelpunkt schaffen, in dem sie beide sich begegneten. Vielleicht sollte es genau so sein. Man konzentrierte sich aufeinander, bis man beschloss zu heiraten, dann konzentrierte man sich gemeinsam auf jemand anders. Und was passierte, wenn die Kinder groß waren und weggingen? Worauf konzentrierte man sich dann? Etwas Erschreckendes lag in der Vorstellung, kein Augenmerk mehr zu haben. Das eigene Leben konnte nie einfach das sein, was es war. Das war beängstigend. Das wollte keiner.

Am Morgen fuhr Rhoda zum Skilak Lake. Schwerer Himmel, kalt, sechs Grad, allerdings sehr wenig Wind, nur gelegentlich leichter Schnee, ein paar Flocken, dann klarte es wieder auf. Die Bäume weiß mit schwarzen Schatten. Kein Grün. Sie wusste, dass sie noch grün waren, aber sie konnte es nicht sehen. Die Winterfarbpalette von Weiß, Schwarz, Braun und Grau zeigte sich früher als sonst.

Sie wollte Mark anrufen, um sich die Verabredung bestätigen zu lassen, aber das würde er als Quengelei empfinden. Sie bog von der Ringstraße ab zum unteren Campingplatz und sah hinter einer Anhöhe das Wasser, grau mit sehr kleinen Wellen. Fuhr auf einen leeren Parkplatz, keiner da, sah auf die Uhr, ein paar Minuten vor zehn.

Rhoda eingepackt in ihre Winterjacke, Mütze, Handschuhe. Sie trug außerdem lange Unterwäsche und Stiefel. Im Boot auf dem See würde es kalt werden. Vorausgesetzt natürlich, das Boot und Mark tauchten jemals auf. Sie ging zum Anleger hinunter, ans Ufer. Ein feiner

Schneefilm, unberührt. Noch keiner hatte heute die Rampe benutzt. Ihre Eltern höchstwahrscheinlich die einzigen Menschen da draußen.

Der See fror bereits an den Rändern zu. Klare dünne Eisschichten zwischen den Felsen. Durchscheinend und zerbrechlich, die meisten bereits in kleine dreieckige Scherben zerbrochen. Rhoda tippte eine mit der Stiefelspitze an.

Okay, Mark, sagte sie und holte ihr Handy raus. Wollen wir mal hören, was du zu erzählen hast. Doch als sie anrief, sagte er, er sei nur wenige Minuten entfernt, also beschloss sie, nett zu sein. Danke, sagte sie. Bis gleich.

Rhoda war an diesem See aufgewachsen. Es sollte ein Zuhause sein, dieses Ufer. Diese Bäume. Die Berge, die Art, wie die schweren Wolken hereinzogen und die Gipfel in die Erinnerung verbannten. Aber es fühlte sich nicht an wie zu Hause. Es fühlte sich so kalt und unpersönlich an, als wäre sie nie dagewesen. Sie verstand nicht, weshalb sich ihre Eltern hier niedergelassen hatten, weshalb sie nicht wie ihre Freunde an einen schöneren Ort gezogen waren.

Mark kam in seinem alten Pickup über den Kiesweg, hinter sich einen Trailer. Er machte das Shaka-Zeichen, grinste, umrundete sie in einem weiten Halbkreis und fuhr das Boot rückwärts ans Wasser. Ein offenes Aluminiumboot, gerade mal sechs Meter, mit Außenborder. Der Kälte ausgesetzt, aber groß genug, um sich darin sicher zu fühlen.

Mark sprang heraus, und Rhoda umarmte ihn. Danke, Mark.

Hey, sagte Mark. Das ist nur ein Boot.

Ich weiß, aber ich mache mir Sorgen. Und außerdem glaube ich, dass sie den oberen Campingplatz nehmen, falls sie heute zurückkommen. Wir verpassen sie vielleicht, wenn wir von hier ablegen.

Na, jetzt sind wir mal hier, sagte Mark. Wir düsen einfach kurz zum oberen, wenn wir sie nicht finden.

Okay, sagte Rhoda. Sie wollte nicht streiten, wäre aber gern zum anderen Anleger gefahren. Das wäre kein großer Umstand gewesen.

Mark löste bereits die Riemen. Dann schnappte er sich eine kleine Kühlbox von der Ladefläche und Angelruten.

Wozu ist das denn?, fragte Rhoda.

Ein paar Bierchen. Und eine Angel, falls ich warten muss. Man weiß nie, wann Nessie Hunger hat. Zweihundert Meter tief. Wir müssen doch hier unten auch irgend so einen Scheiß-Yeti haben.

Rhoda wollte lachen oder lächeln oder so, aber sie war zu angespannt. Dieser Ausflug war vielleicht eine Gelegenheit, aber sie brachte es einfach nicht fertig. Sie musste erst ihre Eltern in Sicherheit wissen, dann konnte sie plaudern.

Na denn, sagte Mark und holte Schwimmwesten. Hier ist deine. Nützt zwar nicht viel. Wir würden erfrieren, bevor uns jemand aufgabelt.

Danke, sagte sie. Danke, Mark. Ich weiß das zu schätzen.

Er ließ das Boot zu Wasser und überließ ihr die Bugleine, während er parkte. Dann kletterten sie an Bord und fuhren los, Rhoda im Bug, im scharfen Wind. Die Wellen sehr klein, höchstens dreißig Zentimeter, aber sobald sie etwas schneller fuhren, fühlte sich das Boot lose und wackelig an. Gelegentlich Gischt von der Seite.

Rhoda suchte Backbord nach Anzeichen eines Bootes, das unterwegs war zum oberen Campingplatz, konnte aber nichts entdecken. Sonst keiner hier draußen. Der See stets größer als erwartet. An diesem Ende ganz von niedrigem Ufer und Bäumen gesäumt, unmöglich, Entfernungen abzuschätzen. Wenn man an einem Ufer stand, konnte man denken, das andere sei nicht weit weg. Erst wenn man in die Mitte kam, konnte man die Größe ermessen, doch selbst dann wechselte die Perspektive ständig. Caribou und die anderen Inseln zunächst kaum sichtbar, und langsam wuchsen sie aus dem Wasser. Zuerst Frying Pan Island mit dem langen Pfannenstiel, dahinter Caribou. Dahinter eine steinigere Küste, das wusste sie, mit Klippen und Felsen, viel hübscher. Jede Bucht dort drüben war so groß, dass sie wie ein eigener See wirkte, und doch sahen sie von hier nach gar nichts aus. Dann der Oberlauf zum Gletscher und dem Fluss, der sich mit den anderen Seen dahinter verband. Sie war seit Jahren nicht mehr dort gewesen.

Als Kinder waren sie mit ihren Eltern zum Zelten ans gegenüberliegende Ufer gefahren. Steile Kieselstrände vor Wäldern und Bergen. Mark und sie waren über felsige Landzungen gewandert, mit Aussicht auf Buchten zu beiden Seiten, und hatten den Vielfraß gesucht. Ein geradezu mythisches Wesen. Kein Mensch, den sie kannte, hatte je einen gesehen, also waren sie als

Kinder beständig hinter ihm her gewesen und hatten einander mit Schauergeschichten erzählt, was passieren würde, wenn sie ihn fanden. Manchmal stellte sich der Vielfraß tot oder bot seinen Hals dar, aber wenn ein Bär zubeißen wollte, klemmte sich der Vielfraß an dessen Unterseite, biss dem Bären in den Hals und riss ihm mit seinen Rasiermesserklauen den ganzen Bauch auf. Das hatte sie sich als Kind vorgestellt – wie sie einen toten Vielfraß anfassen wollte und der sich erhob und ihr den Magen herausriss. Vor Bären hatte sie keine Angst, weil sie welche gesehen hatte, und sie liebte Tiere, aber einen Vielfraß hatte sie noch nie gesehen.

Erinnerst du dich an die Vielfraßgeschichten?, rief sie Mark über dem Motorengeratter zu.

Was?

Sie wiederholte ihre Frage.

Ja, klar. Mark lächelte. Damit hast du mir eine Heidenangst eingejagt.

Rhoda lächelte auch, dann blickte sie wieder zur Insel, die langsam näher kam. Jetzt weiß vor Schnee, und sie konnte sich nicht erinnern, vor wie vielen Jahren sie zuletzt hier gewesen war.

Ruhiger auf der Rückseite der Inseln, als sie um Frying Pan herum waren. Flaches Wasser, keine Gischt. Wieder kleine Wellen auf der anderen Seite und mehrere Hütten zwischen den Bäumen. Sie hatte erwartet, spätestens jetzt das Boot ihrer Eltern entdeckt zu haben.

Etwas rauerer Wellengang, Mark drosselte das Tempo. Die Insel steiler, ansteigend zu einem Hügel. Kein Boot am Ufer. Rhoda konnte ihre Eltern nicht finden.

Fahr langsamer, rief sie Mark zu. Sie müssen hier irgendwo sein. Sie spähte in die Bäume, bekam allmählich Panik. Da war kein Boot. Sie konnten bereits zum oberen Campingplatz aufgebrochen sein. Aber sie konnten auch im Sturm untergegangen sein, ertrunken, oder ihr Boot war abgetrieben, und sie waren gestrandet, und vielleicht war irgendetwas passiert. Hier draußen war nichts. Keine anderen Menschen, keine Hilfe.

Da drüben, rief Mark und wurde langsamer.

Wo?, fragte Rhoda. Was denn?

Ich sehe die Hütte, sagte er, und dann sah Rhoda sie auch. Wie eine Ruine, eine Hütte von vor hundert Jahren, ausgebrannt, ohne Dach. Ein großes Loch als Fenster. Grobe Stämme, von Schnee bedeckt. Dünne Stämme, wie Stöcker. Sie sah ganz und gar nicht aus wie in Rhodas Vorstellung. So klein. Aber das musste sie sein. Ein blaues Zelt und noch ein Zelt, braun, größtenteils verborgen unter einem niedrigen Strauch.

Sie müssen heute weggefahren sein, sagte Mark.

Ja, wir hätten zum oberen Campingplatz fahren sollen.

Das ist kein Weltuntergang. Da fahren wir als Nächstes hin. Aber wir sollten uns umsehen. Ich bin neugierig.

Ihr Boot könnte sich im Sturm losgemacht haben, sagte Rhoda. Vielleicht sind sie hier. Ich hasse das. Ich hasse es, nicht zu wissen, was mit ihnen ist. Sie könnten genauso gut tot sein.

Jetzt mach dir nicht ins Hemd. Ich bin mir sicher, dass es ihnen gutgeht. Mark hob den Motor ein Stück weit aus dem Wasser und schaltete ihn aus. Sie trieben langsam an Land, und dann nahm er ein Paddel.

Wir müssen uns beeilen, sagte Mark. Hier kann man ganz schlecht anlegen. Und ehrlich gesagt bleibe ich wohl besser im Boot.

Rhoda blickte ins Wasser hinunter, versuchte abzuschätzen, wie tief es war. Sie trug keine Watstiefel. Aber sie musste nachsehen, ob ihre Mutter da war. Also stieg sie aus, sank bis über die Knie ein, das Wasser ein Schock, so kalt. Die Steine waren glitschig, aber sie ging vorsichtig an Land, über den Kieselstrand und hinauf durch Gras und Schnee.

Mom, rief sie. Dad. Durch Unterholz und Erlen kam sie zu einem Holzstapel mit frischem Sägemehl, also hatten sie noch nach dem ersten Schneefall gearbeitet. Ihre Stiefelabdrücke sichtbar. Mom, rief sie wieder. Bist du hier?

Die Hütte schief und grob, klein, unglaublich, dass sie darin wohnen wollten. Sie sah verlassen aus, übriggeblieben aus einer früheren Zeit, jetzt offen zum Himmel, aber mit frischem Sperrholz als Boden. Hinten offen. Dort würden sie vermutlich eine Tür einbauen. Das Gesträuch dort überall niedergetrampelt. Ein Coleman-Kocher mit einem Topf darauf. Die beiden Zelte, und jetzt bekam Rhoda richtig Angst. Sie wollte nicht ein Zelt öffnen und wer weiß was darin finden.

Mom, sagte sie wieder, leiser diesmal. Stand vor dem größeren Zelt und spürte, wie ihr Herz raste. Zog schnell den Reißverschluss hinunter und sah ihre Schlafsäcke, Kleidung, Essen. Niemand da. Keine Leiche. Nichts

Schlimmes. Also trat sie schnell zum anderen Zelt und öffnete es, und auch dort niemand. Gott sei Dank, sagte sie. Und sie machte einen Moment die Augen zu, dass sich der Atem beruhigte, das Herz.

Jemand da?, rief Mark vom Boot aus, die Stimme dünn. Die Hütte stand ein gutes Stück landeinwärts.

Nein, rief sie. Keiner da. Sie müssen heute Morgen weg sein.

Proviant im zweiten Zelt. Werkzeug. Sie konnte nicht fassen, dass sie im Sturm hier draußen gewesen waren. Und es sah aus, als würden sie es durchziehen, als würden sie tatsächlich diese Hütte bauen und den Winter über bleiben wollen. Sie hatte solche Angst. Wenn der See zufror, würde eine Zeitlang kein Boot übersetzen können, zugleich würde das Eis noch nicht tragen. Dann wären sie abgeschnitten, nicht erreichbar, wenn etwas passierte.

Irene zu Hause, in Betrachtung all ihrer Sachen, wusste nicht, was sie mitnehmen sollte. Das Licht war aus, beide nicht mehr gewohnt, Lichtschalter zu betätigen. Porträts ihrer Familie an den Wänden. Alte Porträts, auch von Familienmitgliedern, die sie nie kennengelernt hatte. Strenge Gesichter, Leben unter härteren Bedingungen. Fotoalben in den unteren Regalen des Bücherschranks. Kunstarbeiten ihrer Kinder, von Handabdrücken über Zahlenbilder zu Marks Trommeln aus Elchhaut und Pappel. Er hatte Ringe aus ausgehöhlten Stümpfen gesägt. Hatte hier mit seinen Freunden von der Highschool Mittsommer-Rituale abgehalten, die ganze Nacht am Strand trommelnd und um ein Feuer tanzend, in der Hand ein Stock mit Bärenschädel. Der letzte Eindruck von ihm, bevor er in sein eigenes Leben entschwunden war.

Rhoda war nicht so weit weggegangen, aber jede Wand trug ein Zeichen jener Zeit, da sie hier gewohnt hatte, da sie zusammen gelebt hatten. Selbst die verstohlenen Zeiten in der Junior Highschool, als sie anfing, mit Jungen zu schlafen, waren hier festgehalten auf Fotos von Bällen und Plakaten von Schulaufführungen. All diese gemeinsamen Jahre waren doch etwas wert, oder nicht? Aber was ließ sich in eine unfertige Hütte mitnehmen, in ein Zelt? Dieser Ort müsste komplett mit Wänden und Fenstern, mit Garten und Wald verlegt werden.

Ich kann das nicht, sagte sie zu Gary. Sie hörte ihn im Schlafzimmer rumoren, während er noch mehr Kleidung in einen Seesack stopfte.

Was?

Sie sprach lauter. Ich kann nichts mitnehmen, was die Hütte zu einem Zuhause macht.

Ich finde, du machst es unnötig kompliziert, Irene. Wir holen uns nur ein paar Sachen, dann fahren wir in die Stadt, um Deckblech und mehr Kanthölzer und noch einiges zu besorgen, dann versuchen wir, alles aufzuladen und vor Dunkelheit zurück zu sein.

Heute?

Was?

Du willst heute noch zurück?

Ja, das war der Plan.

Das war nicht der Plan. Du hast es nicht für nötig befunden, deine Assistentin einzuweihen.

Irene.

Ich bleibe heute Nacht hier, in meinem Bett. Wenn du fährst, fährst du ohne mich.

Gary kam aus dem Schlafzimmer, stellte sich vor sie. Das Wetter könnte wieder umschlagen, sagte er. Dies ist unser Zeitfenster. Jetzt.

Ich fahre heute nicht.

Gary knallte die Hand auf die Anrichte. Schön, sagte er. Dann drehte er sich um und ging wieder ins Schlafzimmer.

Irene setzte sich auf die Couch. Summen in den Ohren, pochender Puls. Sie versuchte sich zu beruhigen, und ihr Herz schlug etwas langsamer, dann aber packte es vier, fünf Schläge lang zu, Momente, in denen sie exakt seine Form spürte, wie es an seinen Arterien hing und in ihrer Brust zuckte. Panik. Panik, als würde sie gleich sterben, dabei saß sie doch nur auf einer Couch in ihrem eigenen Wohnzimmer. Das Licht sanft von draußen, kein Wind, kein Sturm, bloß ein weiterer grauer, verhangener Tag, ihr Mann im Nebenzimmer, und sie fuhren heute Nacht nicht zurück ins Zelt. Sie musste sich beruhigen.

Wenn wir kein Zuhause draus machen können, warum machen wir es dann überhaupt?, rief sie Gary zu.

Keine Antwort. Weil sein Leben der Maßstab war, unbestritten. Ihres war das Beiwerk; es spielte eigentlich keine Rolle.

Irene legte sich ganz auf die Couch, bettete den Kopf auf ein kleines Kissen, schloss die Augen und ließ das Blut rasen. Ein endloses Pochen, Druck, ihr Körper eine harte Hülle, aus der sie raus wollte. Sie wollte Frieden. Nicht länger gefangen sein. Gefangen in diesem Körper und mit Gary und in diesem Leben und dem ewigen Bedauern. Ihr Leben eine Ansammlung all dessen, was sie umzingelte, Fronten, die von allen Seiten heranrückten. Die Herausforderung, auch nur die nächsten fünf Minuten zu überstehen.

Gary, rief sie. Sie wollte ihn warnen.

Ja? Seine Stimme so kleinlich. Wie konnte sie sagen, was sie zu sagen hatte? Dass sie zu weit gingen. Dass etwas verloren gehen würde. Dass sie sich davon nicht erholen würden.

Schon gut, sagte sie. Machte wieder die Augen zu und ruhte sich aus, die Luft um sie her senkte sich langsam, bis sie den Kies draußen prasseln hörte, jemanden vorfahren hörte. Sie hoffte, dass es Rhoda war, ging aber nicht zur Tür. Sie mochte sich nicht bewegen.

Mom, rief Rhoda.

Hier auf der Couch.

Rhoda an ihrer Seite, eine Umarmung. Warm und lebendig, echte Liebe, nicht die grantelnde Liebe von Gary. Blut von ihrem Blut, die einzig währende Bindung. Eine Ehe konnte sich in nichts auflösen, dies jedoch nicht.

Ich besorge dir ein Satellitentelefon, sagte Rhoda. Es war unerträglich, nicht zu wissen, ob es euch gutgeht.

Hey, Ellis, sagte Mark vom Türrahmen aus. Was macht das Siedlerleben? Er machte Licht. Das Wunder der Elektrizität, sagte er.

Hey Mark, rief Gary aus dem Schlafzimmer.

Bist du krank, Mom? Mark trat an die Couch.

Ausruhen.

Hof halten, sagte Gary, als er an der Küche vorbeikam.

Ein Verbrechen, nehme ich an.

Ihr müsst aufhören, euch zu streiten, sagte Rhoda. Ich glaube, ihr kriegt Lagerkoller.

Ha, sagte Irene.

Fang bloß nicht damit an, Irene.

Jedenfalls ist es schön, dass wir vier beisammen sind,

sagte Irene und stand auf, benommen. Wie lange ist das her?, fragte sie. Und wann kommt das wieder vor? Es ist vielleicht das letzte Mal, dass wir hier als Familie zusammenfinden.

Das stimmt nicht, Mom, sagte Rhoda. Ihr seid nicht ewig in dieser Hütte.

Frag deinen Vater. Aber wir sollten was essen. Ein bisschen Lunch. Wir sollten uns alle an den Tisch setzen.

Ich muss das Blech holen, sagte Gary. Und die Dachbalken.

Nach dem Lunch, sagte Irene.

Ich muss jetzt los. Ich muss das erledigen.

Irene ging zum Küchenschrank und fand einige Dosen Chili. Gary stand neben ihr an der Anrichte und erstellte eine Liste. Ich mach die hier nur heiß, sagte sie.

Bitte. Ich habe keine Zeit.

Komm schon, Dad, sagte Rhoda. Ist doch nur Lunch.

Wie schwer es einem Mann gemacht wird, seine Arbeit zu tun, sagte Mark.

Gary ging ins Schlafzimmer und kam mit seiner Jacke wieder raus. Ärgerlich und unduldsam wie immer. Bin in ein paar Stunden zurück, sagte er. Wir können zusammen zu Abend essen. Und dann ging er hinaus, lange Schritte zu seinem Pickup.

Hm, sagte Mark. Ich hätte meine Hilfe angeboten. Und ich kann nicht zum Abendessen zurück sein. Ich muss das Boot zurückbringen.

Irene nahm Mark in den Arm, aber ihm war

unbehaglich, und er entzog sich rasch. Schon gut, sagte er.

Entschuldigung, sagte Irene.

Alles in Ordnung, sagte Mark, aber er strebte zur Tür. Warum flohen die Männer? Sie hätten zusammen mittagessen können. War das zu viel verlangt? Eine Stunde lang eine Familie zu sein?

Wie geht es Karen?, fragte Irene.

Marks schiefes Lächeln, beherrscht. Du erkundigst dich nie nach ihr, Mom. Du magst sie nicht.

Das stimmt nicht.

Doch, es stimmt.

Er hat recht, Mom, sagte Rhoda. Du meidest sie.

Das stimmt nicht. Nichts davon. Ich will nur, dass du glücklich bist, und wenn du mit ihr glücklich bist, dann ist das bestens.

Aber du magst sie nicht wirklich, sagte Mark. Darum geht es mir. Du hältst sie für blöd.

Das stimmt nicht. Wie kommst du darauf?

Egal, sagte Mark. Schon gut. Ich muss los.

Bleib zum Lunch, sagte Rhoda.

Ich habe versprochen, das Boot zurückzubringen. Ich muss.

Du läufst weg, genau wie dein Vater, sagte Irene. Warum könnt ihr nicht bleiben? Es ist doch nur ein Mittagessen. Warum laufen die Männer in der Familie immer weg?

Ich weiß nicht, sagte Mark. Vielleicht, weil es unerträglich ist? Wenn ich auch nur eine Sekunde länger bleibe, schrei ich. Ich weiß nicht, wieso, aber so ist es.

Tut mir leid. Das ist nicht persönlich gemeint. Und schon hatte er die Tür geöffnet, fluchtbereit.

Nicht persönlich?, fragte Irene.

Bis dann, sagte Mark und schloss die Tür hinter sich. Irene ging zum Fenster und sah zu, wie er schnell zu seinem Truck und dem Boot ging.

Da spürte sie Rhoda hinter sich, die ihre Arme um sie legte. Ist schon gut, Mom.

Irene sah Mark wegfahren. Sie begriff nicht, was gerade vorgefallen war. Ich bin eine schreckliche Mutter, sagte sie schließlich.

Nein, Mom.

Ich glaube, das ist mir gerade eben erst klar geworden, sagte Irene.

Mom, das ist doch nur Mark.

Aber du hast es doch selbst gesagt. Ich meide Karen. Das stimmt. Ich mag sie nicht. Ich halte sie tatsächlich für blöd. Und das weiß Mark.

Rhoda ließ sie los und seufzte. Sie setzte sich an den Tisch. Vielleicht sollten wir was essen.

Okay, sagte Irene, und sie nahm den Dosenöffner, die Hand ein wenig zittrig, nur ein wenig. Für Rhoda nicht sichtbar. Sie öffnete zwei Dosen Chili, füllte sie in einen Topf und stellte die Platte an. Dann stand sie da, starrte ins Chili und rührte gelegentlich mit einem Löffel um. Das Flackern der Flamme. Sie wollte sich nicht als schreckliche Mutter sehen. Das nicht auch noch. Was, wenn das ganze Elend mit Gary auch ihre Schuld war?

Ich heirate, sagte Rhoda.

Was? Irene drehte sich um, und Rhoda erhob sich von ihrem Stuhl.

Jim hat um meine Hand angehalten, sagte Rhoda, und sie zeigte Irene ihren Ring.

Rhoda, sagte Irene und nahm sie in den Arm. Das ist wunderbar. Sie hielt Rhoda fest und wollte sie nicht loslassen. Der Anfang vom Ende für Rhoda, ihr Leben an einen Mann vergeben und verschwendet, der sie nicht liebte. Das genau würde passieren, eine grausame Wiederholung von Irenes Leben, und was konnte Irene jetzt sagen? Aber sicher konnte sich Irene nicht sein. Das war es ja. Vielleicht liebte Jim Rhoda, und vielleicht würde es eine gute Ehe, und vielleicht würde Rhoda glücklich.

Okay, Mom, sagte Rhoda schließlich. Ich brauche Luft.

Entschuldigung, sagte Irene und ließ Rhoda los.

Ich sehe nach dem Chili, sagte Rhoda, wandte sich von Irene ab, um umzurühren, und füllte zwei Schalen.

Irene war von ihren eigenen Gefühlen überrumpelt. Sie wollte sich für Rhoda freuen, aber sie freute sich überhaupt nicht. Und das durfte sie Rhoda nicht zeigen. Das ist wunderbar, sagte sie wieder, als Rhoda die beiden Schalen auf den Tisch stellte.

Danke, Mom, sagte Rhoda. Aber sie setzte sich und sah beim Essen in ihr Chili. Sie sah Irene nicht an. Also hatte Irene gar nichts verborgen. Rhoda merkte es.

Es tut mir leid, sagte Irene. Ich will nur nicht, dass dir dasselbe widerfährt wie mir.

Was soll das heißen, Mom?

Würdest du mich bitte ansehen, wenn wir miteinander reden?

Rhoda sah auf. Himmel, Mom.

Entschuldigung. Anscheinend komme ich mit niemandem klar.

Vielleicht denkst du mal darüber nach.

Wie kann ich an irgendetwas anderes denken? Du bist meine Tochter. Rhoda hatte erneut den Blick gesenkt, und Irene fand das entsetzlich. Ich will, dass du glücklich bist. Das ist alles.

Na, wie schön, sagte Rhoda. Vielen Dank.

Dein Vater hat mich nie geliebt.

Rhoda legte ihren Löffel hin und blickte genervt auf. Mom, sagte sie. Das hatten wir schon. Du weißt, dass das nicht stimmt. Dad hat dich immer geliebt.

Das ist es ja, sagte Irene. Eben nicht. Er glaubt, er hätte was Besseres verdient als mich. Das hat er jetzt zugegeben, draußen im Zelt. Und er wollte in Ruhe gelassen werden. So verhält es sich mit ihm. Es war eben einfach, ist so passiert, und es hätte Mühe gekostet, mich loszuwerden. Er wäre lieber ohne mich, er war zu träge, um etwas zu unternehmen.

Ich höre mir das nicht an, sagte Rhoda. Das ist nur der Schmerz in deinem Kopf und vielleicht diese blöde Hütte, dass du da draußen wohnen musst.

Der Schmerz hat alles klarer gemacht, sagte Irene. Ich kann nicht schlafen, und es fühlt sich an, als könnte ich nicht mal denken, aber aus irgendeinem Grund sehe ich alles klarer denn je. Irene beugte sich vor, beide Unterarme auf dem Tisch. Sie war aufgeregt.

Das ist beängstigend, Mom. Du solltest dir mal zuhören.

Rhoda, du musst aufpassen. Was ich dir zu sagen habe, ist wichtig.

Mom. Rhoda sah sie nun direkt an. Du musst aufhören. Hör dir mal selbst zu. Du klingst wie eine Pennerin, die über Aliens spricht, als würdest du als Einzige das Geheimnis kennen.

Eine Pennerin?

Entschuldige, Mom. Es klingt nur so, als würdest du ein bisschen durchdrehen. Was du von Dad behauptest, stimmt alles nicht. Er liebt dich. Er hat dich immer geliebt.

Irene stand auf. Sie zitterte. Sie nahm ihre Chili-Schüssel und warf sie ins Fenster über der Spüle. Ein lauteres Krachen, als sie erwartet hatte, als die Scheibe zerbrach, aber nicht ausreichend. Gar nicht befriedigend. Sie wollte das ganze Haus zertrümmern. Er liebt mich nicht, sagte sie. Das sollte ich wohl wissen. Ich bin diejenige, die es erlebt.

Die Scheibe gezackt, freie Sicht jetzt auf Bäume und Schnee. Seltsames Licht, unklar, wo die Sonne stand, wo Licht oder Schatten waren, vom Schnee reflektiert. Keine Zeitvorstellung. Ein Tag, der sich ewig hinziehen konnte.

Ich fühle mich nicht sicher, sagte Rhoda. Ich gehe jetzt, glaube ich.

Lauf nur weg wie die Männer, sagte Irene.

Das ist unfair, Mom.

Unfair. Das ist lustig.

Das ist das Problem, Mom. Du steckst irgendwo in einem Selbstmitleidsrausch. Und du kämpfst nicht mit fairen Mitteln. Die Schüssel durch die Scheibe zu werfen. Wie soll ich denn darauf reagieren?

Du tust so, als wäre das ein Angriff.

Etwa nicht?

Du solltest jetzt aufhören, Rhoda.

Weißt du, was ich glaube, Mom? Mit dir ist nichts. Dein Mann liebt dich. Deine Familie liebt dich. Mit deinem Kopf ist auch nichts. Du machst dich nur selbst irre. Warum?

Du glaubst mir nicht?

Nein. Ich glaube dir gar nichts.

Da wurde Irene seltsam ruhig. Wie Rhoda vor ihr stand, besorgt, herablassend, völlig verständnislos. Und doch war sie Rhoda von allen auf der Welt am nächsten. Irene trat vor und umarmte sie, hielt sie fest. Das sage ich dir nur einmal, sagte sie leise. Ich bin jetzt allein.

Mom.

Psst. Hör einfach zu. Wenn du nicht aufwachst, wirst du auch so allein sein. Dein Leben vorbei und nichts übrig. Und keiner versteht dich. Und du wirst so wütend sein, dass du nicht bloß eine Schüssel durch die Scheibe werfen willst.

Rhoda wand sich aus der Umarmung. Verdammte Scheiße, Mom.

Mehr habe ich nicht anzubieten. Als die Wahrheit.

Du machst mir Angst, Mom.

Vielleicht kapierst du es langsam.

Alles hatte sich jetzt gegen Gary verschworen. Irene, das Wetter, die Zeit. Sie hatte den Bogen geholt, die olle Trollfrau, um jagen zu gehen. Pfeilspitzen mit breiten scharfen Flügeln, ein Compoundbogen mit Flaschenzug, beängstigende Wucht, und sie wirkte so düster, dass ihr der Gedanke kommen könnte, den Bogen auf ihn zu richten.

Der Wind jetzt kälter, auffrischend. Ein weiteres Tiefdrucksystem, seit dem letzten kaum eine Pause. Gary hatte nach dem frühen Sturm etwas wärmeres Wetter erwartet. Eine Art Altweibersommer. Aber es sah nach einem kurzen Herbst aus. Ein weiterer Tag mit Minustemperaturen.

Keine Seele sonst weit und breit auf diesem riesigen See. Das Boot schwer mit Konserven beladen, bis zum Rand. Ein Lastkahn, der sich langsam seinen Weg ins Weiß bahnte, der Himmel immer tiefer.

Das Einzige, was sie hielt, war eine Senke im Wasser, ihr theoretisches Gewicht, eine Delle in der Oberfläche. Wenn sie eine Ecke eintauchten, würde das Wasser auf der Stelle das Vakuum füllen, und sie würden geradewegs auf den Grund sinken. Gary spürte das Gewicht des schwer beladenen Bootes, seinen Drang zu sinken. Die unbelebte Welt eine böse Absicht, und Gary im Bewusstsein, wie zerbrechlich sein Leben war.

Warten, hoffen auf sichere Überfahrt, mehr konnte er nicht tun.

Ich hätte uns etwas weniger vollladen können, rief er Irene zu. Wir sind sehr schwer.

Irene drehte sich einen Moment zu ihm um, in vertrauter Feindseligkeit, und blickte wieder nach vorn.

Eine langsame Überfahrt, so langsam, dass es scheinen wollte, als würde allein Garys Wille sie antreiben, schließlich aber konnte er doch das Ufer ansteuern. Er näherte sich langsam, nahm vorsichtig Kurs, aber sie waren zu schwer. Etwa fünf Meter vor dem Ufer setzten sie auf Felsen auf und steckten fest.

Es ist nicht tief, sagte Irene. Ich steig aus.

Schon war sie über den Rand und sank bis zu den Oberschenkeln ein. Ohne Watstiefel. Sie nahm eine Palette Chili, schwer, das wusste er, ging einen Schritt und rutschte aus. Ließ die Konserven fallen, tauchte bis zu den Schultern ein und ruderte mit den Armen. Stand wieder auf, tropfnass, und sagte nichts. Nahm eine neue Palette Konserven vom Boot, trat erneut einen Schritt zurück und schaffte es diesmal an Land. Vollkommen durchnässt und bestimmt eiskalt.

Gary wusste nicht, was er sagen sollte. Ihm fiel nichts Unverfängliches ein. Er legte den Gang ein und versuchte, etwas näher heranzufahren, aber er steckte fest. Also schaltete er den Motor aus, kletterte über die Säcke und Paletten zum Bug und reichte Irene bei ihrer Rückkehr eine weitere Palette.

Wir fahren zurück, wenn wir ausgeladen haben, sagte

er. Damit du ein heißes Bad nehmen und warme Sachen anziehen kannst.

Sie sah alt aus, sehr alt, die Haare unten nass, das Gesicht nass. Sie nahm eine eingeschweißte Palette Dosensuppen und drehte sich wieder um.

Gary schwang die Beine über den Rand und ließ sich ins Wasser hinab, ein Kälteschock. Nahm eine Palette und trat vorsichtig auf die glitschigen Steine, schaffte es an Land und knackte durch dünne Eisschichten.

Wenn du willst, kannst du alles zu den Zelten tragen, und ich hole die Sachen vom Boot, sagte er.

Irene überlegte kurz. Gut, sagte sie.

Er würde wohl ungefähr fünfzig Mal über die glitschigen Steine laufen müssen. Über einen Anleger oder einen geeigneteren Strand hatte er nicht nachgedacht, als er dieses Grundstück kaufte. Ein weiteres Beispiel seiner unzureichenden Planung. Aber so was hier würden sie nicht oft machen müssen. Eine weitere Bootsladung würde ihnen bis zum strengen Frost reichen, dann würde er ein gebrauchtes Schneemobil kaufen und den Proviant damit transportieren. Irgendeine Art Lastschlitten. Die ganze Gegend wäre verwandelt. Eine offene weiße Ebene, keine Boote, und es stand kurz bevor.

Gary stellte sich vor, wie er übers Eis liefe, die Insel keine Insel mehr. Die Luft still, kein Laut. Friedlich.

Irene lange Zeit weg vom Strand. Bestimmt beim Umziehen, und das war gut so. Könnte ihnen den Rückweg heute ersparen. Gary holte weitere Konservenpaletten. Taube Beine, die Füße spürten die Steine nicht besonders.

Irene kam in trockener Kleidung zurück.

Besser?, fragte Gary, aber es kam keine Antwort. Irene hob eine Palette mit Baked Beans hoch und lief vorsichtig durch Gras und Erlendickicht. Der Schnee fiel jetzt kräftiger, die Welt am Verschwinden. Kein Berg, und der See kürzer. Abgeschottet, nur sie beide blieben und ihre Arbeit.

Hin und zurück, durchs Wasser staksend. Garys Beine nur noch Stümpfe. Er nahm alle Paletten herunter, die Bottiche mit Spachtelmasse, alles Schwere. Dann stemmte er sich an Bord und konnte an Land fahren.

Adler ist gelandet, sagte er zu Irene im Bemühen, etwas Aufheiterung zu bringen, aber sie war undurchdringlich. Nahm die nächste Palette und ging.

Gary lud weiter aus, dann half er, die Sachen zur Hütte zu tragen. Irene setzte sie einfach irgendwo ab.

Wie wär's mit etwas System?, sagte er. Wir müssen die Sachen ordnen. Aber sie antwortete nicht.

Schön, sagte er und sah sich um. Kein Platz in den Zelten, und die Hütte musste frei bleiben zum Bauen. Also stapelte Gary alles an der Rückwand. Suppen und Baked Beans an einem Ende, Chili und Dosengemüse am anderen. Dazwischen die Säcke. Wenn ein Bär kam, hatten sie ein Problem, aber ein Bär war unwahrscheinlich hier draußen. Jede Menge am anderen Ufer, aber er hatte noch nie von welchen auf dieser Insel gehört.

Als er fertig war, saß Irene auf einem Baumstamm.

Das war's?, fragte er.

Ja.

Wir sollten versuchen, ein paar Dachbalken anzubringen, sagte Gary und blickte sich um, aber er sah, dass es langsam dämmerte, die Welt dunkelblau wurde. Nach Winter aussah. Er konnte seinen Atem in der Luft sehen. Vielleicht ist es aber auch ein bisschen spät dafür.

Ich mach Suppe warm, sagte Irene.

Danke, sagte er. Er ging zum Strand, um die Chili-Palette herauszufischen, die sie fallen gelassen hatte. Ging ins Wasser, erneut kalt, die Wellen jetzt etwa dreißig Zentimeter hoch, das Wasser blaugrau und opak. Konnte nicht mal seine eigenen Füße sehen, aber er hatte die Schaufel mitgenommen, stocherte damit herum, fühlte eine Felsspitze. Ein neuartiger Fischer, ein Schürfer geradezu, der in die Tiefe stieß, um das zu finden, was sich ausgraben ließ. Was, wenn es tiefer ging? Er würde diesem steinigen Abhang hundert Faden hinab folgen, ins tiefe Tal, wo er im Schlick graben, große Haufen aufschichten würde wie Sand. Wer weiß, was man da entdecken konnte. Der Seefischer, so würden sie ihn nennen, und er würde alles finden, was je vergessen worden war. Eine Kindheit neben einem alten Schuh, einen verrosteten Motor voller Gedanken an einen Sommernachmittag. Er würde alles finden, was es jemals gegeben hatte. Wasser hat etwas, sagte er laut. Was ist es bloß?

Gary zog die Schaufel über den Boden wie eine Harke, ein Farmer auf seinem Feld, und tastete nach der Palette, einem Viereck, das weicher war als Stein. Er ging tiefer hinein zur nächsten Felsstufe, trippelte zur Seite, durchkämmte die Fläche und wurde schließlich fündig. Heureka, sagte er. Der Seefischer findet alles.

Er zog mit der Schaufel, stieß in Untiefen, bis er hinunterlangen und zugreifen konnte. Trug die Palette zu Irene, um sie ihr zu zeigen.

Ich habe das Chili, sagte er.

Irene blickte nicht einmal auf. Kniete vor dem Kocher und starrte in den Suppentopf. Immer dunkler jetzt, ihr Gesicht vom Kocher erhellt.

Scheiße noch mal, sagte er. Redest du überhaupt noch mal mit mir?

Dir würde nicht gefallen, was ich dir zu sagen habe.

Schön, sagte er. Wahrscheinlich hast du recht. Ich habe mir genug von deinem Mist angehört.

Gary ging ins Versorgungszelt, um Platz zu schaffen. Kniete sich in die Öffnung und stapelte alles an einer Seite aufeinander. Dann ging er ins andere Zelt, um seinen Schlafsack und sein Kissen zu holen. Ich schlafe drüben, sagte er.

Irene wie ein Mönch über der Suppe. Als bestünde die Mahlzeit aus Zeichen.

Gary zog die nassen Stiefel, Hose und Socken aus und trockene Kleidung an. Spürte, wie prickelnd Leben in seine Zehen kam. Ich esse meine Suppe jetzt, sagte er. Sie ist bestimmt heiß genug.

Also füllte Irene die Hälfte des Topfes in eine große Plastikschüssel, Gary schnappte sich einen Löffel und wanderte ans Ufer. Fand einen geeigneten Felsen und setzte sich mit Blick auf die Dunkelheit, die sich aufs Wasser legte. Kein Schnee mehr. In der Ferne, am anderen Ufer, keine klare Unterscheidung mehr zwischen

Wasser und Himmel. Das Boot schaukelte auf den Wellen, schrappte gelegentlich über Felsen.

Er wollte hier draußen leben. Er wollte einen Winter hier verbringen, wollte diese Erfahrung machen. Allerdings erkannte er jetzt, dass es bei einem Winter bleiben würde. Im Frühjahr würde er diesen Ort verlassen, Irene verlassen. Er wusste nicht, wo er hingehen und was er tun würde, aber er wusste, dass es Zeit war, zu gehen. Dieses Leben war zu Ende.

Irene lag allein in ihrem Zelt. Eine ruhigere Nacht als sonst, kein Wind. Und sie versuchte sich vorzustellen, wie es im Winter sein würde. Was eigentlich nicht so schwierig war nach so vielen Jahren am Rande dieses Sees. Wenn sie ihn betrat, würde sie Verwerfungslinien im Schnee vorfinden. Eine dünne Schicht, feine Grate, wo das Eis gebrochen war. Keine weiteren Fußspuren, überhaupt keine Spuren. Irene die einzige Gestalt in weißer Weite.

Früher Winter, minus zwanzig Grad. Die Berge wären weiß, der See und der Gletscher. Nur der Himmel von einer neuen Farbe, rare Wintersonne, rares Mittwinterblau. Eine Sonne, die seitwärts über die Gipfel zöge, außerstande, höher zu steigen.

Irene hätte ihren Bogen dabei, ihre Schritte das einzige Geräusch. Die Welt prähistorisch. Wind, der den Schnee wie Sand aufwirbelte, kleine Dünen und Höhlen. Das Wasser dicht darunter.

Irene stellte sich vor, sie wäre aus irgendeinem Grund nicht angemessen gekleidet für diese Kälte. Trüge, was sie in der Hütte, inzwischen fertiggestellt, getragen hatte: einen blauen Pullover, dünne Daunenweste, Wollhose und Stiefel, eine Strickmütze, weiß und grau. Keine Handschuhe. Die Hand, die den Bogen hielt, war kalt. Sie ging auf den Gletscher zu, auf die Berge, weg von der Insel. Ging langsam. Blieb stehen und sah sich um.

Ohne ihre Schritte kein Laut. Kein Wind, keine Wasserbewegung, kein Vogel, kein anderer Mensch. Diese helle Welt. Ihr Herz, ihr Atem, ihr Blut in den Schläfen, das waren die einzigen Laute, die sie hören konnte. Könnte sie die zum Verstummen bringen, könnte sie die Welt hören.

Das Wasser unter ihr bewegte sich, das musste doch ein Geräusch machen. Eine dunkle Strömung unter Eis, die keine Oberfläche durchbrach, nichts kräuselte, aber selbst das musste ein Geräusch machen. Tiefes Wasser, Lagen und Strömungen, und wenn sich eine Lage über die nächste schob, musste es zu hören sein, ein Reiben von Wasser gegen Wasser. Und mit der Zeit die Veränderungen in diesen Strömungen, die Verlagerungen, der See von einem Moment zum anderen nicht derselbe. All das musste doch irgendwie festgehalten sein.

Irene stellte sich vor, wie sie über die dünne Kruste weiterging, Bogen in der linken Hand, die andere Hand warm in der Tasche. Weiter über seichte Schneedünen, innehaltend an einer Stelle mit großen Flocken. Groß wie Fingernägel, einzelne Schneeflocken mit sichtbarem Gezweig, gespreizt, hauchdünn. Sie sahen aus wie Schmuck, raffiniert, zu groß und separat, um echt zu sein. Sie hockte sich hin, um sie eingehender zu betrachten, fasste eine Flocke an, wischte dann mit der Hand über die Oberfläche, die das Schwarz des Sees zeigte, die Farbe des Eises über der Tiefe. Ein Vakuum des Lichts. Und keine Möglichkeit, hineinzuspähen, die

Oberfläche klar, aber so dunkel, dass sie im Grunde opak war.

Die Kälte würde eindringen. Nicht richtig angezogen, nicht gewappnet. Beine und Rücken kalt. Bald würde sie frösteln. Die Sonne so hell und ohne jede Wärme.

Gary, sagte sie. Und sie blieb stehen. Dieser große See, so flach, nur kleine Schneegestöber. Sie blickte zum fernen Ufer, beschrieb einen langsamen Kreis, versuchte, alles auf einmal zu sehen, die ganze Unermesslichkeit.

Und dann würde sie auf das nächste Ufer zulaufen, den Schutz der Bäume suchen. Die Entfernungen trügerisch, sich dehnend. Am Rande des Sees Verwerfungen und Eismonumente, ihre Gipfel schneebedeckt, Berge anderen Ausmaßes. Sie trat über einen Grat, eine Riesin, glitschiges Eis unter ihren Stiefeln und dann Fels, große Kiesel, der Strand. Schnell zwischen die Bäume, Heimat der Wintervögel: Tannenhuhn, Moorschneehuhn, Weißschwanz-Schneehuhn. Sie hatte kleine Schwärme von Birkenzeisigen in noch kälterer Witterung fressen sehen.

Kein Pfad hier. Sie trat über totes Holz, schob sich durch karge Flecken dick gewachsener Erlen, Nahrungsplatz für Schneehühner, zu größeren weißen Birkenstämmen, der immergrünen Sitkafichte, hoch und schlank mit seltsam abgewinkelten Ästen.

Irene suchte nach Lebenszeichen, sah und hörte nichts. Ihre Schritte knackten. Der Wald verbarg nichts, zum Himmel hin offen, zu kahl, zu verkümmert, um Schutz zu bieten. Sumpf und Senke, Platten und Mulden, erneut durch dichteres Gesträuch direkt in die

Teufelskeule, stachliger Knauf, der in Schulterhöhe aus dem Wald ragte. Sie schrie auf, die linke Hand gespickt mit Stacheln. Knorriger Stab mit seinem Knubbelkopf, voller Stacheln. Und jetzt sah sie, dass es hier noch viel mehr gab. Ein Dickicht, also musste sie rückwärts hinaus, um den Sumpf herum und in höhere Gefilde.

Sie fand ein Erlengehölz, bequemer, mehr Raum zwischen den Stämmen, kam gut voran, der Schnee nicht zu tief. Endlich eine Steigung, die Flanke eines Bergs, den Bogen schleifte sie hinter sich her. Die kalte Luft schwer in ihrer Lunge. Als sie über einen kleinen Hügel kam, konnte sie den Berg oben sehen, weiß über der Baumgrenze, krumpelig und alt. Sie würde ihn erklimmen, bis ganz nach oben. Viele Meilen, und das hatte sie im Winter noch nie gemacht, aber jetzt schien es nicht schwer. Es schien beinahe so, als würde sie hinaufgetragen, als schwebte sie über dem Boden. Nur der Bogen hielt sie zurück, beschwerte sie, also ließ sie ihn fallen, sah ihm nicht nach, blickte nicht zurück, kletterte schneller, eine neue Dringlichkeit, zog mit den Händen an kleinen Zweigen.

Irene war benommen, schwindlig, das Klettern eine Art Trance, mit Blick auf den Schnee vor ihr, stets makellos, kleine Mulden um jeden Baumstamm, alles klar umrissen, die Welt gezeichnet, weicher als zuvor.

Danach nichts mehr. Irene verlor die Sicht. Konnte sich selbst nicht mehr sehen, konnte den Winter nicht mehr sehen. Sie war wieder im Zelt, allein, und dachte, die Welt sei so, wie sie war, nicht möglich. Zu flach, zu leer.

Irene rollte sich in ihrem Schlafsack auf die Seite, wartete auf den Schlaf, der nie kam. Die Nacht eine Weite. Stunden der Konzentration auf den eigenen Atem, jeden Hauch zählend im Bemühen, wegzudämmern. Dann auf den Bauch, die Knie wund von der Seitenlage.

Am frühen Morgen Wind. Draußen noch immer dunkel. Sie lag auf dem Rücken, ohne weiter Schlaf zu suchen. Ließ einfach den Schmerz durch ihren Kopf pulsen, schwebte darin herum, spürte, wie ihr Tränen aus den Augen rannen, konnte aber das entsprechende Gefühl nicht finden. Ein allgemeines Gefühl von Trauer, von Verzweiflung, etwas Leeres, aber nicht das, was man ein Gefühl nennen würde. Zu müde dafür. Sie wartete auf Licht, darauf, dass der Tag begann, damit sie wenigstens aufstehen konnte und etwas geschah. Etwas, um die Zeit zu vertreiben.

Sie machte die Augen wieder zu, und als Irene sie schlaflose Stunden später wieder öffnete, war das blaue Nylon des Zelts eben gerade sichtbar, also brach der Tag an. Noch eine halbe Stunde warten, und es wäre hell genug zum Aufstehen und Anziehen.

Kalt und bedeckt, als Irene aus dem Zelt trat. Sie ging zur Hütte, blickte durch das offene Fensterloch, fröstelte im Wind. Sie musste an die Arbeit, um warm zu werden.

Also ging sie zu Garys Zelt. Aufstehen, rief sie. Gary. Zeit für die Arbeit. Mir ist kalt. Ich muss arbeiten.

Okay, antwortete er schließlich. Sie neidete ihm seinen Schlaf. An einem neuen Tag aufzuwachen, der vom vorherigen getrennt war. Für Irene wurde das ganze Leben zu einem einzigen langen Tag. Sie fragte sich, wie lange sie überleben würde. Wenn man nie schläft, stirbt man dann irgendwann? Oder zählt das stundenlange Daliegen, das Ausruhen mit geschlossenen Augen, irgendwie als Teilschlaf, etwas, das man endlose Jahre betreiben kann?

Gary trat aus dem Zelt, mit offenen Schnürsenkeln, offener Jacke, unbedecktem Kopf. Überwiegend grau jetzt. Stolperte ein paar Meter weiter und pinkelte, von ihr abgewandt. Was sie an das Plumpsklo erinnerte. Sie mussten immer noch ein Plumpsklo bauen. Um nicht mehr hinter Büschen im Schnee zu hocken.

Gary schüttelte aus und zog die Hose zu, trat zurück, band die Stiefel zu, holte seine Mütze aus dem Zelt. Kalt, sagte er. Es kommt Wind auf.

Ja, sagte sie. Ich will die Balken zurechtsägen. Ich muss mich bewegen, um mich aufzuwärmen.

Okay, sagte er. Was ist mit Frühstück?

Können wir später machen.

Okay.

Sie gingen zu dem Haufen Kanthölzer, trugen einen Balken durch die Hintertür in die Hütte und stellten sich auf Trittleitern. An der hohen Rückwand hielt Gary den Balken über seinen Kopf und markierte die Schnittstelle mit einem Bleistift.

Dann machte sich Irene ans Sägen, spürte, wie der Oberkörper warm wurde. Unter anderen Umständen hätte sie es vielleicht genossen, eine Hütte zu bauen. Eine gute Ablenkung, das Gefühl, etwas zu schaffen. Das

Winkelstück fiel ab, und sie gingen zurück, um den Balken anzupassen.

Ziemlich gut, sagte Gary schließlich. Geht so. Wir können die anderen im selben Winkel sägen.

Irene versuchte, nur zu arbeiten und an nichts anderes zu denken. Wie die Säge durchs Holz riss, wie das Holz nach der Säge schnappte, sie festkrallte und immer weiter, und Irene dachte wieder an den Winter, fragte sich, was sie da gesehen hatte. Hatte das etwas zu bedeuten? Garys Namen zu sagen, dort auf dem Eis zu stehen und rundum zu blicken? Den Schnee wegzuwischen und das schwarze Eis zu sehen und in die Teufelskeule zu laufen, all die Stacheln. Es war kein Traum gewesen. Es war eine Wachvision, und doch hatte sie die Stacheln gespürt, die verdrehten Knäufe um sie herum. Ihren Bogen zu tragen. Und war sie jagen gewesen? Wie ist es möglich, die eigenen Visionen nicht zu kennen, die eigenen Tagträume?

Garys Stimme. Irene versuchte, zurückzukommen, sich zu konzentrieren. Was?, fragte sie.

Ich sagte, wir kriegen die beiden Enden nicht zusammen. Oder vielleicht doch. Mal überlegen.

Irene hörte auf zu sägen. Wartete. Sah auf das Sägemehl im Schnee. Die Zehen kalt, die Knie kalt auf dem Boden. Sie ging in die Hocke, aber das war beim Sägen zu wacklig, also kniete sie sich wieder hin.

Ich kann nicht klar denken, sagte er. Ich brauche Frühstück. Wir müssen frühstücken, bevor wir anfangen.

Irenes Schuld, dass er nicht nachdenken konnte.

Nichts Neues also. Sie ging zum Coleman-Kocher und setzte den Kessel auf. Heißes Wasser für Haferflocken und Schokolade oder Tee. Kaffee tranken sie beide nicht. In vielerlei Hinsicht war ihr eigenwilliger Lebensstil gut gewesen. Kein Fernsehen. Kein Internet. Kein Telefon. Nur der See, der Wald, ihr Zuhause, ihre Kinder, in die Stadt zum Arbeiten und Einkaufen. Es war kein schlechtes Leben gewesen, oberflächlich betrachtet. Es hatte etwas Ursprüngliches. Etwas, das echt hätte sein können, wenn es für Gary nicht bloß eine Ablenkung gewesen wäre, eine Art Lüge. Wäre er ehrlich gewesen, hätte ihrer beider Leben echt sein können.

Gary in seinem Zelt, beim Ausruhen oder Aufwärmen, während Irene darauf wartete, dass das Wasser kochte. Sie fragte sich, ob sie milder sein könnte, ihm alles verzeihen, es vorüberziehen lassen könnte. Ob sie ihr gelebtes Leben akzeptieren könnte. Das hätte etwas Beruhigendes. Doch letztlich fühlt man, was man fühlt, man hat keine Wahl. Man kann sich nicht von Grund auf neu erschaffen. Man kann sein Leben nicht anders wieder zusammensetzen.

Endlich kochte das Wasser, und Gary kam zu Haferbrei und heißer Schokolade, setzte sich in die Zelttür, wo Platz war für einen. Also aß Irene ihren Haferbrei kniend neben dem Kocher und dachte, dass man sein Leben tatsächlich nicht anders wieder zusammensetzen konnte. Das war das Problem. Erkenntnisse kamen zu spät, und dann konnte man sie nicht mehr gebrauchen. Die Entscheidungen waren längst getroffen.

Jetzt weiß ich, wie wir es machen, sagte Gary. Ich

brauchte bloß ein bisschen was im Magen. Wir schrägen ein Ende der Verlängerungsstücke an, passen es dann an und markieren die Stelle, wo sie aufeinandertreffen. So geht es.

Gute Idee, sagte Irene. Sie hatte nicht zugehört, und es war ihr egal. Sie fing wieder an zu sägen, langsam tat ihr die Schulter weh.

Gary machte Pause, entwarf Pläne, während sie arbeitete, vielleicht träumte er auch nur vor sich hin. Also hörte sie auf. Du kannst das fertigmachen, sagte sie und ging ins Zelt, um sich hinzulegen, mit schwirrendem Kopf. Der Schmerz so scharf wie eh und je, als würde sich jemand durch ihren Schädel sägen, aber das scherte sie nicht besonders. Es war einfach da. Der Schmerz war inzwischen wie Atmen. Atmen ist nicht bequem, aber wir machen es trotzdem.

Sie hörte, dass Gary schneller sägte, aber auch öfter mit dem Blatt stecken blieb. Ungeduldig. Wollte das Dach drauf haben. Irene hatte begriffen, dass das Zelt gemütlicher war, als die Hütte je werden würde, insofern hatte sie es nicht eilig.

Okay, Irene, rief Gary. Wir können jetzt die Verlängerungen anpassen.

Zunächst regte sich Irene nicht. Aufstehen schien einfach zu mühsam.

Na los, sagte Gary. Wir können heute alle Dachbalken einbauen und vielleicht sogar das Dach decken.

Okay, sagte Irene. Sie kroch aus ihrem Schlafsack, zog die Stiefel an und trat hinaus. Eigentlich ein idealer Tag zum Arbeiten. Kalt und bedeckt, aber kein

Niederschlag, nicht zu windig. Sie ging zu dem Stapel Dachbalken und sah ihren Mann an. Das Gesicht eines Fremden. Keine Freundlichkeit.

Ich geh zuerst rein, sagte er. Du bist an der Rückwand.

Okay, sagte sie und folgte mit ihrem Ende. Stieg auf einen Tritt, hielt ihr Ende hoch.

Sieh zu, dass es oben gerade abschließt, sagte er.

Tut es, sagte sie. Mach deine Markierung.

Bin dabei, sagte er.

Sie setzten den Balken ab, und er nagelte die beiden Teile aneinander. Harte Hammerschläge, laut.

Sie hoben ihn wieder an, und Gary nagelte sein Ende in die Blockwand. Verdammt, sagte er. Ich weiß nicht, wie ich das machen soll.

Irene sah, dass ein Nagel am unteren Ende schief reinging, ein weiterer seitlich. Vielleicht brauchst du Winkel, sagte sie.

Ja. Das sehe ich jetzt auch. Aber ich habe keine Winkel, und ganz zufällig gibt es hier keinen Laden. Verdammt.

Also hielt sie ihr Ende hoch, während er vier schiefe Nägel einschlug.

Ein langer Morgen und Nachmittag mit den Balken, Gary zunehmend frustriert und wütend. Ohne Mütze, Jacke vor Anstrengung geöffnet, Haare ein Wust, der in alle Richtungen abstand und vom Wind geplättet wurde. Klemmte seinen Daumen ein, brach ein Ende ab, warf den Hammer zu Boden, kam mit kleinen Anfällen und Ausbrüchen durch den Tag. Ermahnte sie, ihr verdammtes Ende festzuhalten.

Schließlich aber waren die Balken, wo sie sein sollten, verliefen schräg von der Rückwand zur Vorderseite. Gary stand auf einem Tritt in der Mitte des Podests und zog sich an einem der Balken hoch, um seine Stabilität zu testen. Das hält, sagte er. Setzen wir vor Dunkelheit das Dach drauf.

Irene hatte seit Stunden kein Wort gesagt. Sie nahm ein Aluminiumblech und stellte es an die Vorderseite der Hütte. Trug die Trittleiter hinaus und hievte das Blech in Position.

Es ist nicht ganz lang genug, sagte Gary. Darum habe ich auch noch die kleineren geholt. Dann können wir dieses etwas überhängen lassen. Das hilft, den Regen von den Wänden abzuhalten.

Irene tat wie geheißen und hielt das Blech, während er hineinging, um den Nagel einzuschlagen. Ich muss etwas Paste für die Löcher holen, sagte er. Also wusste Irene, dass es auf sie tropfen würde, wahrscheinlich den ganzen Winter. Kein Bett, nur ihre Schlafsäcke mit großen nassen Tropfflecken. Vielleicht würden sie aber auch unter einer Plastikplane schlafen, die Kanten der Sperrholzplatten nass und matschig, ihr Kissen auf dem Boden. Das stand ihr bevor, genau das.

Jetzt das nächste Blech, sagte er. Abend, nur noch etwa eine Stunde Licht, ein Wettlauf gegen die Dunkelheit. Kein Mittagessen. Nur der Haferbrei zum Frühstück. Irene fühlte sich schwindelig und substanzlos, als könnte sie über dem Boden schweben, kurz unter der Baumhöhe. Hielt ein weiteres Blech, während er hämmerte, und noch eins, kaltes Aluminium. Sie trug bloß dünne Drillichhandschuhe. Fallende Temperatur, irgendwo unter dem Gefrierpunkt. Sie zitterte jetzt.

Als sie das letzte große Blech hochhievten, wurde Gary aufgeregt, das Ende in Sicht. Sie hielt fest, während er hineinging, um zu hämmern. Sein Kopf lugte durch die Balken, ein Arm schlang sich herum, um von oben zu hämmern.

Jetzt nur noch die hintere Reihe. Heute Nacht haben wir ein Dach über dem Kopf.

Es wird dunkel, sagte sie.

Wir nehmen Taschenlampen.

Also holte Irene Taschenlampen aus ihrem Zelt. Wir bräuchten Stirnlampen, sagte Gary. Zu dumm, dass du keine Stirnlampen gekauft hast. Und diese Taschenlampen sind billig. Wir können von Glück sagen, wenn die halten. Irene wieder schuld. Wenn das Dach heute nicht fertig wurde, war es ihre Schuld.

Irene stellte ihren Tritt an die Rückwand, versuchte, die Beine fest in den Boden zu drücken, damit sie nicht wankte. Sie stieg hinauf, und Gary reichte ihr das Blech. Die kleineren Bleche viel leichter, aber noch immer schwer über dem Kopf. Sie war müde und hungrig und durchgefroren, und ihr Kopf stach. Sie hob das Blech hoch, war aber nicht groß genug, um es aufs Dach zu bekommen.

Verdammt, sagte Gary. Lass es einfach fallen.

Sie ließ es in den Erlenbusch fallen.

Das muss ich selber machen. Nimm deinen Tritt mit nach vorn.

Irene ging nach vorn, half, das Blech aufs Dach zu

hieven, und hielt es dort fest, während er hineinging. Der Kopf lugte durch die Balken, er nahm das Blech und schob es hinauf. Scheißlampe, sagte er. Wir hätten Stirnlampen gebraucht. Ich kann nicht das Blech halten und einen Nagel halten und einen Hammer und die Taschenlampe. Ich habe nicht vier Pfoten.

Ich halte eine Taschenlampe von hier, sagte Irene. Und wenn du mir einen Stock oder so was gibst, kann ich das Blech vielleicht am Rutschen hindern.

Schön, sagte Gary. Aber beeil dich. Ich kann das hier nicht ewig halten.

Irene sah sich auf dem Holzhaufen nach einem Stock um, wollte sich beeilen, sah aber nichts. Wurde langsam panisch. Gary wartete.

Hol einfach den Bootshaken. Geh zum Boot. Ich kann das hier nicht bis zum Erbrechen halten.

Sie ging so schnell sie konnte zum Boot, rannte, wenn möglich, während der Lichtkegel über Gras und Schnee hüpfte. Das Boot auf kleinen Wellen rumpelnd und schrappend. Sie kletterte über den Bug, der Lichtkegel hell auf dem Aluminium, fand den Bootshaken und eilte zurück zur Hütte.

Hier ist er, rief sie. Mit dem Bootshaken drückte sie gegen die Unterkante des Blechs. Taschenlampe in der anderen Hand, Angst zu fallen dort auf der obersten Stufe der Trittleiter.

Okay, sagte Gary. Er rückte das Blech ein wenig zurecht. Jetzt halt fest und bleib mit der Lampe drauf.

Gary nagelte das Blech entlang der Balken fest und verlangte nach dem nächsten.

Ich kriege es nicht ohne Hilfe aufs Dach, sagte Irene.

Schön, sagte Gary, kam herum und hob es allein hinauf. Jetzt halt einfach fest, sagte er.

Er war wieder drinnen und schlug Nägel ein, und sie schafften noch zwei Bleche, stockdunkel mittlerweile, der Lichtkegel hell auf dem Aluminium, das Dach eine Art Reflektor. Sie hätten auch ein Raumschiff bauen können, dachte Irene, irgendwas, das in die Nacht abheben und sie aus der Welt tragen sollte. Merkwürdig, ihr Treiben hier draußen. Ein Mann und seine Sklavin beim Bau seiner Maschine.

Gary brachte das letzte Blech in Position, ging wieder hinein und wusste dann nicht weiter. Damit schließt sich die Lücke, sagte er. Ich kann meinen Arm nicht durchstecken, um von außen zu hämmern. Ich hätte die Kanthölzer noch nicht einbauen sollen, um die Seitenlücke zu schließen. Halt fest und warte einen Moment.

Gary nahm seinen Tritt mit nach draußen an die Rückwand, dann an die Seitenwand. Verdammt, sagte er. Nicht hoch genug. Der Boden ist zu niedrig.

Der Boden schuld, dachte Irene. Besserer Boden würde von selbst auf die Idee kommen, sich zu erheben. Sie hielt Bootshaken und Taschenlampe und versuchte, auf dem Tritt das Gleichgewicht zu halten. Das war ihre Rolle in diesem Zirkus.

Gary stieß einen kleinen frustrierten Grunzschrei aus. Keine Planung, niemals, im ganzen Leben nicht. Stattdessen schmiss er sich von einem Hindernis aufs nächste und gab der ganzen Welt und Irene die Schuld.

Scheiße, sagte er. Ich muss auf dieses beschissene Dach steigen. Anders geht es nicht.

Irene sagte nichts. Erfüllte nur ihre Aufgabe.

Gary stellte seinen Tritt neben sie und stieß einen weiteren kleinen Frustschrei aus. Nichts zum Festhalten, sagte er. Also trug er seinen Tritt wieder hinein. Mach mir ein bisschen Platz, sagte er. Schieb das Blech weiter.

Irene ließ das Blech an ihrer Seite hinuntergleiten.

Weiter, sagte er, also ließ sie es weitergleiten, bis sie seine Hände auf dem Balken sah. Mit einem Ruck zog er sich hoch und schwang ein Bein aufs Dach. Er schob sich knurrend weiter, drückte die Ferse hinunter, suchte die Hebelwirkung. Schließlich zog er sich seitlich hoch.

Ich brauche den Hammer, sagte er. Von drinnen.

Was ist mit dem Blech?

Halte ich. Hol einfach den Hammer.

Irene stieg vom Tritt, ging schnell herum, reichte ihm den Hammer und kehrte auf ihren Posten zurück. Gary schob das Blech zurecht, sie hielt es mit dem Bootshaken, und er hämmerte.

Okay, sagte er. Wir haben ein Dach. Dann sah er sich um. Nicht sicher, wie ich runterkommen soll, sagte er.

Ich geh aus dem Weg, sagte Irene und stieg von ihrem Tritt.

Nichts zum Festhalten, sagte er. Aber bei der Schräge sollte ich mich eigentlich von der Rückseite runterhangeln können. Geh rum mit dem Licht. Wir müssen eine sichere Stelle zum Runterspringen finden.

Irene lief schnell herum, leuchtete mit der Lampe die gesamte Rückseite ab, schob einen Berg Müllsäcke beiseite und fand einen Moosflecken, der weich schien. Das sieht gut aus, sagte sie. Hier ist Moos.

Okay, bleib mit der Lampe drauf. Er glitt hinten herunter und sprang einen Meter, ohne große Mühe.

Verrammeln wir das Fenster, sagte er, damit der Wind nicht reinkommt. Die Hintertür können wir erst mal lassen.

Verbringen wir die Nacht hier drin?

Ja, natürlich.

Mit all den Ritzen? Der Wind und der Schnee kommen doch bestimmt rein, oder?

Es ist nicht vollkommen.

Warum nicht noch eine Nacht in den Zelten?

Warum bist du so?

Wie denn?

Nimm die Lampe aus meinem Gesicht, sagte er und schlug sie weg. Und tu nicht so, als wüsstest du nicht, was du da tust.

Ich habe dir geholfen, sagte sie. Den ganzen Tag und jetzt noch in die Nacht hinein.

Du hilfst, aber du gibst mir auch zu verstehen, alle paar Tage, was du von mir hältst, wie ich dein Leben zerstört habe, dich von allen abgeschnitten habe. Wird also vielleicht mal Zeit, dass ich dir sage, was ich von dir halte.

Hör auf, Gary. Nicht.

Nein. Ich geb's dir, wie du es mir gegeben hast.

Gary, ich gebe mir Mühe. Ich baue im Dunkeln deine Hütte. Ich habe seit dem Haferbrei heute Morgen nichts gegessen.

Meine Hütte, sagte Gary. Siehst du? Genau das meine ich. Unser ganzes Leben meine beschissene Schuld. Nicht deine Entscheidung. Nicht deine Schuld, dass du keine Freunde hast. Du bist eine Außenseiterin. Darum hast du keine Freunde.

Hör auf, Gary. Bitte.

Nein, ich glaube, das gefällt mir gerade. Ich glaube, ich mache jetzt genau so weiter.

Irene fing an zu weinen. Sie wollte nicht, aber sie konnte nicht anders.

Heul dir doch die Augen aus, sagte er. Wenn du nicht wärst, ich wäre hier längst weggegangen. Ich wäre vielleicht sogar endlich Professor geworden. Aber du wolltest ja Kinder, und dann musste ich die Kinder ernähren und Zimmer anbauen. Ich war in einem Leben gefangen, das mir eigentlich gar nicht entspricht. Boote bauen und angeln. Ich habe an einer Dissertation gesessen. Einer Dissertation. Das war meine Bestimmung.

Diese Ungerechtigkeit war zu viel für Irene. Sie konnte nicht sprechen. Sie kniete sich auf den Boden und weinte.

Elend sucht Gesellschaft, sagte er. Und du wolltest mich einfach nur mit runterziehen. Du bist eine fiese alte Hexe. Du sagst es nicht, aber du denkst es, ständig am Kritteln. Gary weiß nicht, was er tut. Gary hat keinen Plan, hat es nicht zu Ende gedacht. Immer ein bisschen kritteln. Eine fiese alte Hexe.

Du bist ein Monster, sagte sie.

Siehst du? Ich bin ein Monster. Ein Scheißmonster.

Das Satellitentelefon kam am Nachmittag per UPS. Ein gelber Pelicase, wasserdicht, das Telefon darin fest in Schaumstoff verpackt. Netzkabel für Wechselstrom und Gleichstrom und ein Packen Adapter für jeden Ort der Welt. Etwas, das sich nur Jim leisten konnte. Wenig zu tun bei der Arbeit, also saß Rhoda an ihrem Schreibtisch, las die Gebrauchsanweisung und schloss das Telefon zum Aufladen an. Sie hatte bereits zwei Golf-Car-Batterien gekauft, damit ihre Mutter sie mit dem Gleichstrom-Anschluss wieder aufladen konnte.

Um fünf machte sie Feierabend und fuhr nach Hause. Ein komplettes Hochzeitsplanungs-Paket vom Kauai Resort war ebenfalls heute angekommen, auf das Auspacken freute sie sich. Sie würde mit Jim auf der Couch sitzen und alles sichten.

Als sie zu Hause ankam, war Jim allerdings schon beim Sport und joggte auf seinem Crosstrainer.

Hiya, sagte er zwischen zwei Schnaufern. Er redete jetzt anders, schmissiger. Hiya und pronto. Sie wusste nicht, was vor sich ging. Er hatte eine neue Rezeptionistin, und die redete so, vielleicht färbte das ab.

Rhoda stellte den Pelicase auf die Bar und das Hochzeitspaket dazu. Sie konnte ebenso gut mit dem Essen anfangen. Seine Trainingseinheiten wurden länger und länger. Er war mindestens anderthalb Stunden zugange, jeden Tag, und dann musste er noch duschen. Dann essen und früh zu Bett. Sie waren hier im selben Raum, aber beim Sport mochte er nicht reden, und ohnehin lief sein iPod.

Rhoda machte den Kühlschrank auf und fragte sich, wie viel von Jim sie eigentlich heiratete. Wie viel Prozent. Zehn Prozent seiner Aufmerksamkeit, etwas mehr Prozent seiner Zuneigung, neunzig Prozent seiner täglichen Bedürfnisse und Besorgungen, ein paar Prozent seines Körpers, wenige Prozente seiner Vergangenheit. Die Hälfte seines Geldes. So mochte sie es nicht sehen. Eigentlich sollten sie doch ihrer beider Leben vereinen. Eigentlich sollten sie jetzt gemeinsam auf der Couch sitzen, den Sonnenuntergang und die Broschüren betrachten.

Lachs, Heilbutt, Karibu, Huhn. Nichts sprach sie an. Sie hatte keine Lust zum Kochen. Also machte sie den Kühlschrank wieder zu und ging zu Jim. Sie wartete, bis er die Ohrstöpsel herausgezogen hatte. Er sah unsäglich aus, fleckig und verschwitzt. Ich hole eine Pizza, sagte sie. Ich habe keine Lust zu kochen.

Er schnaubte schwer. Pizza, weiß nicht recht, sagte er. Der ganze Käse. Nicht gut fürs Muffinhäubchen.

In letzter Zeit nannte er seinen Bauch Muffinhäubchen, und er hielt Diät. Kein Alkohol, kein Nachtisch, keine Milchprodukte.

Ich habe Lust auf Pizza, sagte sie.

Wie wär's mit einem großen Salat. Kannst du uns einen großen Salat machen, Schatzi?

Scheiße, nenn mich nicht immer Schatzi. Was hat dich denn eigentlich gebissen? Wer bist du?

Rhoda. Was ist? Vielleicht solltest du auch mehr Sport machen. Jeden Tag. Dann fühlst du dich besser.

Rhoda sah auf ihren Bauch. Sie war noch immer schlank. Sie joggte drei Mal die Woche, und das reichte. Seit wann zählte ihr Joggen nicht mehr als Sport? Für mich reicht es aus, sagte sie. Ich brauche nicht mehr Sport.

Ich rede nicht von deinem Gewicht. Ich meine nur, vielleicht fühlst du dich dann besser.

Das ist eine dämliche Unterhaltung, sagte Rhoda. Das muss ich mir nicht antun. Ich will über andere Dinge reden. Das Satellitentelefon ist da, also muss ich raus zu Mom. Und das Hochzeitsplanungs-Paket ist gekommen, also müssen wir uns das heute Abend ansehen.

Heute Abend weiß ich nicht, Schatzi. Vielleicht am Wochenende, wenn wir mehr Zeit haben.

Rhoda wurde auf einmal so wütend, dass sie nicht wusste, was sie sagen sollte. Sie wollte nichts Böses sagen. Dies sollte eigentlich eine glückliche Zeit für sie beide sein, das Planen der Hochzeit und der Flitterwochen. Sie nickte nur und ging zurück zum Kühlschrank. Sie hatten Salat und Tomaten, eine unreife Avocado, Räucherlachs natürlich, den sie hineintun konnte. Pinienkerne. Genug für einen Salat. Noch ein bisschen Gurke. Na schön, dann würden sie eben Salat essen. Den brauchte sie noch nicht zu machen. Er war frühestens in anderthalb Stunden so weit.

Rhoda ging ins Schlafzimmer, ließ ein Bad ein und

zog sich aus. Legte sich nackt aufs Bett und wartete darauf, dass die Wanne volllief. Sie fror ein bisschen, aber das war ihr egal. Blickte an die Decke. Nichts von alledem entwickelte sich wie geplant, und sie konnte noch nicht mal richtig darüber nachdenken, weil sie die ganze Zeit an ihre Mutter dachte. Wie ihre Mutter gesagt hatte, sie wolle etwas Schlimmeres tun, als eine Schüssel durch die Scheibe zu werfen. Das hatte sie ernst gemeint. Rhoda wusste das. Sie wollte zerstören. Und wie war es dazu gekommen?

Rhoda setzte sich mit einem Seufzer in die Wanne, obwohl sie noch nicht voll war. Tat Schaumbad hinein. Wie ein Hund in der Praxis, der darauf wartete, abgeschrubbt zu werden. Sie umschlang ihre Knie und legte den Kopf darauf. Versuchte, sich auf ihre Atmung zu konzentrieren und mit dem Denken aufzuhören, während das heiße Wasser anstieg.

Als die Wanne voll war, drehte sie den Wasserhahn zu und lehnte sich zurück, schloss die Augen. Roch Birne und Vanille, das Schaumbad, zu stark. Ihr Körper lang und schlank und schwerelos. Sie stellte sich eine Wasserhochzeit vor, nur so zum Spaß. Alle trügen Taucheranzüge und Bleigürtel, die sie auf dem Meeresgrund hielten. Hellbrauner Sand wirbelte in Wellenformation, ein weißer Hochzeitsbogen ankerte im Grund. Eine Korallenwand als Kulisse, vor der sie Jims Hand hielt und in sein Gesicht blickte, von der Maske eingeschnürt, Atemregler im Mund, Lippen blassrosa. Die Gäste im Sand drapiert, die Kleider der Frauen ein toller bunter Federschmuck in der Strömung, ferne Korallenbüschel und vorbeigleitende Fische. Ein Papageifisch, limonengrün und türkis, schwamm an Rhodas Füßen vorbei.

Rhoda lächelte. Könnte ein Traum doch auf der Stelle wahr werden. Keine Vorbereitungen. Sie könnte beschließen, dass sie genau so eine Hochzeit wollte, und schwupp passierte es. Warten mochte sie nicht.

Rhoda nickte ein und wachte ruckartig auf, unsicher zunächst, wo sie war. Die Dusche lief, Jim hatte sein Training beendet. Das Badewasser nicht mehr heiß. Sie stand auf, trocknete sich ab, zog sich an und ging in die Küche. Bereitete lustlos den Salat, kein Interesse an Essen. Schon über eine Woche ohne Sex, eine lange Zeit für sie beide. Sie fragte sich, was los war.

Jim kam, als sie gerade den Salat fertig und die Teller auf den Tisch gestellt hatte.

Deluxe, sagte er. Noch so ein neuer schmissiger Begriff.

Panna Cotta, sagte sie.

Was?

Klingt einfach, als würde es zu deluxe passen.

Hm, sagte Jim. Dann nahm er sich Salat. Hob das Besteck zu hoch. Vollführte jedes Mal in der Luft einen Bogen. Als handelte es sich um eine Inszenierung.

Ich mache mir Sorgen um Mom, sagte sie.

Ja.

Ich muss ihr sofort dieses Telefon bringen. Ich muss mit ihr reden können.

Jim kaute einen großen Mundvoll Salat. Mit Blick nach draußen, die von Scheinwerfern beleuchtete Terrasse, nicht auf Rhoda. Er kaute zu Ende und trank dann ein halbes Glas Wasser. Durst, sagte er. Nach dem Sport.

Ich mache mir wirklich Sorgen um sie.

Jim spießte ein weiteres Salatknäuel auf, hielt dann aber inne und sah sie kurz an. Wenn sie das nächste Mal reinkommen, sagte er. Dann kannst du es ihnen bringen.

Nein. Ich muss jetzt mit ihr reden.

Jim stopfte sich den Salat in den Mund. Starrte beim Essen auf seinen Teller. Trank den Rest Wasser. Kann ich noch Wasser haben?, fragte er.

Rhoda nahm sein Glas und füllte es am Kühlschrank auf. Ging zum Tisch zurück und passte auf, dass sie das Glas nicht hinknallte.

Hör zu, sagte er. Ich weiß, dass du dir Sorgen machst und dass sie dir wichtig sind. Aber es ist bestimmt alles in Ordnung. Und vielleicht ist es gut, ein bisschen mehr Abstand zu deiner Mutter zu bekommen. Vielleicht verlässt du dich dann weniger auf sie.

Das ist keine normale Situation, sagte Rhoda. Etwas stimmt nicht mit ihr. Ich habe Angst.

Nichts wird ihnen da draußen zustoßen. Jim schob seinen Salat auf dem Teller herum, drehte ein Blatt um und noch einmal um. Mann, sagte er. Das ist einfach unbefriedigend. Mir fehlen die Pfannkuchen mit Pfirsich. Aber Pfannkuchen sind nicht gut fürs Muffinhäubchen.

Vielleicht bringt sie ihn um.

Was?

Rhoda stand auf und ging ins Schlafzimmer. Sie legte sich mit dem Gesicht nach unten aufs Bett, schloss die Augen, spürte ihren rasenden Puls. Sie hatte Angst, dass ihre Mutter ihren Vater umbringen oder irgendwie verletzen könnte. Oder sich selbst umbringen. Rhoda wollte nicht daran denken. Sie wollte ihre Gedanken anhalten.

Mit langer, zu langer Verzögerung kam Jim ins Schlafzimmer. Er setzte sich neben sie und legte ihr eine Hand ins Kreuz. Das wird schon mit ihnen, sagte er.

Nein, wird es nicht, sagte sie, und sie wusste, dass es stimmte. Sie wusste nicht, woher, und sie konnte es Jim nicht erklären. Er würde ihr nicht glauben. Sie setzte sich auf und wischte sich die Augen. Jim hielt sie nicht fest. Er war zu nichts nütze. Überhaupt keine Hilfe. Warum war sie mit ihm zusammen? Erstmals dachte sie daran, ihn nicht zu heiraten. Vielleicht wäre es ohne ihn auch okay. Es war bloß eine Verlobung. Ich muss Mark anrufen, sagte sie. Ich muss da morgen raus.

Rhoda, sagte Jim.

Kannst du bitte einfach still sein? Sie hielt sich die Hände vors Gesicht, Augen geschlossen. Sie wartete, und endlich ging er. Sie rutschte näher ans Telefon und wählte Marks Nummer.

Karen ging ran, aber Rhoda war nicht nach Plaudern. Sie wartete auf Mark.

Ein Anruf der Oberen, sagte Mark. Was macht das Lehnsgut?

Rhoda wusste, dass sie behutsam vorgehen musste. Mark, sagte sie. Ich weiß, das klingt unvernünftig, und ich weiß, das ist sehr viel verlangt, aber ich flehe dich an. Es ist wichtig.

Wow, sagte Mark. Lass hören. Du hast beschlossen,

in ein Zelt zu ziehen, wie die Ellis, und willst, dass ich Jims Haus übernehme?

Ich habe Mom ein Satellitentelefon gekauft, und ich muss es ihr morgen rausbringen.

Wie scharf. Hast du für mich auch eins? Ich brauche seit, na, etwa fünf Jahren so ein Ding fürs Boot. Wie kannst du dir so ein Scheißgerät leisten? Rhetorische Frage. Die Antwort kenne ich natürlich. Jim, seine Heiligkeit.

Bitte.

Ich weiß nicht, sagte Mark. Ich weiß, dass Mom ein Freak ist und du dir Sorgen machst, aber bald kommen sie doch eh zum Einkaufen, und hier ist es jetzt kalt. Die Küste friert zu. Mit dem Boot rauszufahren wäre ziemlich ätzend.

Das Eis ist aber dünn, oder? Da kommst du doch durch?

Schon, aber sie kommen rüber, in ein paar Tagen wahrscheinlich.

Bitte, sagte Rhoda.

Es folgte eine lange Pause. Rhoda hatte Angst, noch mehr zu sagen.

Na gut, sagte Mark schließlich. Behaupte nicht, ich hätte nie was für dich getan. Aber morgen kann ich nicht. Das müssen wir auf Sonntag verschieben.

Danke, sagte sie. Danke. Aber können wir es morgen machen? Ich mache mir wirklich Sorgen. Ich muss mit ihr reden.

Tut mir leid. Karens Familie. Wir sind morgen verabredet.

Okay, sagte sie. Okay. Danke. Rhoda wusste, dass sie weiter nicht gehen konnte. Sie würde einfach warten müssen. Auch wenn sie nicht wusste, wie sie zwei Tage überstehen sollte. Wie ihre Mutter sie an der Küchenspüle festgehalten und ihr gesagt hatte, sie sei allein. Wie sie zu Rhoda gesagt hatte, auch sie würde allein sein. Aber das wirklich Beängstigende war die Ruhe ihrer Mutter. So was sagt man nicht in aller Ruhe, wenn nichts ist.

Der Türrahmen passte nicht. Gary hielt ihn an die Öffnung in der Rückwand. Weiß gestrichene Pinie vor rauer Borke, eine missliche Materialehe. Er hatte die Lücke schmal geschnitten, um sie später noch anpassen zu können, eine Entscheidung, die er getroffen hatte, als er von mehr Zeit ausgegangen war, als er an mehr Zeit geglaubt hatte.

Er sah sich um, ein rascher Blick nach hinten, als könnte Irene auftauchen. Er hatte sie heute noch nicht gesehen. Sie war früh weggegangen, bevor er aufgewacht war.

Gary hielt den Rahmen mittig an, sodass er an beiden Seiten überstand. Eine Tür an der Außenseite der Wand, mit zehn Zentimeter Überhang. Und warum nicht? Er baute die Hütte ja nicht für jemand anders.

Also nahm Gary Hammer und Nägel, richtete den Rahmen aus und bockte ihn mit Resten der Kanthölzer auf. Wenn Irene hier wäre, könnte sie den Rahmen halten, das ginge schneller, aber jetzt würde sie nicht mehr helfen.

Und ehrlich gesagt hatte er ein schlechtes Gewissen. Er fühlte sich schuldig. Wollte sogar um Verzeihung bitten, und wäre sie hier gewesen, als er aufwachte, hätte er es versucht. Er hätte sie nicht eine fiese alte Hexe nennen sollen. Daran mochte er gar nicht denken. Mochte nicht daran denken, dass er das gesagt hatte. Aber er wusste, dass es so war. Zweimal hatte er es gesagt.

Gary seufzte. Sein Atem wölkte. Erneut ein guter Tag zum Arbeiten, kalt und bedeckt, aber er war überhaupt nicht in Stimmung. Er fand es schrecklich, mit Irene über Kreuz zu sein. Er wollte, dass zwischen ihnen alles geklärt war.

Er stemmte die Schulter gegen den Rahmen, setzte schräg einen Nagel an und klopfte vorsichtig drauf. Dann kräftiger, aber er bog sich, und der Rahmen bewegte sich, lag nicht mehr an.

Da schloss Gary die Augen, ließ sich gegen den Rahmen sacken und versuchte sich zu beruhigen. Er konnte gar nichts. Das wusste er jetzt. Die Hütte ein Fehlschlag, der jüngste in einer ganzen Serie von Fehlschlägen. Na schön. Er musste immer noch diesen Rahmen annageln. Er hatte die Nacht in der Hütte verbracht, und es war kalt gewesen, erbärmlich kalt. Ganz und gar nichts für den Winter.

Gary positionierte erneut den Rahmen, lehnte sich dagegen und probierte den nächsten Nagel. Schlug ihn fast ganz ein und spaltete dann den Rahmen. Also trat er drei Meter zurück und warf den Hammer an die Wand. Ein schwaches Echo aus den Bäumen und dem dahinter liegenden Hügel, dann ein dumpfer Schlag auf dem Boden.

Gary hob den Hammer auf und versuchte erneut, einen Nagel anzusetzen und einzuschlagen. Er ging rein, fühlte sich aber nicht stabil an, und als Gary die Rückseite begutachtete, sah er, dass der Nagel nur ein kleines Stück der Hüttenwand erwischt hatte. Kein fester Halt wegen des Winkels. Vielleicht ein Zentimeter tief. Nichts von Dauer. Und die Spitze stak jetzt heraus.

Gary ging zu Irenes Zelt, um einen Müsliriegel zu holen. Beim Hineinlangen, auf den Knien, kam er ihrem Kissen so nah, dass er sie riechen konnte. Er legte sich einen Moment mit dem Kopf auf ihr Kissen und ruhte sich aus. Zog die Knie an, damit sie im Zelt lagen. Er würde ihr sagen, dass es ihm leid tat. Das vorzeitige kalte Wetter ein Rückschlag, aber sie hatten die Hütte fast fertig, und vielleicht würden sie durch den gemeinsamen Winter zu dem zurückkehren, was sie gewesen waren.

Aber er wollte nicht, dass sie ihn so fand. Das sah schwach aus. Also stand er auf und aß den Müsliriegel, während er Tür und Rahmen betrachtete.

Zum Teufel damit, sagte er schließlich. Er schlug ein Dutzend Nägel in die Ränder, allesamt oberflächlich, viele gebogen oder das Holz spaltend, aber zusammen würden sie halten. Scharfe Spitzen, die hinten rausstaken. Dann nahm er die Tür, schlichte weiße Pinie, und stellte sie in den Rahmen. Nicht sicher, wie er die Scharniere anbringen sollte, vor allem ohne Hilfe.

Was er nicht verstand, war, wie er sich so hatte aufregen können. Sie hatte ihm den ganzen Tag geholfen – kein Essen, in der Kälte, der Schmerz in ihrem Kopf – und ungeduldig war er auch noch gewesen, und sie hatte es über sich ergehen lassen, und sie hatten eine Menge geschafft, mehr als an irgendeinem anderen Tag.

Sie hatten das Dach gedeckt, das gesamte Dach. Aber dann wollte sie das letzte bisschen nicht mehr machen, einfach nur das Fenster annageln. Das hätte eine Viertelstunde gedauert. Und auf einmal sagte er alles, was er seit Wochen sagen wollte, seit Jahren. Und genoss es. Ein Kick. Ein körperlicher Kick, eine Wonne, obwohl sie weinte. Und wie war das möglich? Wie konnte er das genießen?

Gary setzte die Tür auf Keile und nagelte die Scharniere an. Er spürte, wie der Rahmen beim Hämmern wanderte, klapprig. Er würde in der Stadt Winkel kaufen müssen, aber erst mal hielt es hoffentlich. Man musste sich selbst für einen guten Menschen halten. Das war der springende Punkt. Und wie konnte er sich für einen guten Menschen halten, wenn er es genoss, sie zum Weinen zu bringen? Ein Defekt bei ihm. Dem man nachgehen sollte. Ihre Ehe hatte irgendwie das Schlimmste aus ihm herausgekitzelt.

Das Fenster war als Nächstes dran. Er hatte keine Lust, auf Irene zu warten. Der Rahmen dünn und aus Aluminium, also würde er nicht splittern, und er musste keine Nägel im Winkel einschlagen. Das hätten sie letzte Nacht wirklich in zehn, fünfzehn Minuten erledigen können.

Er war allein beim Hüttenbau. Das war die Wahrheit. Die Ehe nur eine andere Form des Alleinseins. Er rückte den Tritt zurecht, hielt das Fenster hoch, lehnte sich dagegen, drückte es gegen die Wand und schlug einen Nagel ein. Hielt die anderen Nägel zwischen den Zähnen. Schlug an je einer Seite einen ein und konnte dann loslassen. Schlug den Rest ein, ringsum. Das läuft mir nicht mehr weg, sagte er.

Gary trat zurück und betrachtete die Hütte. Die äußere Gestalt der Gedanken eines Mannes, hatte er immer gedacht. Ein Spiegel. Aber jetzt sah er, dass das nicht stimmte. Eine äußere Gestalt konnte man nur finden, wenn man die richtige Disziplin wählte, den richtigen Beruf, wenn man seiner Berufung folgte. Wenn man den falschen Weg wählte, konnte man nur ein Monstrum gestalten. Dies war ohne Zweifel die hässlichste Hütte, die er je gesehen hatte, Missverständnis und Fehlkonstruktion von Anfang an. Die äußere Gestalt dessen, was er war. Die wahrhaftigere Gestalt war verloren, hatte nie stattgefunden, aber er war eigentlich nicht mehr traurig oder wütend. Er begriff jetzt, dass es einfach so war.

Gary ging nach hinten. Die Tür hatte sich nach außen öffnen sollen, aber sie ging nach innen auf. Also drückte er sie auf und blockte sie mit einem Stein, betrat zum ersten Mal seine fertige Hütte, eine Hütte mit Dach, Fenster und Tür, und er stellte den Tritt vors Fenster. Das war nicht das, was er sich vorgestellt hatte. In seinen Phantasien und Tagträumen war die Hütte innen warm gewesen, und er hatte in einem gemütlichen Sessel gesessen und Pfeife geraucht. Es hatte einen Holzofen gegeben, Felle von Bären und Bergziegen, Dallschafen und Elchen, Wolfspelze. Den Boden hatte er nicht gesehen, aber unbearbeitetes Sperrholz war es nicht gewesen. Und die Wände hatten keine Luft durchgelassen. Die Hütte seiner Phantasie war klein gewesen, hatte sich aber nach außen hin unendlich gedehnt, in dieser

Traumzeit der Zugehörigkeit. Die Wände strebten hinaus in die Wildnis. Dieser See und die Berge wurden er. Keine Leere, keine Distanz. Und keine Irene. Nie, wenn er von der Hütte geträumt hatte, hatte er Irene gesehen. Das war ihm bis eben nicht klar gewesen. Sie saß nicht in einem Sessel neben ihm, stand nicht am Holzofen. Kein Platz für sie in Garys Traum. Er rauchte Pfeife, hier am Fenster, mit Blick aufs Wasser, und er war allein in der Wildnis. Genau das wollte er. Genau das hatte er immer gewollt.

Die Insel war nicht für Irene gemacht. Die Bäume zu dicht, zu gedrängt. Stämme höchstens dreißig Zentimeter dick, ein Meter Platz zwischen ihnen, gefüllt mit niedrigen toten Ästen, die sich zu Boden bogen, spröde und dürr und zerbrechlich. Niemals ein offener Raum, niemals die Gelegenheit, zu laufen und über Grate und Täler zu blicken. Wenn sie einen Elch fand, wäre sie nah genug dran, um sein Fell zu berühren. Ihr Bogen unnötig. Ständig im Geäst verheddert. Sie musste ihn immer wieder mit einem Ruck losmachen. Sie ging schnell, mit einem Schritt, der beinahe ein Rennen war. Und das war ihre Bestimmung, sie war eine, die durch Schnee und Wald eilte oder rannte. Eine offenere Landschaft vielleicht, aber dieselbe Kälte, derselbe Schnee. Unzählige Generationen vor ihr.

Sie drückte den Bogen an sich, damit er nicht mehr hängen blieb. War beschwingt. Auf jede Regung achtend, dem Wald lauschend, über das eigene Laufen und Scharren hinaus. Mächtig pulsierte Blut in den Adern, warf ein Echo in den Wald hinaus, eine Art Sonar. Nichts konnte sich vor ihr verbergen.

Sie blieb stehen, brachte sich in Positur, hob den Bogen und zückte einen Pfeil. Zog kräftig gegen den Flaschenzug, spürte, wie sich die Rollen drehten und der Zug leichter wurde, hielt den Pfeil dicht an ihre Wange und nahm entlang der scharfen Flügel den Stamm einer Pappel zwanzig Meter entfernt ins Visier. Ließ den Pfeil fliegen, der Rückstoß eine Erleichterung, und der Pfeil bohrte sich tief in den Stamm. Der Flug so schnell, dass er sofort Erinnerung war, etwas, das man nicht erleben konnte, sondern nur im Nachhinein erkennen. Irene rannte zur Pappel, untersuchte den Pfeil, der tief im Fleisch des Baumes steckte, vier hellere Schlitze in der Borke, beinahe unsichtbar, die vom Pfahl abstrahlten, und wenn sie in diese Schlitze spähte, konnte sie gerade noch die hinteren Flügelspitzen sehen. Ausgeschlossen, dass sie diesen Pfeil herausbekam, also drückte sie den Bogen wieder an sich und lief weiter.

Erschöpfung. Genau das wollte sie. Sie wollte laufen, bis sie nicht mehr laufen konnte. Doch sie bezog ihre Kraft jetzt woanders her, nicht aus Muskeln und Blut. Sie ermüdete nicht. Sie lief bis zum Ufer auf der anderen Seite der Insel, trat hinaus auf das Gras und den steinigen Strand und sah Frying Pan Island, die anmutige Rundung, zückte einen Pfeil, zielte hoch und ließ ihn in einen anderen Wald segeln. Ging am Wasser entlang und jagte größere Steine und Schatten von Spiegelungen und Eis, zückte den nächsten Pfeil und durchbrach damit die Oberfläche. Verschwunden, von Kräuselungen verborgen, und sie meinte, die Spitze auf Fels treffen zu hören, war sich aber nicht sicher, vielleicht war es bloß Einbildung.

Zwei Pfeile übrig, und die würde sie aufheben. Sie brauchte wieder Bäume, eilte zurück in die Deckung, jagte Moosbeete, von einem zum nächsten, Hügel hinauf und in Täler hinab, über Grate hinweg. Alles eingeschlossen, Bäume zu dicht. Sie war von der Schwerkraft befreit, wurde über Hügel gehoben, brach durchs kratzende Dickicht. Sie war seit mehr Stunden wach, als sich zählen ließ, und das gab ihr eine neue Kraft, die Schritte leicht im Schnee, die Luft etwas, das sie vorwärts zog. Und ihr war, als würde die gesamte Insel rollen, sich langsam umdrehen, kentern. Irene musste die Füße schnell bewegen, um aufrecht zu bleiben. Die Insel vor langer Zeit am Seegrund geboren, emporgestiegen auf einem Strunk, und dieser Strunk war jetzt gekappt, und die Insel bekam Schlagseite, die steinigen Hügel, die Bäume, und sie würde herumrollen, bis die glatte Unterseite nach oben zeigte, nass und dunkel und seit Tausenden von Jahren nur dem See bekannt, dem Himmel neu. Was würde dann passieren? Aber dann wäre Irene nicht mehr da.

Ursprünge. Das war das Problem. Wenn wir nicht wissen, wo wir angefangen haben, können wir nicht wissen, wo wir enden oder wie. Verloren, die ganze Zeit schon. In Garys Leben hineingezogen, das falsche Leben.

Ganz sicher aber wusste Irene, dass dies kein Anfang war. Man würde nicht wiederhergestellt. Und sie würde Gary mitnehmen. Das war der Fehler ihrer Mutter gewesen, sie hatte das versäumt. Es war ungerecht, dass Irenes Vater irgendwo ein anderes Leben führte, ein Leben ohne seine Frau und seine Tochter, ein von den Ursprüngen losgelöstes Leben, ein Leben ohne jede Verbindung zu Irene. Dieses Leben hätte nicht stattfinden dürfen, nicht erlaubt sein dürfen.

Irene hatte wieder die ganze Nacht allein wach gelegen, und in den ersten Stunden hatte sie geweint, gegen Gary gewütet, gegen die Ungerechtigkeit, wollte bestrafen, eigentlich aber ihm näherkommen. Wollte mit ihm weitermachen, so falsch es war. Sie hatte versucht, einen Weg zurückzufinden, doch schließlich hatte sie sich beruhigt und erkannt, dass es keinen Weg zurück gab. Er liebte sie nicht und hatte sie nie geliebt, aber ihr Leben hatte er trotzdem benutzt. Das war die Wahrheit, und nichts, was er tat, konnte das ändern. Es stand nicht in ihrer Macht. Ihr Kopf hatte sich angefühlt wie ein Vakuum, verwehtes Nichts in ihr, das dort über Stunden lag und auf Tageslicht wartete, und endlich dieses Hochgefühl, ein Geschenk, ein letztes Geschenk. Es fühlte sich beinahe an, als würde der Schmerz vergehen, der sie noch immer bedrängte, noch immer auf sie drückte, doch wegzugehen versprach.

Ein Weg über knackende Zweige, schnell hügelab jetzt, zu schnell, um irgendetwas wiederzuerkennen. Sie hatte diesen Wald gekannt, und würde sie ihren Schritt verlangsamen, könnte sie Zeichen finden, den Eisenhut erkennen, seine lila Blüte, das Gewicht der sich beugenden Blume, aber sie lief zu schnell, rannte, hielt jetzt nicht mehr an und machte sich nicht die Mühe, sich mit den Armen zu schützen. Sollten die Zweige ihr das Gesicht zerkratzen.

Schritte in Schnee und Moos, brennende Haut an Händen, Gesicht und Hals, der kalte, bedeckte Himmel über ihr, und ihr Körper konnte sich von selbst zwischen den Bäumen durchschlängeln. Irene, etwas, das

Irene genannt werden konnte, entrückt, still. Näherte sich der Hütte, die Beine langsamer, Schritttempo, dann noch langsamer, jagend, wie sie einst mit Gary gejagt hatte, lautlos, jetzt wich sie den Zweigen aus, bog sie vorsichtig beiseite, ohne sie zu brechen. Schließlich war sie zwischen den Zelten, direkt hinter der Hütte. Still, auf jede Regung lauschend, jeden Laut, ohne etwas zu hören außer einer leichten Brise und den kleinen Wellen am Strand. Wasser und Luft, und Blut, das jetzt schneller pulsierte. Er würde nicht in den Zelten sein. Er würde in der Hütte sein oder am Strand. Irene zog einen Pfeil heraus, legte ihn in die Führung, schwarzer Bogen, schwarzer Pfeil auf weißem Schnee, und ging leise zur Tür der Hütte.

Der Türrahmen neu und außen angebracht, weiß und deplatziert auf den Baumstämmen. Müllbeutel und Konservenpaletten überall. Näher, bis sie fast an der Schwelle war, und noch immer hörte sie nichts. Die Hütte wirkte jetzt größer, die Rückwand hoch. Raue Borke, Lücken, einige Stämme, die weiter herausragten als andere. Ihr war bisher nicht aufgefallen, wie uneben sie war, die Oberfläche, Täler und Hügel, eine hochkant gestellte Landschaft. Sie wartete an der Schwelle, damit sich die Augen gewöhnen konnten, dunkler in der Hütte, aber genügend Licht durch Fenster und Lücken, um den Sperrholzboden zu sehen. Das Fenster selbst noch nicht in Sicht, weiter zur Rechten, hinter der Tür. Ein trüber Raum und kein Zeichen von Gary.

Irene trat ein, Bogen erhoben, bereit.

Irene?, fragte Gary. Er saß anderthalb Meter von ihr

entfernt, auf einem Tritt am Fenster. Strahlte vor Erleichterung, die Furchen in seinem Gesicht. Alt. Was machst du da, Irene?

Sie trat zurück. Schwieriger jetzt, da sie hier war und er mit ihr redete. Er stand auf, Hände zu ihr geöffnet, Finger in diesem Licht überdeutlich. Irene, sagte er.

Sie zog den Pfeil dicht an ihre Wange.

Ich liebe dich, Irene, sagte er, und auf einmal war es wieder leicht. Sie ließ den Pfeil fliegen, sah, wie er in seiner Brust verschwand. Nur die schwarzen Federn ragten aus seiner Jacke. Er wurde zur Seite gewirbelt, sah auf seine Brust und fiel mit dem Gesicht voran zu Boden. Pfeilspitze und Schaft staken in die Luft.

Gary am Weinen. Oder Schreien. Ein Laut über dem Pochen in Irenes Kopf. Sie ging näher heran und zückte ihren letzten Pfeil. Seine Beine und Arme bewegten sich, zogen ihn über den Fußboden zur Wand. Und was würde er an der Wand vorfinden? Sie zog den Pfeil an die Wange, zielte auf seinen Rücken und ließ den nächsten Pfeil fliegen. Noch ein Schrei von Gary, der Pfeil so schnell, dass er nicht zu sehen war. Einfach plötzlich da, hoch aufragend. Aber er hatte ihn an den Boden genagelt. Jetzt konnte er nicht mehr kriechen. Arme und Beine noch in Bewegung, ohne irgendwo anzukommen. Noch immer nicht tot, und sie hatte keine Pfeile mehr. Sein Schreien tiefer, etwas, das nicht menschlich klang. Irene ließ den Bogen fallen und wusste nicht, was sie tun sollte. Sie stand da und wartete darauf, dass er starb, aber er starb nicht. Ein fürchterlicher Tierlaut, der letzte Laut, den ein Lebewesen von sich gibt. Ihr Mann. Gary.

Irene ging hinaus, ging hinunter zum Strand. Der See eine Vergrößerung des Himmels, weiß und bedeckt, kalt. Irene war heiß, als könnte sie durch Wasser und Himmel und Schnee sengen, durch Felsen gar. Sie war eine Riesin, machtvoll, imstande, Berge zu zerquetschen und Seen mit bloßen Händen auszuschaufeln. Ging am Ufer entlang, und dies war ihr Ufer. Spürte den Wind nicht. Spürte den Drang zu rennen, also rannte sie wieder, rannte schneller als je zuvor, die unebenen Steine und Tümpel und Büschel gar nichts. Sie war trittsicher. Die Welt war nie wirklich gewesen. Es gab keine Schwerkraft, nichts, was sie bremsen oder aufhalten konnte. Sie rannte, wie es der Kopf wollte, die Welt eine Erweiterung ihrer selbst. Die Wellen, das Gras, der Schnee, alles im Einklang geschaffen.

Dann aber musste sie ihr Tempo drosseln, wurde irgendwie müde. Ging weiter, bis ganz an die gegenüberliegende Spitze, nahe Frying Pan Island, blickte auf ihr Ufer. Spürte den Drang, hinüberzuschwimmen, das Wasser zu überqueren, diese Insel zu verlassen, aber etwas hielt sie zurück. Sie hatte noch was zu erledigen. Sie war noch nicht fertig. Sie drehte sich um und ging zur Hütte zurück.

Die Hochstimmung würde sie verlassen, das wusste sie. Sie war ein Geschenk, aber nur ein vorübergehendes. Irene spürte, wie sie dünner wurde, sich verflüchtigte. Rannte wieder, versuchte, sie zurückzugewinnen. Ihre Füße nachlässig auf den Steinen, umknickende

Knöchel. Bodenkontakt jetzt, hart und unnachgiebig, kein Schweben mehr, nicht mehr trittsicher. Sie kehrte zu Schritttempo zurück.

Die Bergspitzen außer Sicht, die Gipfel, die breiten Kars. Nur die Flanken über der Wolkenlinie. Sie wollte über diese Berge. Der See hätte zugefroren sein sollen wie in ihrer Vision. Sie würde hinübergehen und den Berg besteigen. So hätte es sein sollen. Was sie getan hatte, hätte später passieren sollen, mitten im Winter. Aber wie hätte sie bis dahin warten können?

Eisschollen überall am Rand, von Wellen gebrochen. Kleine Tümpel, inzwischen opak. Dunkle Felsen feucht vor Nebel oder Gischt. Dieser schmale Streifen, Saum zwischen Wasser und Erde. Diese Zeit, die sie jetzt hatte, diese kurze Zeit, in der alles möglich war, vielleicht, in der ihr Leben alles sein konnte, aber sie wusste, dass es nur eine Möglichkeit gab.

Als sie das Boot erreichte, machte sie die Leine los. Dickes Tau, kräftig, zehn Meter, mehr als genug. Sie ging zur Hütte hinauf, und jetzt ging sie langsam. Etwas in ihr wollte nicht gehen.

Erlenzweige, die sie streiften, das letzte Mal auf dem Weg, der beinahe ein Pfad geworden war, das Unterholz von ihnen hinuntergetreten. Ein Ort, der nie ihr Zuhause werden sollte, ein Ort, der von Anfang an zu ihrem Ende auserkoren war. Und sie hatte mitgemacht, obwohl sie es wusste. Hatte Gary es gewusst?

Als sie wieder über ihm stand, war er still, bewegte sich nicht mehr. Keiner dieser Laute mehr. Die sie nicht hören wollte. Aber jetzt war es friedlich. Er war ruhig, ruhte mit dem Gesicht nach unten.

Irene stellte den Tritt auf die andere Seite der Hütte, auf Armeslänge von der Seitenwand entfernt. Langte hinauf und schob das Seil über einen Balken. Die Aluminiumbleche fest, aber sie konnte es durchzwängen, so weit ziehen, dass sie eine Schlinge machen konnte. Nicht sicher, wie man den Knoten band. Hatte sich nicht angesehen, wie ihre Mutter ihn gebunden hatte. In Filmen war es ein großer Knoten mit vielen Windungen, also wickelte und band sie Halbsteke, wie Gary sie ihr fürs Boot gezeigt hatte. Es sah nicht richtig aus, würde aber ausreichen.

Irene schlug zu beiden Seiten des Balkens einen Nagel ein, als Seilführung, damit es nicht abrutschte, stapelte Endstücke der Balken auf dem Tritt, damit sie höher stand und tiefer fiel. Sie stellte sich auf den Stapel, sehr wacklig, legte sich die Schlinge um den Hals und zog sie fest, dann wurde ihr klar, dass sie Spiel haben musste, um zuzuschnappen. Also stieg sie vorsichtig hinunter, nahm auf der untersten Stufe Maß und zog das Seil stramm. Rau am Hals, feucht. Das freie Ende musste sie irgendwo sicher anbinden.

Irene blickte sich um und fand nichts. Keine Verankerung und keinen Pfosten, der stark genug war. Aber dann sah sie Gary und dachte an etwas Wunderschönes. Sie band das Ende um seinen Oberkörper. Musste seinen Kopf anheben und eine Schulter und dann die andere. Sie konnte ihn riechen, der Darm hatte sich entleert, als er starb. Außerdem Blutgeruch. All das verstärkte irgendwie den Druck in ihrem Kopf. Der hatte verschwinden wollen, was er aber nicht getan hatte. Ein stechender Schmerz, und der machte ihre Arbeit noch dringlicher. Sie band das Seil fest um ihn, knotete es zu. Die Pfeile würden es am Rutschen hindern.

Und dann musste sie wieder raus. Die Gerüche zu stark, der Schmerz in ihrem Kopf. Sie wusste nicht, ob sie das durchziehen konnte. Eigentlich war es zu viel. Sich selbst wie ein Tier zur Schlachtbank zu führen. Sie wusste nicht, wie ihre Mutter das geschafft hatte. Obwohl es so viel weniger ausweglos gewesen war. Obwohl sie keinen Mord begangen hatte. Irene blieb keine Wahl, aber ihre Mutter hatte immer noch die Wahl gehabt. Wie hatte sie es geschafft?

Irene ging in den Wald. Die dichte Deckung jetzt ein Trost, verborgen. Sie wanderte ziellos zwischen den Stämmen, folgte Moosflecken, die durch den Schnee spitzten, der Schnee dünn und leicht, an manchen Stellen nur ein Hauch, von Ästen abgehalten. Sie legte sich auf ein großes Moosbeet, rollte sich seitlich ein. Von nahem, wie in einem Miniaturwald, jeder Halm so groß und erhaben wie eine Fichte und vollkommener geformt. Nicht schief oder unförmig, sondern symmetrisch mit Astlagen wie bei einem Baum und in diesem kleineren Maßstab der Schwerkraft trotzend, die Astspitzen ungebeugt. Hunderte aufragender Miniaturbäume. Sie streckte die Hand nach einem aus, schob ihn zur Seite, und er federte zurück. Sie riss ihn am Fuß aus, riss seine Nachbarn aus, fällte einen Wald.

Stand wieder auf und lief weiter zwischen den

Bäumen, wusste aber nicht, wo sie hinging oder was sie tat. Kehrte in einem Bogen zur Hütte zurück und blieb stehen, als sie aus dem Wald trat, blickte auf die Zelte und die Hütte, den Kocher, der zwischen ihnen stand. Ihr Lager. Ihr Mann tot. Eine Mörderin. Als solche würde sie fortan bekannt sein. Tochter, Vorschullehrerin, Ehefrau, Mutter, Mörderin, Selbstmörderin. Die früheren würde man vergessen. Nur die beiden letzten in Erinnerung behalten. Sie ging zur Tür, trat ein und hielt die Luft an. Ging zum Tritt und dem Seil, schob den Hals in die Schlinge und zog sie mit dem Kinn fest, spitzte einen Zeh gen Boden, um zu prüfen, ob sie aufkommen würde. Es musste Luft darunter sein. Es brachte nichts, wenn sie aufkam.

Mit beiden Händen streckte sie sich, um das Seil zu halten, ließ sich hängen, spitzte die Zehen und kam nicht auf. Schwang in der Luft und hatte Mühe, zum Tritt zurückzukommen, geriet kurz in Panik, dass sie so stecken bleiben könnte, ohne richtig zu hängen. Doch sie erwischte den Tritt, befreite den Hals und legte dann die Balkenstücke auf die oberste Stufe, drei Lagen, genug für einen ordentlichen Fall.

Mit der Schlinge in der Hand stieg sie vorsichtig auf die Balkenstücke. Hielt sich dort und legte die Schlinge um ihren Hals. Besorgt allerdings, dass sie die Hände benutzen könnte. Wie schaffte man es, nicht nach dem Seil zu greifen, selbst während des Falls? Unmöglich, diesen Instinkt zu unterdrücken.

Also nahm Irene erneut die Schlinge ab, stieg vorsichtig hinunter, ging hinaus zu Garys Zelt mit dem

Werkzeug und fand ein Klappmesser. Kehrte zur Hütte zurück und stellte sich zu Gary, fand das lose Ende des Seils, das sie um seine Brust gebunden hatte, schnitt ein paar Handbreit ab, ließ das Messer fallen und band ein Ende um ihr Handgelenk.

Das hätte nicht so mühsam sein dürfen. Keine Würde im Leben, jemals. Selbst der eigene Tod von kruden Dingen unterbrochen, kleinlichen Bedenken. Das war nicht gut. Und der Schmerz war nicht weg. Es hatte sich so angefühlt, aber er war nicht weggegangen. Man sollte meinen, es sei genug passiert, um ihn zu verscheuchen. Irene stieg jetzt wütend auf den Tritt, legte sich die Schlinge wieder um den Hals, kletterte auf die losen Balkenstücke, wacklig und kurz vorm Runterfallen, und führte ganz vorsichtig das Seilende von ihrem Handgelenk zwischen die Beine und band es ans andere Handgelenk. Schwierig, einen richtigen Knoten zu binden, aber sie versuchte ihn festzuzurren.

Kein Ausweg mehr. Hände gebunden, auf den Blöcken balancierend, Schlinge um den Hals. Schneller, schwerer Atem, Panik, verkrampftes Herz. Blut und Angst. Nicht die Ruhe, die sie erwartet hatte. Kein Gefühl von Frieden. Sie wollte das nicht. Jede Faser sagte ihr, dass es falsch war. Aber dann trat sie sich weg, schubste sich selbst in die Luft, schrie aus tiefster Lunge, ein trotziger Schrei, dann schnappte die Schlinge zu, und zuerst fühlte es sich nicht so fest an, aber dann zog es mit schrecklichem Gewicht, alle Muskeln zerrten, ein scharfer Schmerz, die Luft weg, die Kehle zerdrückt, und sie baumelte an diesem kalten, leeren Ort. Ihre

Hände kämpften aufwärts, festgehalten, und sie würde sich niemals verzeihen.

Rhoda würde diejenige sein, die zur Tür hereinkam und das hier vorfand. Das wusste Irene jetzt. Sie wusste nicht, wieso ihr das nicht vorher klar geworden war. Sie fühlte sich ausgetrickst. Sie tat Rhoda genau das an, was man ihr angetan hatte. Ein kalter Tag, bedeckt, genau wie dieser, ihre Mutter, die von einem Dachsparren hing, im Sonntagsstaat, beige und cremeweiß mit Spitze, ein Kleid, das von weit her aus Vancouver kam, Irene erinnerte sich jetzt daran, weiße Strümpfe, braune Schuhe. Aber das Gesicht ihrer Mutter, die Furchen in ihrem Gesicht, ihre Traurigkeit, der abartig gedehnte Hals. All das konnte nie ausgesprochen werden. Irene wusste jetzt, dass es nicht schnell gegangen sein konnte, dass ihre Mutter gewusst haben musste, was sie da tat. Genügend Zeit, um zu erkennen, was sie ihrer Tochter antat.

Rhoda stand am Ufer, während Mark Hände voll Steinsalz auf die Rampe warf. Wie Reis auf einer Hochzeit. Vor lauter Dringlichkeit blieb ihr beinahe die Luft weg. Sie wollte Mark anbrüllen, er solle sich beeilen, wusste aber, dass das nicht ging, also stand sie am Rand und blickte aufs Wasser, wartete darauf, dass die Zeit verstrich. Sie konnte die Insel vor dem gegenüberliegenden Ufer fast ausmachen. Wasser und Luft merkwürdig ruhig, nur sehr kleine Wellen, bedeckt mit tief hängenden Wolken, aber die Wolken wirkten unbewegt, im Himmel verankert. Stemmten sich gegeneinander, sperrig und dunkel.

Wir warten nur noch ein paar Minuten, bis das hier schmilzt, sagte Mark, und dann sind wir startklar.

Rhoda konnte nicht antworten, sich nicht mal umdrehen. Sie wusste, sie würde ungeduldig klingen, und dann gäbe es Streit mit Mark.

Okidoki, sagte er. Ich bin im Truck.

Rhoda böse auf ihre Mutter, weil sie gesagt hatte, eines Tages werde auch sie allein sein, ihr Leben vorbei, ohne dass sie etwas vorzuweisen habe. Wie konnte man so was sagen? Und das auch noch unmittelbar, nachdem sie ihrer Mutter mitgeteilt hatte, dass sie heiraten werde. Ein frühes Hochzeitsgeschenk. Aber ihre Mutter war so. Grob und nicht sehr behutsam mit den Gefühlen anderer. Jedenfalls nicht in letzter Zeit.

Rhoda hatte das Satellitentelefon und die Batterien, doch inzwischen wollte sie mehr. Sie würde ihre Eltern bitten, mitzukommen, die Insel zu verlassen. Die Hütte und die Insel taten ihnen nicht gut. Das Ganze war ein Fehler. Sie brauchten ihr Haus, und sie brauchten andere Menschen. Rhoda würde sie jeden Tag besuchen kommen.

Rhoda trat näher ans Wasser. Eine kleine Eiskrause, gebrochen und aufgeschichtet von den Wellen. Der Beginn größerer Risse und Spalten, die über den Winter am Ufer entlang entstehen würden, aber jetzt war da nicht viel. Stellen mit klarem Wasser bis hin zu den dunklen Steinen am Strand, das Eis uneben. See und Eis ständig in Bewegung. Einige untergetauchte Stücke, hüpfende Miniatureisberge.

Nächste Woche würde das alles schmelzen. Wärmeres Wetter, jedenfalls für kurze Zeit, und dann richtig kaltes, ein früher Winter. Sie musste dafür sorgen, dass sie vorher zurückkamen.

Mark ließ bereits den Pickup laufen wegen der Heizung, aber Rhoda hörte, wie er den Rückwärtsgang einlegte, dann hörte sie die Reifen, als er das Boot auf die Rampe setzte. Sie sah zu, wie Boot und Anhänger ins Wasser rutschten, in die Kälte, wie die Räder das Eis zerdrückten.

Dann hielt sie das Tau fest, während er den Wagen abstellte, und sah ihn vom Parkplatz zurückkommen. Er trug diese alberne Hello-Kitty-Jacke, von Jason geliehen. Und seine Russenmütze mit den Ohrklappen. Jeder Tag ein Witz für Mark, sein Leben ein Scheißwitz. Und sie musste nett zu ihm sein, weil sie seine Hilfe brauchte.

Was?, fragte er, als er näher kam. Warum siehst du mich so an?

Entschuldigung, sagte sie. Nichts. Ich mach mir bloß Sorgen um Mom.

Klar, sagte er. Er zog das Boot heran und machte einen Diener. Ihre Kutsche, Teuerste.

Danke, sagte sie und stieg an Bord.

Kalt beim Überqueren des Sees. Rhoda zog die Kapuze ihres Mantels enger und blickte zur Seite, um ihr Gesicht aus dem Wind zu nehmen. Sonst natürlich keiner hier draußen. Wie viele Seen in Alaska waren sogar noch weniger bevölkert? Wie viele Seen waren über endlose Täler und Bergketten verstreut, die nie ein Mensch aufgesucht hatte? Skilak konnte sich anfühlen wie die Wildnis. Es ließ sich leicht vergessen, dass dies einer der wenigen Brückenköpfe in einem schmalen Besiedlungsstreifen war und dass ringsum Wildnis herrschte, die sich unvorstellbar weit erstreckte. Was dort passierte, wusste keiner. Etwas Verlockendes an der Wildnis, etwas Einladendes und Einfaches, doch in Wahrheit wurden die Räume, wenn man sie einmal betreten hatte, viel größer. Hart und kalt und unversöhnlich. Selbst Caribou Island war zu weit weg.

Der See wuchs während der Überfahrt. Dehnte sich aus wie immer und machte aus dem gegenüberliegenden Ufer Inseln, brach Landstücke ab und formte sie.

Der neckische Bogen von Frying Pan, dann der massivere Brocken Caribou. Das Festland dahinter tiefer und morastiger, Elchland mit schwarzen Krüppelfichten und toten, von Käfern erledigten Hainen. Hunderte graubrauner Stämme nackt vor dem Himmel, jetzt weiß abgezeichnet. Im ruhigeren Wasser der Rückseite von Caribou glitten sie dahin, hielten in einem Bogen auf das exponierte Ufer zu, an dem ihre Eltern ihre Hütte bauten. Rhoda würde dem ein Ende bereiten und sie nach Hause bringen. Und dann konnte sie sich auf ihre Angelegenheiten konzentrieren, auf die Planung ihrer Hochzeit. Ein grüner Steilhang über blauem Meer, weit weg von hier. Steile Berge und Wasserfälle in Hanalei Bay, dem Anfang der Na-Pali-Küste. Fantastisch würde das werden. Und alle wären dort, würden nach der Trauung im weichen warmen Sand laufen. Sie würde in ihrem Hochzeitskleid am Strand entlanglaufen, an Jims Arm, ihre Eltern und Mark hinterher, die Schuhe von sich werfen und die Füße das warme Wasser spüren lassen, hinter sich das Kleid, ob der Saum nass wurde oder nicht. Ein sorgloser Ort, ein Tag, von dem sie ihr ganzes Leben geträumt hatte, ein Anfang, endlich.

Danksagung

Ich schätze mich glücklich. Meine Lektorin Gail Winston ist großartig. Meine Agenten – Kim Witherspoon, David Forrer, Lyndsey Blessing und Patricia Burke von Inkwell – haben offensichtlich unendliche Geduld. John L'Heureux ist seit Ewigkeiten mein Mentor. Und die University of San Francisco, an der ich unterrichte, hat mir die Freiheit eingeräumt, zu schreiben. Dann ist da noch meine Frau Nancy Flores, die auch heiter war, als es kein Buch, keinen Job und kein Geld gab und ich ein Jahr lang jeden Tag denselben Pullover trug.

Eine ganze Menge Leute in Alaska haben mir geholfen. Besonders Mike Dunham von der *Anchorage Daily News*, aber auch Andromeda Romano-Lax und Deb Vanasse von 49 Writers, Rich King, der mich auf seinem Fischerboot mitgenommen hat, der lustige, großzügige Rob Ernst, der mir bei zahlreichen Gelegenheiten geholfen hat, und mein guter Freund Steve Toutonghi, der erste Leser des Manuskripts.

Danken möchte ich auch Tom Bissell, dessen Rezension von *Legend of a Suicide* in der *New York Times* dazu geführt hat, dass *Caribou Island* in mindestens acht Sprachen und fünfzig Ländern erscheinen wird, und Lorrie Moore, die *Legend of a Suicide* für den *New Yorker* Book Club ausgewählt hat. Dies sind Momente von Großzügigkeit, die ein Leben verändern, und dafür bin ich dankbar.